벤자민 버튼의 시간은 거꾸로 간다

The Curious Case of Benjamin Button

외 F. 피츠제럴드 단편선

벤자민 버튼의 시간은 거꾸로 간다

The Curious Case of Benjamin Button

외 F. 피츠제럴드 단편선

F. 스콧 피츠제럴드 지음   강주헌, 조지현 옮김

현대
문화

목차

벤자민 버튼의 시간은 거꾸로 간다
The Curious Case of Benjamin Button

1

오래전 1860년에는 집에서 아기를 낳는 것이 흔한 일이었다. 그런데 이제는 권위 있는 의학자들이 아기들도 병원처럼 깨끗한 곳에서, 가급적이면 고급스런 곳에서 첫 울음을 터뜨려야 한다고 주장하며, 나 역시 그런 소리를 꽤나 들었다. 그런데 젊은 로저 버튼 부부도 유행을 50년이나 앞서, 1860년 여름의 어느 날 그들의 첫 아기를 병원에서 낳기로 결정했다. 그때만 하더라도, 시대를 앞선 이런 결정이 지금부터 내가 말하려는 놀라운 얘기와 어떤 관계가 있을 줄은 누구도 몰랐다. 나는 어떤 일이 있었는지 차근차근 얘기만 전할 뿐이고, 판단은 순전히 여러분의 몫이다.

로저 버튼 부부는 사회적으로나 금전적으로 남부러울 것이 없는 위치에서, 남북전쟁 전의 볼티모어에서 살았다. 그들은 이 가문 저 가문과 관계를 맺어, 남부사람이면 누구나 알고 있었듯이 남부 연방에 대거 살고 있던 귀족계급의 일원으로 받아들여졌다. 아기를 갖는다는 가슴 설레는 전통적인 관습이 그들에게는 첫 경험이어서, 버튼은 긴장되고 초조할 수밖에 없었다. 그는 아들이기를 바랐다. 그래야 그가 누가 들어도 고개를 끄덕일 '커프스'란 별명으로

4년 동안 다녔던 코네티컷의 예일 대학에 보낼 수 있을 테니까.

그 가슴 벅찬 사건에 바쳐진 9월의 그날, 그는 아침 6시에 벌떡 일어나 옷을 갈아입고, 새하얀 칼라까지 목깃에 끼워 넣었다. 그리고 간밤의 어둠이 걷히면서 새로운 생명체가 탄생했는지 확인하고픈 마음에, 볼티모어 거리를 잰걸음으로 달려 병원으로 향했다.

메릴랜드 개인병원을 100미터쯤 남겨 놓았을 때, 그의 눈에 가족 주치의인 킨 박사가 손을 씻는 것처럼 두 손을 비벼대며 병원 정문 계단을 내려오는 것이 보였다. 하기야 모든 의사에게 그들 직업의 불문율처럼 요구되는 두 손을 씻는 동작이었다.

로저 버튼 철물 도매상의 사장이던 로저 버튼은 그 그림 같던 풍류의 시절 남부의 신사들에게 요구되던 체면까지 내팽개치고 킨 박사에게 달려가며 소리쳤다.

"킨 박사님! 킨 박사님!"

킨 박사는 자기를 부르는 소리를 듣고 주변을 두리번거렸다. 그리고 의사답게 준엄한 얼굴에 묘한 표정을 담고는, 버튼이 다가오길 기다렸다.

버튼이 숨을 헐떡이며 달려와서는 물었다.

"어떻게 됐습니까? 뭡니까? 집사람은 괜찮습니까? 아들인가요? 뭔가요? 혹시……."

킨 박사가 약간 짜증스런 얼굴로 날카롭게 말했다.

"정신 차리게."

버튼이 공손히 다시 물었다.

"아이가 태어났습니까?"

킨 박사가 얼굴을 찌푸리며 말했다.

"나오긴 했지. 어떤 의미에서는."

이렇게 말하며 킨 박사는 버튼에게 다시 이상한 눈빛을 던졌다.

"집사람은 괜찮습니까?"

"그렇다네."

"아들인가요, 딸인가요?"

그러자 킨 박사가 잔뜩 화난 목소리로 말했다.

"직접 가서 확인하게. 진절머리가 나네!"

킨 박사가 끝에 가서는 거의 고함을 질렀다. 그러고는 얼굴을 돌리며 투덜거렸다.

"이번 일이 내 명성에 도움이 된다고 생각지는 않겠지? 이런 경우가 한 번만 더 있으면, 나는 의사로 끝장나고 말 거네. 아니, 어떤 의사라도 끝장일 거네."

버튼이 어리둥절한 표정으로 물었다.

"뭐가 잘못됐나요? 혹시 세쌍둥이였나요?"

킨 박사가 못마땅한 목소리로 말했다.

"천만에, 세쌍둥이는 아니었네! 여하튼 직접 가서 확인하게. 다른 의사를 찾아보게. 자네가 태어날 때도 내가 지켜봤고, 자네 가족의 주치의로 40년을 지냈지만, 이젠 끝이네! 자네나 자네 친척을 다시는 보고 싶지 않네! 잘 가게!"

그리고 그는 휙 돌아서, 길옆에서 기다리던 마차에 한마디 말도 없이 올라타고는 매정하게 떠나가 버렸다.

버튼은 얼마나 놀랐던지 머리부터 발끝까지 덜덜 떨면서 인도에서 있었다. 대체 무슨 불행한 일이 있었던 걸까? 메릴랜드 개인병원에 들어가고 싶은 마음이 순식간에 사라졌다. 한참 후에야 그는 힘겹게 계단을 올라 병원 문 안으로 들어섰다.

간호사 한 명이 어둑하고 흐릿한 복도에 놓인 책상 뒤에 앉아 있었다.

버튼은 수치스러움을 애써 감추고 간호사에게 다가갔다.

간호사가 밝은 표정으로 그를 올려다보며 말했다.

"안녕하세요."

"안녕하세요. 버…… 버튼이라고 합니다."

그 말에 간호사가 갑자기 공포에 질린 얼굴로 변했다. 간호사는 벌떡 일어섰다. 어디론가 도망가고 싶은 두려움을 꾹 참는 듯한 표정이 역력했다.

버튼이 말했다.

"내 아이를 보고 싶습니다."

간호사는 거의 비명이라도 지를 듯이 대답했다.

"물론…… 물론 그러셔야죠."

그리고 신경질적으로 덧붙였다.

"위층. 바로 위층이에요. 저쪽으로…… 올라가세요."

이렇게 말하며 간호사는 계단을 가리켰다. 버튼도 식은땀으로 온몸이 흥건히 젖었다. 그는 엉거주춤 뒤로 돌아서 2층으로 올라가기 시작했다. 2층에 올라서자, 한 간호사가 물그릇을 들고 그에게 다가왔다. 버튼은 겸연쩍은 얼굴로 어렵게 입을 열었다.

"나는 버튼이라고 합니다. 내 아이를……."

땡그랑! 물그릇이 바닥에 떨어져 계단 쪽으로 굴러갔다. 땡그랑! 땡그랑! 물그릇은 속절없이 계단을 굴러가며 그 신사를 공포에 몰아넣었다.

버튼은 거의 미친 듯이 소리쳤다.

"내 아이를 보고 싶단 말입니다!"

버튼은 금방이라도 주저앉을 것만 같았다.

땡그랑! 물그릇이 1층 바닥에 떨어지는 소리였다. 간호사는 자제심을 되찾고, 버튼을 경멸 어린 눈빛으로 쳐다보며 나지막이 말했다.

"알겠습니다, 버튼 씨. 그렇게 해드리죠. 하지만 오늘 아침에 우리에게 어떤 일이 있었는지 아신다면! 정말 끔찍했습니다! 이번 일이 알려지면 우리 병원의 명성이 땅바닥에 떨어질 겁니다.”

버튼이 거친 목소리로 소리쳤다.

“빨리요! 나도 궁금해 못 견디겠습니다!”

“따라오세요, 버튼 씨.”

그는 간호사의 뒤를 쫓아갔다. 그들은 긴 복도 끝에 붙은 방까지 갔다. 그 방에서는 온갖 울음소리가 새어 나왔다. 정말, 훗날 ‘울음 방’이라고 알려지기에 손색이 없는 방인 듯했다. 그들은 문을 열고 그 방에 들어갔다.

버튼이 숨을 헐떡이며 물었다.

“우리 아이는 어디 있습니까?”

간호사가 대답했다.

“저기요!”

버튼의 눈길이 간호사의 손끝을 따라 움직였다. 두툼한 하얀 담요를 뒤집어쓰고, 일흔 살쯤 된 듯한 노인이 아기 침대에 쪼그려 앉아 있었다. 드문드문한 머리카락은 거의 백발이었고, 턱밑으로 흘러내린 긴 잿빛 수염은 창문에서 솔솔 불어오는 산들바람에 맥없이 흔들거렸다. 노인이 뭔가 곤혹스런 의문을 감춘 듯한 흐릿한 눈빛으로 버튼을 쳐다보았다.

버튼은 그때까지 자신을 짓누르던 두려움을 잊고 화를 버럭 내며, 천둥처럼 소리쳤다.

“내가 미친 거요? 아니면, 이 빌어먹을 병원이 장난을 치는 거요?”

간호사가 진지한 목소리로 대답했다.

“우리에겐 장난으로 보이지 않는데요. 버튼 씨, 당신이 미쳤는지 제정신인지는 저도 모르겠습니다. 하지만 저 노인이 당신 아이인

건 분명합니다."

버튼의 이마에서 식은땀이 송골송골 솟았다. 그는 눈을 꼭 감았다 떴다. 그리고 노인을 다시 쳐다보았다. 잘못 본 게 아니었다. 그의 눈앞에는 일흔 살의 노인이 앉아 있었다. 일흔 살은 됨직한 아기, 아기 침대에 앉아 두 다리를 침대 밖으로 늘어뜨린 아기였다.

노인은 차분한 표정으로 버튼과 간호사를 잠시 쳐다보았다. 그리고 노인처럼 갈라진 목소리로 느닷없이 물었다.

"당신이 우리 아버지요?"

버튼과 간호사는 소스라치게 놀랐다.

노인이 투덜대는 목소리로 계속해 말했다.

"당신이 우리 아버지라면 나를 여기에서 데리고 나가 주면 좋겠군요. 아니면, 이 시끄러운 녀석들을 좀 재우든지."

버튼이 혼비백산해서 소리쳤다.

"대체 노인네는 어디에서 오신 겁니까? 노인네는 누구십니까?"

노인이 짜증 섞인 목소리로 대답했다.

"내가 누군지는 나도 정확히 모르겠어요. 태어난 지 몇 시간밖에 되지 않았으니까요. 하지만 내 성이 버튼인 건 틀림없어요."

"말도 안 됩니다! 그런 터무니없는 말을 믿으라는 겁니까!"

노인이 피곤한 얼굴로 간호사를 쳐다보며, 힘없는 목소리로 푸념을 늘어놓았다.

"갓 태어난 아기를 정말 멋지게 환영하는군. 저 양반한테 그렇지 않다고 좀 말해주지 않겠소?"

간호사가 엄숙한 표정으로 말했다.

"버튼 씨, 그렇지 않습니다. 저 노인은 당신 아기가 맞습니다. 받아들이기 힘들겠지만 받아들이셔야 합니다. 가능하면 빨리, 오늘이라도 저 노인을 집으로 데려가 주시면 고맙겠습니다."

버튼이 기가 막힌다는 듯이 말했다.

"집으로요?"

"노인을 여기에 둘 순 없습니다. 아시잖습니까."

노인도 다시 징징대는 목소리로 말했다.

"나도 집에 가면 좋겠군. 여기는 얌전한 아이나 있을 곳이야. 이 녀석들이 계속해서 빽빽 울어대서 한숨도 자지 못했네. 게다가 먹을 것을 좀 갖다 달라면."

이쯤에서 노인은 불만으로 가득한 목소리로 변했다.

"우윳병이나 안겨주고 말이야!"

버튼은 노인 아들 옆에 놓인 의자에 털썩 주저앉아 두 손에 얼굴을 묻고, 절망감에 싸여 중얼거렸다.

"미치겠군! 사람들이 뭐라고 할까? 대체 어떻게 해야 하지?"

간호사가 다시 말했다.

"노인을 집에 데려가 주세요. 지금 당장!"

어처구니없는 모습이 눈앞에 너무나 뚜렷이 그려지자 버튼은 미칠 것만 같았다. 이 소름끼치는 유령 같은 노인이 그의 옆에서 볼티모어 거리를 활보하는 모습이 머릿속에 떠오르자 심장이 멎을 것만 같았다.

버튼은 거의 신음하듯 말했다.

"못 해요. 그렇게는 못 하겠어요."

사람들이 걸음을 멈추고 그에게 노인이 누구냐고 물어보면 뭐라고 대답해야 할까? 여하튼 그 노인, 그 일흔 살 노인을 "내 아들, 오늘 아침에 태어난 아들입니다."라고 소개해야 할 입장이었다. 또 노인은 담요로 몸을 감싼 채 그의 곁에서 터벅터벅 걸어 부산스런 상점들과 노예 시장을 지나고, 주택가의 호화 주택들, 노인들을 위한 양로원 등을 지날 것이 아닌가. 노예 시장을 떠올리는 순간, 잠시이긴 했지만 버튼은 그의 아들이란 노인이 차라리 흑인이면 좋겠다는 생각마저 들었다.

"자, 기운을 내세요."

간호사가 재촉했다.

"이것 봐."

노인이 불쑥 말했다.

"내가 이 담요를 뒤집어 쓴 채 집까지 걸어갈 거라고 생각하는가? 그럼 잘못 생각했네."

"아기들은 항상 담요에 싸여 지내지 않습니까."

노인이 심술궂게 끌끌 웃으면서 하얀 배내옷을 들어 보였다. 그리고 떨리는 목소리로 말했다.

"이걸 보게! 이 사람들이 날더러 이런 옷을 입으라는군."

간호사가 정중히 말했다.

"갓난아기들은 그런 옷을 입는 겁니다."

노인이 말했다.

"벗고 있는 게 낫겠어. 이 담요는 따끔거려. 차라리 침대 시트를 줬으면 나았을 텐데."

버튼이 서둘러 말했다.

"담요를 쓰세요! 제발 담요라도 쓰고 있으세요."

그리고 간호사를 돌아보며 물었다.

"어떻게 해야 합니까?"

간호사가 대답했다.

"시내에 가서 옷을 사 오세요."

복도로 나가려는 버튼의 뒤로 노인 아들의 목소리가 들렸다.

"지팡이도 사 오세요, 아버지. 지팡이를 갖고 싶으니까."

버튼은 바깥문을 쾅 소리가 나도록 거칠게 닫았다……

2

로저 버튼은 체서피크 의류상회 점원에게 초조한 목소리로 말했다.

"안녕하세요. 우리 애가 입을 옷을 사고 싶은데요."

"자제분이 몇 살이죠?"

버튼은 아무런 생각 없이 대답하고 말았다.

"태어난 지 이제 6시간 됐습니다."

"그럼 저 끝에 있는 유아용품부에 가 보세요."

"아이쿠, 실수했습니다. 난 유아용 옷을 찾는 게 아닙니다. 아기가 아주 큽니다. 유별나게 크거든요."

"특대형도 있을 겁니다."

결국 버튼은 자포자기해서 생각을 바꾸고 물었다.

"아동복은 어디서 파나요?"

이렇게 말하며 버튼은 점원이 그의 부끄러운 비밀을 눈치 챘을 거란 불길한 느낌을 떨칠 수 없었다.

"바로 여긴데요."

"그럼……."

버튼은 머뭇거리며 선뜻 입을 떼지 못했다. 아들에게 어른 옷을 입히고 싶지는 않았다. 만약 아주 큼직한 아동복이라도 찾아내면,

끔찍하게 긴 수염을 잘라내고 하얀 백발을 갈색으로 염색해서 최악의 모습을 그런대로 감출 수 있을 것 같았다. 그럼 볼티모어 사교계에서 그의 입장은 말할 것도 없고, 자존심도 조금은 지킬 수 있을 것 같았다.

그러나 아동복 진열대를 샅샅이 뒤져도 갓 태어난 노인 버튼에게 맞을 만한 옷은 없었다. 그는 그 상점에 저주라도 퍼붓고 싶었다. 하기야 그런 경우에 상점을 탓해야지 누구를 탓하겠는가.

점원이 궁금한 표정으로 물었다.

"자제분이 몇 살이라고 말씀하셨죠?"

"음…… 열여섯."

"아이쿠, 죄송합니다. 저는 여섯 시간이라고 들었습니다. 열여섯이면 다음 통로에 있는 청소년 매장으로 가셔야 합니다."

버튼은 비참한 심정으로 돌아섰다. 하지만 곧 걸음을 멈추었다. 갑자기 얼굴이 환히 밝아지며, 진열장에 세워진 마네킹이 입은 옷을 가리키며 소리쳤다.

"저거요! 저 옷을 사겠소, 저 마네킹이 입은 옷을!"

점원이 그 옷을 쳐다보며 말했다.

"저건 아동복이 아닙니다. 저 옷은 작아도…… 하지만 멋진 옷이긴 하지요. 손님이 입으셔도 될 겁니다!"

버튼이 초조한 목소리로 말했다.

"저 옷을 싸주시오. 바로 저런 옷을 찾고 있었어요."

점원은 놀랐지만 손님의 뜻에 따랐다.

병원에 돌아와서 버튼은 곧바로 육아실로 달려가 늙은 아들에게 옷 꾸러미를 던지며 말했다.

"옷을 사 왔습니다."

노인은 옷 꾸러미를 풀고, 그 안에 담긴 옷을 야릇한 시선으로 쳐다보았다. 그리고는 불만스레 말했다.

"내 눈에만 우스꽝스럽게 보이는 건가. 남들에게 놀림감이 되고 싶지 않은데."

버튼이 매섭게 쏘아붙였다.

"노인네가 먼저 나를 놀림감으로 만들었어요! 우습게 보이는 것에 신경 쓰지 말고. 그 옷을 어서 입어요. 안 그러면 내가…… 내가…… 때려줄 겁니다."

버튼은 그런 말까지 하는 게 무척 거북하기는 했지만, 적절한 말을 했다는 생각도 들었다.

"알겠어요, 아버지. 아버지가 더 오래 살았으니 더 많이 알겠지요. 아버지 말씀대로 하겠습니다."

노인은 갑자기 아버지를 존중하는 자식처럼 말했다.

좀 전에도 그랬듯이 '아버지'란 소리에 용기를 얻은 버튼은 말투까지 바뀌기 시작했다.

"서둘러라."

"서두르고 있습니다, 아버지."

옷을 다 입은 아들의 모습에 버튼의 표정이 침울하게 변했다. 얼룩얼룩한 점이 박힌 양말, 분홍색 바지, 줄무늬 상의, 넙적한 하얀 칼라…… 더구나 하얀 칼라 위로는 희끗희끗한 수염이 출렁이며 거의 허리까지 내려왔다. 그야말로 가관이었다.

"잠깐만!"

버튼은 그렇게 소리치고 병원 가위를 집어 들고 수염을 퍽퍽 잘라냈다. 조금 나아지긴 했지만 전체적인 조화로 볼 때 완벽함과는 상당히 거리가 멀었다. 텁수룩한 머리카락, 흐릿한 눈빛, 누런 이는 밝고 화려한 옷과는 전혀 어울리지 않는 듯했다. 하지만 버튼은 고집스런 면이 있었다. 그는 손을 쭉 내밀며 단호히 말했다.

"가자!"

늙은 아들은 믿어 의심치 않으며 그 손을 잡았다. 그리고 육아실을 나오면서 떨리는 목소리로 물었다.

"아빠, 나를 뭐라고 부를 건가요? 멋진 이름이 생각날 때까지 '아가'라고 부를 건가요?"

버튼은 퉁명스레 내뱉었다.

"모르겠다. 너를 므두셀라(노아의 홍수 전시대에 969세까지 살았다는 유대의 족장.)로 부를까도 생각 중이다."

3

버튼 부부가 새로이 얻은 늙은 아들은 머리를 짧게 깎고, 성긴 머리카락까지 새까맣게 염색했다. 또 얼굴이 번질거릴 정도로 수염도 깔끔하게 깎았고, 최고급 재단사에게 맞춘 아동복을 입었다. 그런 후에도 버튼은 그들 가족의 첫 자식으로는 좋지 않은 표본이라는 느낌을 떨쳐낼 수 없었다. 벤자민 버튼―므두셀라라는 이름이 어울리기는 했지만 원망감이 담긴 듯해서 버튼 부부가 늙은 아들에게 붙여준 이름이었다―은 나이를 먹어 허리가 굽었지만, 키가 173센티미터나 됐다. 그의 옷들이 큼직한 몸집을 감추지는 못했고, 눈썹을 멋지게 다듬고 염색까지 했지만 흐릿하고 희미하며 피곤에 지친 듯한 눈동자를 숨길 수는 없었다. 유모를 선금까지 주고 고용했지만, 모두가 늙은 아이를 보고는 화를 버럭 내며 뒤도 돌아보지 않고 나가버렸다.

그러나 버튼의 확고한 의지는 조금도 흔들리지 않았다. 벤자민은 아기였다. 따라서 아기답게 커야 했다. 처음에 버튼은 벤자민이 따뜻한 우유를 마시지 않으려 하면 아무것도 먹지 못하게 하겠다고 선언했지만, 결국에는 양보해서 타협책으로 벤자민에게 빵과 우유, 심지어 오트밀까지 먹는 걸 허락하지 않을 수 없었다. 어느 날 버튼은 딸랑이를 사와 벤자민에게 주며, 그걸 갖고 놀라고 준엄하게 말했다. 그래서 늙은 아기는 넌더리를 내며 딸랑이를 받아들었고, 그날 종일 집 안에서는 가끔씩 고분고분 딸랑이를 흔들어대는 소리가 들렸다.

그러나 벤자민은 딸랑이가 지겨울 뿐이어서, 집에 혼자 있을 때면 다른 재밋거리들을 찾아서 지겨운 마음을 달랬다. 예컨대, 어느 날 버튼은 지난주에 평소보다 시가를 많이 피웠다는 생각이 들었고, 며칠이 지난 후에야 그 이유를 알아냈다. 그날 버튼은 불시에 벤자민의 방에 들어갔다. 방이 파르스름한 연기로 자욱했고, 벤자민은 죄를 지은 표정으로 검은 아바나 시가 꽁초를 감추려 했다. 물론 벤자민은 볼기를 심하게 얻어맞았다. 그러나 버튼은 아들에게 시가를 피우지 말라고 다그칠 수는 없다는 걸 알았다. 그래서 시가를 피우면 '성장에 방해된다.' 고 주의를 주는 것으로 그치고 말았다.

하지만 버튼의 태도는 초지일관이었다. 그는 납으로 만든 장난감 병정을 사왔고, 장난감 기차도 사왔다. 솜털로 만든 커다란 가축 인형도 사서 집에 들고 왔다. 그가 자신을 위해서 만들어가고 있던 환상에 조금의 흠집도 내고 싶지 않았던 까닭에, 버튼은 장난감 가게 점원에게 "아기가 입에 넣으면 색이 빠지지 않느냐"고 묻고 또 물었다. 그러나 아버지의 이런 노력에도 불구하고 벤자민은 그런 장난감들에 관심을 보이지 않았다. 그는 뒤의 계단으로 몰래 다니며 브리태니커 백과사전을 자기 방에 가져가 오후 내내 백과사전을 열심히 탐독하며, 솜털 젖소나 노아의 방주 등과 같은 장난감은 거들떠보지도 않았다. 그런 옹고집 때문에 버튼의 노력은 아무런 쓸모가 없었다.

볼티모어에 불어 닥친 소동은 처음에는 엄청난 것이었다. 다행히

남북전쟁이 발발하면서 시민들이 다른 데로 관심을 돌렸기 때문에, 그 불미스런 사건으로 자칫하면 버튼 부부와 그들의 친척들이 사교계에서 잃어야 했던 것이 조금은 덜어질 수 있었다. 하지만 변함없이 점잔을 빼는 몇몇 사람들은 버튼 부부를 위로하는 말을 생각해내느라 머리를 짜내야 했고, 결국에는 아기가 할아버지를 닮았다는 기발한 생각까지 해냈다. 하기야 일흔 살 먹은 노인에게는 흔한 노쇠 현상을 비추어보면 부인할 수도 없는 것이었다. 그러나 로저 버튼 부부에게도 그 말은 달갑게 들리지 않았고, 벤자민의 할아버지는 심한 모욕감에 노발대발했다.

벤자민은 병원 문을 나서자마자, 다시 태어난 사람처럼 활기에 넘쳤다. 몇몇 아이들이 벤자민과 놀겠다고 집을 찾아오기도 했다. 팽이치기와 구슬치기에 관심을 보이면서 종일 팽이를 돌리고, 구슬을 굴리기도 했다. 또 어느 날에는 고무줄 새총을 갖고 놀다가 부엌 유리창을 깨기도 했다. 그날 버튼은 남몰래 은근히 즐거워했다.

그 후부터 벤자민은 매일 뭔가를 깨뜨릴 궁리를 했다. 하지만 어른들이 그에게 그렇게 해주길 바랐고, 그가 선천적으로 순종적인 성품이었기 때문에 뭔가를 깨뜨린 것이었다.

처음에 못마땅해만 하던 할아버지의 노기가 점점 풀어지자, 벤자민과 할아버지가 함께 보내는 시간도 늘어났다. 연령과 경험에서 한참 차이가 있는 두 사람은 몇 시간이고 마주보고 앉아서, 오래된 친구처럼 하루의 느릿한 시간에 대해 느긋하게 얘기를 나누었다. 벤자민은 부모보다 할아버지와 함께 있을 때 더 편했다. 부모는 그를 약간 어려워하는 듯했고, 그에게 부모로서 독재적인 권위를 행사하긴 했지만 걸핏하면 그의 이름 뒤에 '씨'를 붙이곤 했다.

벤자민은 자신이 태어날 때부터 정신과 몸이 늙어버린 이유가 누구 못지않게 궁금했다. 그래서 의학 논문집에서 그에 관련된 글들을 찾아 읽었지만, 그런 사례가 과거에 다루어진 경우가 없다는 걸 알아냈을 뿐이었다. 아버지의 재촉에 그는 다른 아이들과 놀려고 진심으로 애썼고, 가능하면 몸을 격하게 움직이지 않는 놀이에 끼어들었다. 미식축구는 그에게 너무 힘들었다. 또 뼈라도 부러지면서 늙은 뼈가 다시 붙지 않을까 두렵기도 했다.

다섯 살이 되자 그는 유치원에 들어갔다. 그곳에서 그는 오렌지색 색종이에 초록색 색종이 조각을 풀로 붙이고, 울긋불긋하게 지도를 그리며, 두꺼운 판지로 목걸이를 만드는 법을 배웠다. 그는 이런 놀이를 하는 도중에 꾸벅꾸벅 졸다가 잠이 들기 일쑤였다. 젊은 여자가 질겁하며 화를 낼 만한 못된 버릇이었다. 그에게는 다행으로, 여선생은 벤자민의 못된 버릇을 부모에게 고자질하며 불평을 늘어놓았고, 그래서 그는 유치원을 다니지 않게 됐다. 로저 버튼 부부는 친구들에게 벤자민이 유치원을 다니기엔 아직 어린 듯하다고 말했다.

벤자민이 열두 살쯤 되자, 로저 버튼 부부도 아들에게 상당히 익숙해졌다. 습관의 힘은 무척 강해, 벤자민이 가끔 기상천외한 짓으로 그들을 놀라게 할 때를 제외하고는 더 이상 아들이 여느 아이와 다르다고 생각하지 않기에 이르렀다. 그의 열두 번째 생일이 지나고 몇 주가 더 지난 어느 날, 벤자민은 자신의 몸에 놀라운 변화가 일어난 걸 알아챘다. 정확히 말하면, 그런 변화가 일어났다고 생각했다. 그의 눈이 착각을 일으킨 것이었을까, 아니면 12년 만에 그의 머리카락이 흰색에서 정말로 철회색으로 변한 것이었을까? 얼굴에 얼기설기 얽혀 있던 주름살이 갑자기 사라진 것이었을까? 그의 피부가 건강해지고 탄탄해지며 발그스레한 기운까지 띠게 된 것이었을까? 벤자민은 영문을 알 수 없었다. 하지만 허리가 꼿꼿하게 펴졌고, 몸 상태가 예전보다 훨씬 나아진 것만은 확실했다.

"대체 어떻게 된 거지?"

그는 이렇게 혼잣말로 중얼거렸다. 정말로 그런 변화가 일어났다고는 감히 생각할 수 없었다.

그는 아버지를 찾아가 단호하게 말했다.

"이젠 다 큰 것 같아요. 긴 바지를 입고 싶어요."

그의 아버지는 선뜻 대답하지 못했다.

"글쎄다. 긴 바지는 열네 살이 돼서야 입는 건데, 너는 이제 열두 살이다."

"하지만 제가 제 또래에 비해 크다는 걸 아시잖아요."

버튼은 생각에 잠긴 듯한 표정으로 대답했다.

"나는 그렇게 생각지 않는다. 나도 열두 살 때 너만큼 컸으니까."

사실은 그렇지 않았다. 아들이 정상이라고 믿고 싶은 로저 버튼의 속마음이었다.

결국 타협점이 찾아졌다. 벤자민은 머리카락을 계속 염색해야 했고, 또래의 아이들과 어울려 노는데 힘써야 했다. 또 안경을 쓰지 않고, 길에서는 지팡이를 짚지 않아야 했다. 이렇게 양보한 대가로 벤자민은 처음으로 긴 바지를 입을 수 있었다.

4

벤자민 버튼이 열두 살부터 스물한 살까지 어떤 삶을 살았는지에 대해서는 별로 얘기하고 싶지 않다. '정상적인 역성장'의 시절이었다고 말하는 것으로 충분할 듯하다. 열여덟 살이 됐을 때 벤자민은 50대만큼 허리가 펴졌고, 머리카락도 많아지고 짙은 잿빛을 띠었다. 걸음걸이도 당차졌으며, 갈라지고 떨렸던 목소리는 굵직한 바리톤으로 변했다. 그래서 버튼은 벤자민을 코네티컷에 보내 예일 대학의 입학시험을 치게 했다. 벤자민은 입학시험에 당당히 합격해 신입생이 되었다.

입학 허가를 받고 사흘째 되던 날, 벤자민은 교무과의 하트 씨로부터 그의 사무실에 들러 강의 시간표를 짜라는 통지를 받았다. 그래서 벤자민은 거울을 들여다보고는 머리카락을 갈색으로 다시 염색해야겠다고 생각했다. 책상 서랍을 샅샅이 뒤졌지만 염색약 병은 어디에도 없었다. 그때서야 전날 염색약을 다 쓴 다음에 버렸다는 기억이 떠올랐다.

벤자민은 어찌할 바를 몰랐다. 하트 씨와 약속한 시간은 시시각각 다가왔다. 그대로의 모습으로 가는 수밖에 다른 방법이 없었다. 그래서 벤자민은 머리카락을 염색하지 못하고 하트 씨를 찾아갔다.

하트 씨가 공손하게 말했다.

"좋은 아침입니다. 아드님이 궁금해서 오셨군요."

"실은 제가 버튼……."

벤자민이 말을 끝내기도 전에, 하트 씨가 말을 끊고 나섰다.

"예, 만나서 반갑습니다, 버튼 씨. 아드님은 곧 올 겁니다."

벤자민이 버럭 소리쳤다.

"그게 바로 저라고요! 제가 신입생이라고요."

"뭐라고요!"

"제가 이번에 입학한 신입생입니다."

"농담하지 마십시오."

"정말이라니까요."

하트 씨는 얼굴을 찌푸리며, 책상에 놓인 신상카드를 힐끗 보았다.

"여기 신상카드에는 벤자민 버튼의 나이가 분명히 열여덟이라고 쓰였는데요."

벤자민은 약간 얼굴을 붉히며 대답했다.

"제 나이 맞습니다."

하트 씨는 짜증스런 표정을 벤자민을 뚫어지게 쳐다보았다.

"버튼 씨, 저한테 지금 그 말을 믿으라는 겁니까?"

벤자민이 멋쩍은 미소를 지으며 대답했다.

"제 나이가 열여덟입니다."

그러자 하트 씨가 문을 가리키며 준엄한 목소리로 소리쳤다.

"당장 나가시오. 우리 대학엔 발도 들여놓지 마시오. 이 도시엔 얼씬도 하지 마시오. 미쳐도 단단히 미친 사람 같으니까."

"정말 제 나이가 열여덟이라니까요!"

하트 씨가 직접 문까지 열어주며 소리쳤다.

"헛소리 그만하시고! 그런 나이에 우리 대학에 신입생으로 들어

올 생각을 하다니! 열여덟 살이라고, 당신이? 18분을 줄 테니 이 도시를 떠나시오."

벤자민 버튼은 점잖게 교무실을 나왔다. 복도에서 순서를 기다리던 대여섯 명의 학생들이 호기심 어린 눈으로 그를 쳐다보았다. 벤자민은 잠시 걷다가 뒤를 돌아보았다. 하트 씨가 여전히 화난 얼굴로 그를 지켜보고 있었다. 그래서 벤자민은 또렷한 목소리로 다시 소리쳐 말했다.

"저는 정말 열여덟 살입니다!"

학생들이 킥킥거리며 웃는 소리를 뒤로 하고 벤자민은 복도를 빠져나왔다.

그러나 벤자민은 그렇게 쉽게 고난에서 벗어날 운명이 아니었다. 혼자 외롭게 기차역까지 걸어가던 그의 뒤로 대학생들이 점점 구름 떼처럼 모여들어 쫓아왔다. 한 미치광이가 예일 대학의 입학시험에 합격했고, 열여덟 살이라고 속이려 했다는 소문이 퍼졌기 때문이었다. 온 학교가 흥분의 열기에 휩싸였고, 학생들은 모자도 쓰지 않은 채 강의실에서 뛰쳐나왔다. 미식축구팀도 훈련을 포기하고 무리에 끼어들었다. 교수의 부인들까지 모자를 비딱하게 기울여 쓰고 신분을 망각한 채 부산을 떨며 행렬을 뒤쫓아 달려왔다. 그 무리들에서 벤자민 버튼의 예민한 감수성을 건드리는 말이 끊임없이 흘러나왔다.

"죽을 때까지 방랑해야 하는 유대인이 틀림없을 거야!"

"그 나이에는 고등학교에나 다녀야지!"

"신동을 보러 가자!"

"우리 학교가 양로원인 줄 아는 모양이군."

"하버드로나 꺼져 버려!"

벤자민은 발걸음을 빨리했고, 곧이어 거의 달리기 시작했다. 그래, 그들에게 본때를 보여줘야겠어! 하버드에 가고 말 거야! 이 무분별한 학대를 후회하게 해주겠어!

볼티모어행 기차에 안전하게 올라타고서야 벤자민은 차창 밖으로 얼굴을 내밀고 소리쳤다.

"너희들, 이 일을 후회하게 해주겠어!"

"하하!"

학생들은 비웃었다.

"하하하!"

그러나 그런 비웃음은 예일 대학이 저지른 최대의 실수였다.

5

 1880년 벤자민 버튼은 스무 살이 되었다. 그는 아버지 회사인 로저 버튼 철물 도매상에서 일하기 시작하면서 스무 번째 생일을 자축했다. 그리고 같은 해에 '사교계에 얼굴을 내밀기' 시작했다. 구체적으로 말하면, 로저 버튼이 아들을 무도회에 데리고 다니기 시작했다. 그때 로저 버튼은 50세였다. 그리고 두 부자는 점점 친구 같은 사이가 되었다. 그때쯤 벤자민이 여전히 희끗하긴 했지만 머리카락을 염색하는 걸 중단해서 그들은 거의 동갑내기처럼 보였고, 그들을 형제로 착각하는 사람들도 있었다.

 8월의 어느 날 저녁, 그들은 예복을 갖춰 입고 마차에 올라탔다. 그리고 셰블린 가족이 볼티모어 외곽에 있는 별장에서 개최한 무도회장으로 향했다. 나무랄 데 없는 저녁이었다.

 보름달이 뿜어내는 은은한 빛에 길은 온통 백금색으로 빛났고, 뒤늦게 핀 꽃들이 나지막한 웃음소리와도 같은 향기로 고요한 대기에 생기를 불어넣었다. 길 양편으로 담황색 밀밭이 끝없이 뻗은 광활한 벌판은 대낮처럼 밝아 보였다. 또 가슴 벅차게 아름다운 하늘의 모습에 감동받지 않을 사람은 없을 듯했다. 모두는 아니었지만……

로저 버튼은 결코 감상적인 사람이 아니었다. 그의 미학적 감각은 기초적인 수준을 넘지 못했다. 그가 심각한 목소리로 말했다.

"앞으로는 포목 의류 사업의 전망이 좋을 것 같다. 나처럼 늙은 사람이 이제 와서 무슨 새로운 장사 요령을 배우겠니. 너처럼 정력적이고 활력이 넘치는 젊은이들이 원대한 미래를 개척해 가야겠지."

셰블린의 별장에서 흘러나오는 빛이 멀리에서도 보였다. 곧이어 한숨을 내쉬는 듯한 소리가 그들의 귀에 계속해서 들려왔다. 바이올린의 구슬픈 선율인 듯하기도 했고, 보름달빛에 은빛으로 물든 밀들이 바스락거리는 소리인 듯하기도 했다.

그들은 멋진 사륜마차 뒤에 자신들의 마차를 세웠다. 사륜마차의 문이 열리고 사람들이 차례로 내렸다. 중년 부인이 먼저 내렸고, 뒤따라 나이가 지긋한 신사와 눈부시게 아리따운 아가씨가 차례로 내렸다. 벤자민은 가슴이 두근거렸다. 그의 몸에서 화학적 변화가 일어나, 몸의 모든 원소를 분해해서 재구성하는 것만 같았다. 온몸에 소름이 돋고, 피가 뺨과 이마로 몰려 올라왔다. 뭔가에 세게 얻어맞은 듯 귓속이 먹먹했다. 이른바 첫사랑이었다.

그 아가씨는 산들바람에도 넘어질 것처럼 호리호리했다. 그녀의 머리카락은 달빛아래서 잿빛을 띠었고, 탁탁거리며 타오르는 현관 램프불빛 아래에서는 꿀 색을 띠었다. 그녀는 연한 노란색에 검정색 나비 무늬가 그려진 스페인식 만틸라(에스파냐, 멕시코, 이탈리아 등지에서 여성이 의례적으로 머리에서부터 어깨까지 덮어쓰는 쓰개.)로 어깨를 감쌌고, 그녀의 발은 바스락대는 드레스 가장자리에서 반짝거리는 단추처럼 보였다.

로저 버튼이 아들에게 살며시 기대며 말했다.

"저 아가씨가 몽크리프 장군의 딸인, 힐데가르드 몽크리프 양이다."

벤자민은 고개를 끄덕이며 무덤덤하게 말했다.

"예쁘네요."

그러나 흑인 소년이 마차를 끌고 가자 서둘러 말했다.

"아버지, 저 아가씨를 소개시켜주시겠어요."

그래서 그들은 몽크리프 양이 중심에 있는 한 그룹을 향해 다가갔다. 오랜 전통에 따라 교육받은 까닭에 몽크리프 양은 벤자민을 보자 무릎을 약간 굽혀 인사를 건넸다. 됐다. 그는 그녀와 춤을 출 기회를 얻었다. 벤자민은 그녀에게 감사의 뜻을 전하고 뒤로 물러섰다. 두근대는 가슴을 억누르고……

그의 순서가 될 때까지 기다리는 시간이 지루하기 짝이 없었다. 그는 벽에 조용히 기대서서, 흠모하는 표정을 감추지 못하고 힐데가르드 몽크리프 주변을 맴도는 볼티모어의 젊은이들을 잡아먹을 듯한 눈빛으로 지켜보았다. 벤자민에게는 그들이 못마땅하고 역겨웠다. 한결같이 혈색이 좋고 건강한 청년들이었다! 더구나 그들의 곱슬거리는 갈색 구레나룻을 보고 있으면 위까지 메슥거리는 듯했다.

그러나 그만의 시간이 왔을 때 그는 파리에서 건너온 최신 왈츠 곡에 맞춰 그녀와 함께 무도장으로 나갔다. 시기심과 불안감이 그의 몸 안에서 눈처럼 녹아 뒤섞였다. 마법에라도 빠진 듯 황홀감에 완전히 취해버린 그에게는 삶이 이제야 본격적으로 시작된 것처럼 느껴졌다.

힐데가르드가 푸른 에나멜처럼 밝은 눈동자를 반짝이며 물었다.

"우리가 도착했을 때 당신과 당신 형님도 막 도착하셨죠, 그렇지 않나요?"

벤자민은 선뜻 대답할 수 없었다. 그녀가 그의 아버지를 그의 형으로 착각하고 있다면 올바로 알려줘야 하는 게 낫지 않을까? 이런 생각이 들었지만 그는 예일 대학에서 겪은 일이 기억났다. 그래서 그는 거짓말을 하기로 결심했다. 젊은 아가씨의 말을 부정하는 것도 무례한 짓인 듯했고, 그의 탄생에 얽힌 해괴한 얘기로 그 멋진 기회를 망치는 것도 어리석은 짓이라 여겨졌다. 진실은 나중에 밝혀도 되지 않을까 싶었다. 그래서 그는 빙그레 미소를 지으며 고개를 끄덕였다. 음악에 맞춰 그녀와 함께 춤을 추는 것이 너무 행복했다.

힐데가르드가 나지막이 말했다.

"나는 당신처럼 나이가 지긋한 남자가 좋아요. 젊은 남자들은 너무 바보 같아요. 대학에서 술을 얼마나 많이 마시고, 카드 도박에서 돈을 얼마나 잃었다는 둥 그런 얘기만 하거든요. 하지만 당신 나이의 남자들은 여자를 소중히 대하는 법을 알아요."

벤자민은 그 자리에서 청혼이라도 하고 싶었다. 그런 충동을 억눌러 참느라 안간힘을 다 썼다. 힐데가르드가 계속 말했다.

"당신은 낭만을 즐길 줄 아는 나이잖아요, 쉰 살이면. 스물다섯은 처세에만 힘쓰고, 서른은 일을 하느라 눈코 뜰 새 없이 바쁘고요. 또 마흔은 시가 한 대를 다 피워도 얘기가 끝나지 않을 정도로 사연이 많은 나이이고, 예순은 일흔에 가까우니 죽을 때를 기다리는 나이지만, 쉰은 한가하고 유유자적한 나이잖아요. 그래서 나는 쉰 살이 좋아요."

벤자민에게도 쉰 살은 정말 멋진 나이처럼 여겨졌다. 그래서 하루라도 빨리 쉰 살이 되고 싶었다.

힐데가르드가 다시 말했다.

"나는 항상 이렇게 말해왔어요. 서른 살인 남자와 결혼해서 그 남자의 뒤치다꺼리를 하느니, 쉰 살인 남자와 결혼해서 사랑받겠다고요."

벤자민에게 그 이후의 저녁 시간은 달콤한 꿀 빛 안개에 젖은 듯한 시간이었다. 힐데가르드는 그에게 춤을 두 번이나 더 허락했고, 그들은 그날 주고받은 모든 대화에서 놀랍도록 서로 일치한다는 것을 깨달았다. 그녀는 다음 일요일에 그와 함께 산책을 나가기로 약속했고, 그때 그들은 더 깊은 대화를 나누기로 했다.

새벽이 밝기 직전에 그들은 집으로 돌아갔다. 꿀벌들이 윙윙대며 꿀을 따러 나왔고, 저물어가는 보름달빛에 찬 이슬이 반짝거렸다. 집으로 돌아가는 마차 안에서, 아버지가 철물 도매 사업에 대해 얘기하고 있었지만 벤자민은 듣는 둥 마는 둥 했다.

"…… 네 생각에는 우리가 망치와 못 다음으로 무엇에 관심을 가져야 할 것 같으냐?"

벤자민은 넋을 놓고 대답했다.

"러브(love)요."

로저 버튼이 소리쳤다.

"러그(lug: 손잡이)라구? 그 얘기는 방금 내가 했잖니!"

벤자민은 멍한 눈으로 아버지를 물끄러미 쳐다보았다. 동쪽 하늘에서 갑자기 빛이 쏟아졌고, 찌르레기 한 마리가 날카로운 소리로 하품하며 나무에서 푸드덕 날아올랐다.

6

　그로부터 6개월 후 힐데가르드 몽크리프와 벤자민 버튼의 약혼 소식이 알려지자(몽크리프 장군이 약혼 소식을 발표하느니 차라리 자결하겠다고 선포했기 때문에 밖으로 알려지게 된 것이었다.), 볼티모어 사교계가 뜨겁게 달아올랐다. 그래서 거의 잊혀졌던 벤자민의 탄생 얘기가 되살아났고, 악의적이고 터무니없는 형태로 조작된 루머가 바람을 타고 퍼져 나갔다. 벤자민이 실제로는 로저 버튼의 아버지라는 소문, 벤자민이 40년 동안 감옥에 갇혀 있다가 풀려난 로저 버튼의 동생이라는 소문, 벤자민이 실제로 에이브러햄 링컨을 암살한 존 윌크스 부스라는 소문, 심지어 벤자민의 머리에 조그만 뿔이 두 개나 돋아나 있다는 소문까지 나돌았다.

　뉴욕 신문들의 일요일판은 물고기와 뱀의 몸뚱이, 나중에는 단단한 쇳덩어리 몸뚱이에 벤자민 버튼의 얼굴을 붙인 기막힌 삽화까지 곁들여 그 사건을 앞다투어 다루었다. 덕분에 벤자민은 언론계에서 '메릴랜드의 미스터리한 사나이'로 알려지게 됐다. 그러나 그런 사건에는 흔히 그렇듯이, 진실은 끼어들 틈이 거의 없었다.

　몽크리프 장군을 비롯해 모두가, 볼티모어에서 최고의 신랑감과도 결혼할 수 있을 아름다운 아가씨가 쉰 살이나 먹은 남자의 품에 안기는 것은 '범죄적 행위'라 생각했다. 로저 버튼은 〈볼티모어 블레이즈〉에 큰 활자로 아들의 출생증명서를 공개했지만 아무런 효과가 없었다. 누구도 그것을 믿지 않았다. 하기야 벤자민의 실물을 보면 그 증명서를 믿을 사람은 거의 없었다.

그러나 사건의 당사자인 두 주인공의 마음은 조금도 흔들리지 않았다. 또한 힐데가르드는 약혼자에 대한 온갖 얘기가 새빨간 거짓말이었기 때문에 진실조차 믿기를 단호히 거부했다. 몽크리프 장군이 50대 남자들, 적어도 50대로 보이는 남자들의 높은 사망률로 딸의 마음을 돌려보려 했지만 소용이 없었다. 또 철물 도매업의 미래가 불확실하다고도 말해보았지만 힐데가르드의 마음을 돌릴 수 없었다. 힐데가르드는 여유롭고 낭만적인 삶을 위해 결혼하기로 결심했고, 마침내 그 뜻을 이루었다.

7

적어도 한 가지 점에서, 힐데가르드의 친구들은 잘못 판단한 듯했다. 철물 도매사업은 눈부시게 성장했다. 벤자민 버튼이 결혼한 1880년부터 그의 아버지가 은퇴한 1895년까지, 15년 사이에 그 가족의 재산은 두 배로 늘었다. 회사의 운영을 한 젊은이에게 맡긴 덕분이었다.

새삼스레 말할 필요도 없겠지만 볼티모어 사교계는 벤자민 부부를 따뜻하게 맞아주었다. 늙은 몽크리프 장군까지 아홉 군데의 저명한 출판사에서 퇴짜를 맞은 그의 20권짜리 역작 〈남북전쟁사〉를 출간할 수 있도록 사위가 돈을 보태주자, 사위와 화해했다.

그 15년 동안 벤자민에게도 많은 변화가 있었다. 그의 혈관에서 피가 더 힘차게 흐르는 듯했고, 아침에 일어나는 것도 하루하루가 즐거웠다. 햇살이 비치는 부산한 거리를 활기차게 걸었고, 망치와 못을 선적하면서 지칠 줄 모르게 일했다. 1890년에는 "못을 담는 상자를 못질하는데 사용된 모든 못은 화주의 재산이다."라고 주장하면서, 그가 대성공을 거둔 것으로 잘 알려진 사업적 혁명을 꾀했다. 그 주장은 포사일(Foossile: 이 이름에는 '구식 사람', '구제도', '낡은 사고방식'이란 뉘앙스가 있다.) 대법원장까지 동의해 법제화됐고, 그 덕분에 로저 버튼 철물 도매상은 매년 600개 이상의 못을 절약할 수 있었다.

게다가 벤자민은 삶에서 즐거움을 찾으려는 욕망이 갈수록 더 강해진다는 걸 깨달았다. 그가 볼티모어에서 자동차를 구입한 최초의 인물이었다는 것이 삶의 즐거움에 점점 매료되어 가는 그의 욕망과 열정을 잘 대변해 주고 있었다. 그의 동년배들은 길에서 그를 만나면, 건강하고 활기에 넘친 그의 모습을 부러운 눈으로 쳐다보았다.

그들은 "벤자민은 매년 젊어지는 것 같아."라고 말하곤 했다. 또 65세로 꼬부랑 늙은이가 된 로저 버튼은 처음에 아들을 달갑게 받아들이지 않았더라면, 이제는 아들에게 아첨까지 하면서 속죄해야 할 입장이 되고 말았다.

그런데 이쯤에서 우리도 가능하면 빨리 슬쩍 훑어보고 지나가는 게 나을 것 같은 안타까운 문제가 생겼다. 벤자민 버튼이 걱정하는 유일한 문제이기도 했다. 아내가 그의 눈에 더 이상 매력적으로 보이지 않는다는 점이었다.

그때 힐데가르드는 서른다섯 살이었고, 열네 살인 아들 로스코를 두고 있었다. 신혼시절에 벤자민은 아내를 여신처럼 떠받들었다. 그러나 시간이 지나자, 꿀 색이던 아내의 머리카락이 밋밋한 갈색으로 변했고, 푸른 에나멜처럼 반짝이던 눈동자는 싸구려 질그릇처럼 변했다. 게다가 아내가 편안한 생활에 안주해서 자기만족에 젖어 지내고, 흥분하는 법이 없이 지나치게 차분하고 냉정한 것이 무엇보다 아쉬웠다. 새색시일 때는 그녀가 먼저 벤자민을 이끌고 무도회나 만찬에 다녔지만, 이제는 모든 것이 거꾸로 되고 말았다. 그와 함께 사교 모임에 나가기는 했지만, 힐데가르드는 예전처럼 즐거워하지 않았다. 우리 모두에게 언젠가 닥치고, 우리가 삶을 끝낼 때까지 함께해야 하는 타성에 그녀도 완전히 젖어버린 듯했다.

벤자민의 불만은 점점 커져갔다. 1898년 미서전쟁(쿠바 섬의 이해관계를 둘러싸고 미국과 스페인 사이에 일어났던 전쟁.)이 발발했을 때, 그는 하루하루의 삶이 너무 재미없어 군대에 입대했다. 사업가로서 쌓은 영향력 덕분에 그는 대위로 임명됐고, 남다른 적응력을 발휘해 소령으로 진급했다. 그 후 유명한 산후안(쿠바 산티아고 동부에 위치한 구릉지대, 미서전쟁 중 가장 치열한 전투가 벌어졌고 가장 많은 사상자가 나왔다.) 전투에 투입될 즈음에는 중령으로 진급했다. 그 전투에서 그는 가벼운 부상을 입었으나 무공훈장까지 받았다.

벤자민은 역동적이고 활기찬 군대 생활에 깊은 애착을 느껴 군대 상황을 포기하고 싶지 않았지만, 그의 사업체를 등한시할 입장도 아니었다. 따라서 그는 제대해서 고향으로 돌아왔다. 그가 역에 내리자 취주악대가 그의 귀향을 환영해주었고, 그의 집까지 호위해주었다.

8

  힐데가르드는 커다란 국기를 흔들며 현관 앞에서 그를 맞아주었다. 그는 힐데가르드와 입맞춤을 했지만, 지난 3년이 그들 부부에게 큰 타격을 주었다는 기분에 심장이 덜컥 내려앉는 것 같았다. 어느덧 아내는 마흔 살이었고, 귀밑에 희끗한 새치가 눈에 띄었다. 아내의 변한 모습에 그는 마음이 울적했다.

  방에 올라가서 그는 낯익은 거울에 자신의 모습을 비춰보았다. 거울에 가까이 다가가서 걱정스런 마음으로 얼굴을 뜯어보았다. 그리고 군대에 입대하기 직전에 군복을 입고 찍은 사진과 비교해보았다.

  "이럴 수가!"

  그 과정이 계속되고 있었다. 의심할 여지가 없었다. 이제 그는 서른 살처럼 보였다. 기쁘기는커녕 불안감이 밀려왔다. 그는 점점 젊어지고 있었다! 그때까지 그의 신체나이가 실제나이와 일치하는 시점이 되면 그가 태어나면서부터 시작된 그 해괴한 현상이 멈추기를 바랐었다. 그러나 그의 몸은 계속 어려지고 있었다. 온몸이 오싹해지고 소름이 돋았다. 그의 운명이 끔찍하게만 여겨졌다.

  그가 아래층으로 내려가자 힐데가르드가 그를 기다리고 있었다.

잔뜩 화가 난 얼굴이었다. 그녀가 마침내 이상한 낌새를 눈치 챈 것일까? 그는 어색한 분위기를 조금이라도 해소해볼 요량으로 저녁 식사를 하면서 조심스레 그 문제를 화제에 올렸다.

"내가 예전보다 젊어 보인다고 모두가 그러는데."

힐데가르드는 경멸하는 눈빛으로 남편을 쳐다보며 말했다.

"당신은 그게 자랑거리라고 생각하세요?"

벤자민이 거북한 표정을 지으며 대답했다.

"자랑하는 게 아니오."

힐데가르드가 다시 빈정대는 목소리로 말했다.

"변명하지나 말지."

그녀는 잠시 말을 끊었다가 덧붙여 말했다.

"당신이 그걸 멈출 정도의 자존심은 있다고 믿고 싶은데요."

"내가 어떻게?"

그녀가 쏘아붙였다.

"당신이랑 말다툼하고 싶지 않아요. 하지만 어떤 일이든 옳은 방법이 있고, 나쁜 방법이 있는 법이에요. 당신이 남들과 다르겠다고 결심했다면 내가 무슨 수로 당신을 말리겠어요. 하지만 지금 하는 짓은 그다지 현명하다고 생각해줄 수 없네요."

"힐데가르드, 내가 젊어지겠다고 애쓰는 건 아니오."

"아니에요, 당신이 그 결심을 포기하면 되는 거예요. 그런데 당신은 고집쟁이예요. 당신이 다른 사람들처럼 늙어가는 걸 원하지 않는 거라고요. 당신은 늘 그런 식이었어요. 앞으로도 그렇겠죠. 하지만 모두가 당신처럼 생각하면 세상이 어떻게 되겠어요? 세상이 어떤 꼴로 변할지 생각해보라고요."

힐데가르드가 그렇게 다그쳤지만 벤자민은 아무런 대답을 할 수 없었다. 한마디로 무의미한 입씨름에 불과했다. 그때부터 둘 사이의 골은 점점 깊어졌다. 벤자민은 옛날에 그녀가 무슨 매력으로 자신을 사로잡았는지 궁금할 지경이었다.

새로운 세기가 다가오면서, 아내와의 불화에는 아랑곳없이 즐거움을 찾으려는 그의 욕망은 점점 더 커져갔다. 그는 볼티모어에서 열리는 온갖 파티에 참석해 예쁘고 젊은 유부녀들과 춤을 추었고, 사교계에 첫발을 내딛는 어린 아가씨들과 재밌게 농담을 주고받았으며, 그런 모임에서 즐거움을 만끽했다. 하지만 그의 아내는 불길한 징후를 찾는 귀부인인 양 도도하고 불만 어린 표정으로 샤프롱(사교계에 나가는 젊은 미혼 여성의 보호자.)들과 어울려 앉아, 엄숙하고 비난 어린 눈빛으로 남편을 추적했다.

"저런, 불쌍해라! 저렇게 젊은 남자가 마흔다섯이나 된 여자에게 꼼짝없이 묶여 있다니. 마누라보다 스무 살은 어려 보이는데."

여기저기서 수군대는 소리가 들렸다. 인간은 망각의 동물이라 했듯이, 그들은 1880년 자신들의 어머니와 아버지가 이처럼 어울리지 않는 한 쌍을 두고 수군거렸다는 걸 까맣게 잊고 있었다.

벤자민은 가정에서 점점 커져가는 불만을 해소할 방안을 온갖 새로운 흥밋거리에서 찾으려 했다. 그래서 골프를 시작했고, 금세 뛰어난 실력을 발휘했다. 그리고 춤에도 열중했다. 1906년에 그는 '보스턴' 왈츠의 전문가가 됐고, 1908년에는 '마시시'(브라질에서 시작된 사교춤의 하나.)의 대가로 인정받았다. 또 1909년에 그가 선보인 '캐슬 워크'(사교춤의 하나로 느릿느릿한 스텝이 특징이다.) 솜씨는 모든 볼티모어 젊은이들의 부러움의 대상이 되었다.

물론 사업 때문에 사교 활동에만 열중할 수는 없었다. 하지만 그는 25년 동안이나 철물 도매사업을 열심히 꾸려간 터여서, 하버드 대학을 갓 졸업한 아들 로스코에게 사업을 조만간 물려줄 생각이었다. 더구나 그와 로스코는 곧잘 다른 사람들에게 같은 사람이란

착각을 불러 일으켰다. 사람들이 그를 아들처럼 젊게 봐주는 것이
즐겁기만 했다. 결국, 그가 미서전쟁에서 돌아온 직후에 그를 덮쳤
던 두려움과 공포심은 까맣게 잊고, 나날이 젊게 보이는 외모의 변
화를 순진하게 좋아하고만 있었다는 뜻이었다. 그런데 옥에 티가
하나 있었다. 그는 아내와 함께 사람들 앞에 나서는 게 싫었다. 힐
데가르드는 거의 쉰 살에 가까워, 아내를 보면 기분이 언짢아질 뿐
이었다.

9

　로저 버튼 철물 도매상을 젊은 로스코 버튼에게 물려주고 수년이 지난, 1910년 9월의 어느 날, 스무 살 남짓으로 보이는 남자가 케임브리지에 있는 하버드 대학에 신입생으로 입학했다. 그는 이번에는 쉰 살이지만 그렇게 보이지 않을 거라고 말하는 실수를 범하지 않았고, 그의 아들이 10년 전에 그 학교를 졸업했다는 사실도 언급하지 않았다.

　그는 수월하게 합격했고, 평균 연령이 18세에 불과한 신입생들에 비해 나이가 많았기 때문에 금세 학우들 사이에서 두각을 나타냈다.

　그러나 그의 성공은 예일 대학과의 미식축구 경기에서 눈부시게 활약한 덕분이었다. 그는 예일 대학 진영을 파괴적으로 돌진하고, 인정사정없는 분노를 터뜨리며 7번의 터치다운과 14번의 필드골을 성공시켰다. 또한 예일 대학 선수 11명 전원을 한 명씩 혼절시켜 경기장 밖으로 실려 나가게 만들었다. 그날부터 그는 하버드 대학에서 가장 유명한 인물이 됐다.

　이상한 얘기지만, 3학년 때 그는 팀원으로 제대로 활약하지 못했다. 코치들은 그의 체중이 줄었다고 말했고, 특히 날카로운 눈매를 지닌 코치들에게는 그의 키가 예전보다 작아진 듯이 보이기도 했다. 그는 터치다운을 성공시키지 못했지만, 그의 엄청난 명성만으로도 예일 대학팀에 두려움과 혼란을 안겨줄 수 있기를 바라는 마음에 미식 축구팀에 계속 남았다.

4학년 때는 팀원으로 전혀 활동하지 못했다. 그는 너무 왜소해지고 약해져서, 어느 날에는 2학년생들이 그를 신입생으로 착각하기도 했다. 그의 자존심이 크게 상할 수밖에 없는 사건이었다. 게다가 그는 신동으로 불리기도 했는데, 16살도 안 되어 보이는 나이에 대학 4학년이었기 때문이었다. 그는 종종 일부 동기생들의 발랑까진 태도에 충격을 받곤 했다. 공부마저 힘겹게 느껴졌고, 동기생들이 그보다 훨씬 앞서 간다는 느낌도 떨쳐낼 수 없었다. 그는 동기생들 중 상당수가 하버드에 입학하려고 세인트 미다스라는 유명한 예비학교에서 준비했다는 얘기를 들었다. 그래서 그는 하버드를 졸업한 후에 세인트 미다스 예비학교에 입학해 비슷한 몸집의 아이들과 어울려 다니면 훨씬 편할 것이라고 생각했다.

1914년 하버드를 졸업한 후 벤자민은 졸업장을 주머니에 쑤셔 넣고 볼티모어의 고향으로 돌아갔다. 그때 힐데가르드는 이탈리아에 머물고 있어, 벤자민은 아들 로스코와 함께 지내야 했다. 로스코는 대체로 아버지를 환영하는 분위기였지만 아버지를 향한 진심에서 우러나온 열정은 없어 보였다. 벤자민이 사춘기 소년처럼 얼빠진 모습으로 집 안을 서성댈 때는 아버지가 방해된다고 생각하는 기색까지 역력했다. 당시 로스코는 결혼했고 볼티모어에서 꽤나 이름이 알려졌기 때문에, 가족에 관련된 나쁜 소문이 퍼지는 걸 원하지 않았다.

이제 벤자민은 사교계에 첫발을 내딛는 아가씨들과 그보다 젊은 사람들에게 호감을 줄 만한 모습이 아니었기 때문에, 이웃에 사는 열셋이나 열넷 정도의 남자 아이들과 어울릴 때를 제외하고는 거의 혼자 지냈다. 그러던 차에 세인트 미다스 예비학교에 입학해야 겠다는 생각이 다시 떠올랐다.

어느 날 그가 로스코에게 말했다.

"내가 너한테 몇 번이나 말했을 텐데, 나는 예비학교에 다니고 싶구나."

"그럼 다니세요."

로스코는 짤막하게 대답했다. 그런 생각 자체가 마음에 들지 않았기 때문에 길게 논의하고 싶지 않았던 것이다.

벤자민이 힘없이 말했다.

"그런데 혼자 갈 수는 없잖니. 네가 나를 데려가서 입학을 시켜 줘야지."

로스코가 퉁명스레 쏘아붙였다.

"그럴 짬이 없습니다."

로스코는 눈살을 찌푸리고, 아버지를 뚫어지게 바라보며 덧붙였다.

"아버지는 이런 장난을 이렇게까지 질질 끌지 말았어야 합니다. 진작 그만뒀어야 합니다……."

그는 잠시 말을 멈추었다. 얼굴이 새빨갛게 달아올랐고, 적절한 말을 찾는 듯한 표정이었다.

"진작 생각을 바꿔 옛날로 돌아가야 했습니다. 장난이 너무 지나 쳤습니다. 이제는 재밌지도 않습니다. 제발 어른답게 처신하십시 오!"

로스코를 쳐다보는 벤자민의 눈가에는 눈물까지 글썽거렸다.

로스코가 계속해 말했다.

"하나 더 있습니다. 집에 손님들이 오면 나를 '삼촌'이라고 불러 주십시오. 로스코라고 부르지 말고 삼촌으로, 아시겠어요? 열다섯 밖에 안 된 꼬마가 내 이름을 막 부르는 모습이 좋아 보이지는 않습니다. 아니, 항상 나를 삼촌이라고 부르는 게 낫겠어요. 그래야 입에 익을 테니까요."

그리고 로스코는 아버지에게 험상궂은 표정을 지어 보이고는 자리를 박차고 일어났다…….

10

아들과 그렇게 헤어진 후, 벤자민은 참담한 심정으로 2층으로 올라가 거울에 자신의 모습을 비춰보았다. 석 달 동안 면도를 하지 않았지만 얼굴에는 털 하나 보이지 않았다. 면도할 필요가 없을 정도로 매끈하고 하얀 얼굴이었다. 그가 하버드 재학시절 처음으로 집에 왔을 때 로스코가 그에게 다가와, 안경을 끼고 가짜 구레나룻을 붙이는 게 좋겠다고 넌지시 권하기도 했었다. 그래서 한동안 어린 시절의 우스꽝스런 소동이 되풀이되는 듯했다. 하지만 가짜 구레나룻이 따끔거리는 데다 수치스럽기도 했다. 그래서 그가 하소연하자, 로스코는 마지못해 가짜 구레나룻을 떼라고 허락해주었다.

벤자민은 청소년 책, 〈비미니 만의 보이스카우트〉를 읽기 시작했다. 그러나 전쟁에 대한 생각이 머릿속을 떠나지 않았다. 서너 달 전에 미국이 연합군에 가담해 전쟁에 참전한 때문이었다. 벤자민은 입대하고 싶었지만, 안타깝게도 열여섯이 제한 연령이었다. 당시 그는 그 나이로도 보이지 않았다. 그의 실제 나이는 쉰일곱 살이었으니 어쨌든 입대하기에 부적격자로 떨어질 것이 분명했다.

그때 그의 방문을 두드리는 소리가 들렸다. 집사가 그에게 편지를 건네주었다. 수취인이 분명히 벤자민 버튼 씨였고, 한 귀퉁이에

공식 문장이 커다랗게 찍혀 있었다. 벤자민은 가슴을 두근거리며 편지를 꺼내어, 내용물을 읽었다. 미서전쟁에 참전한 퇴역 장교들을 고위 장교로 복귀시킬 예정이라며 그를 미 육군 준장으로 임명한다는 소식이었고, 즉각 출두하라는 명령까지 덧붙여져 있었다.

벤자민은 뛸 듯이 기뻤고 온몸에 전율감까지 느꼈다. 그가 원하던 것이었다. 그는 모자를 집어 들고 뛰쳐나갔다. 10분 뒤에는 찰스 가에 있는 커다란 양복점에 들어가, 떨리는 목소리로 군복을 맞춰야 하니 치수를 재달라고 부탁했다.

점원이 아무 생각 없이 물었다.

"군인 놀이를 하려는 거니?"

벤자민이 화를 버럭 내며 소리쳤다.

"내가 뭘 하려는지는 상관 말게. 나는 마운틴 버논 광장에 사는 버튼이라 하네. 그러니 내가 군복에 어울리는 사람이란 걸 자네도 알 거네."

점원은 머뭇거리며 말했다.

"네가 아니고 네 아버지라면 그렇겠지. 여하튼 알았다."

벤자민은 몸의 치수를 쟀고, 1주일 후에 군복이 완성됐다. 그런데 점원이 장군 계급장은 멋지게 보이기는 하지만 갖고 놀기엔 지나치다고 고집을 부리는 바람에 벤자민은 장군 계급장을 얻는 데 애를 먹었다.

그리고 어느 날 밤, 벤자민은 로스코에게 아무런 말도 남기지 않고 집을 떠나, 기차로 사우스캐롤라이나의 캠프 모스비로 향했다. 그가 지휘할 보병 여단이 그곳에서 기다리고 있었다. 찌는 듯이 더웠던 4월 어느 날, 그는 기차역에서 택시를 탔고 캠프 모스비 정문 앞에서 내렸다. 그리고 정문의 보초병들에게 씩씩하게 말했다.

"내 짐을 옮겨줄 사람을 보내주게!"

보초병은 벤자민을 나무라듯 쳐다보며 말했다.

"뭐라고? 가짜 장군 계급장을 달고 어디를 가려는 거냐, 꼬마야."

미서전쟁에서 혁혁한 공을 세운 벤자민은 눈에 불을 켜고 보초를 노려보았지만, 안타깝게도 목소리가 변성기도 지나지 않은 어린애처럼 변해 있었다. 그는 목소리를 굵게 내려 애쓰면서 소리쳤다.

"차렷!"

그는 잠시 숨을 골랐다. 그런데 갑자기 보초병이 뒤꿈치를 붙이면서 받들어총 자세를 취하는 게 아닌가. 벤자민은 득의의 미소를 감추었지만, 옆을 돌아보는 순간 그의 입가에서 미소가 사라졌다. 보초병은 그에게 받들어총 자세를 취한 게 아니었다. 말을 타고 다가오는 당당한 체구의 포병 대령에게 그 자세를 취한 것이었다.

벤자민은 날카롭게 대령을 불렀다.

"대령!"

대령이 고삐를 잡아당겨 말을 세우고는 눈을 한 번 깜빡이고, 벤자민을 차분하게 내려보며 상냥한 목소리로 물었다.

"너는 누구의 아들이냐?"

벤자민이 격하게 흥분된 목소리로 소리쳤다.

"빌어먹을! 내가 누구 아들인지 확실히 보여주지. 당장 그 말에서 내리게!"

대령은 웃음을 터뜨렸다.

"넌 뭐냐, 장군이 되고 싶은 거니?"

벤자민이 거의 절망에 사로잡혀 소리쳤다.

"이거, 이걸 읽어보게!"

이렇게 말하며 벤자민은 대령에게 임명장을 내밀었다. 그 임명장을 읽는 대령의 눈알이 튀어나올 것만 같았다. 대령은 그 임명장을 자기의 주머니에 쑤셔 넣으며 물었다.

"이걸 어디서 났나?"

"자네 눈으로 직접 봤겠지만 이것은 정부로부터 받은 거네."

대령이 표정을 일그러뜨리며 말했다.

"나와 함께 가자. 사령부에 가서 얘기를 나눠보도록 하지. 따라오너라."

그리고 대령은 말을 돌려 사령부 쪽으로 향했다. 벤자민은 어떻게 할 도리가 없어, 최대한 위엄 있는 자세로 그의 뒤를 따라가며 속으로 준엄한 복수를 다짐했다. 그러나 복수는 이루어질 수 없었다. 오히려 이틀 후, 그의 아들 로스코가 볼티모어에서부터 뜨거운 햇살을 뚫고 허겁지겁 달려와, 군복도 빼앗긴 채 징징 울어대는 장군을 집에 데려와야 했다.

11

1920년 로스코 버튼의 첫아이가 태어났다. 그 후로 잔치가 연이어 열렸지만, 장난감 병정과 소형 곡마단 장난감을 갖고 집 주변에서 노는 대략 열 살쯤으로 보이는 작고 단정치 못한 소년이 갓난아기의 친할아버지라는 사실을 언급할 생각은 아무도 하지 못했다.

밝고 명랑한 얼굴에 슬픈 기운이 감도는 그 어린아이를 아무도 싫어하지는 않았지만, 로스코 버튼에게는 그 아이의 존재가 언제나 고민거리였다. 그 세대에서 흔히 쓰이던 말로 로스코는 그 문제가 '효율적'이라 생각하지 않았다. 또 로스코가 즐겨 쓰는 표현을 빌면, 그에게는 아버지가 60대처럼 보이기를 거부하며 '붉은 피를 가진 인간'처럼 행동하지 않고, 이상하게 운명을 거스르는 방식으로 살아가는 듯했다. 따라서 그 문제를 조금만 깊이 생각하면 로스코는 거의 미쳐버릴 것만 같았다. 로스코는 '돈을 헤프게 쓰는 사람'이면 젊음을 유지하겠지만, 아버지처럼 과도하게 젊음을 유지하는 것은 비효율적이라 생각했다. 그래서 로스코는 효율적으로 처신했다.

그로부터 5년 후에는 로스코의 아들이 꽤 성장해서, 어려진 벤자민과 유치한 장난을 하며 놀았다. 그리고 그 둘은 같은 유모의 보살핌을 받았다. 로스코는 같은 날 그들을 유치원에 입학시켰고, 벤자민은 작은 색종이 조각을 이어 붙여 목걸이를 만들고, 깔개를 만들며, 이상하고 아름다운 그림을 그리는 게 세상에서 가장 재밌는 놀이라고 생각했다. 가끔 못된 짓을 해서 교실 구석에 서서 벌을 받았고 그때마다 울었지만, 대부분의 경우에는 창문으로 햇살이 환히 비치는 밝고 상쾌한 방에서 즐겁게 지냈다. 때로는 베일리 선생의 자상한 손길에 헝클어진 머리카락을 맡기기도 했다.

로스코의 아들은 1년 후에 초등학교 1학년이 됐지만, 벤자민은 유치원을 계속 다녔다. 그래도 그는 행복하기만 했다. 하지만 다른 아이들이 커서 뭐가 될지 얘기할 때면 그의 조그만 얼굴에 어두운 그림자가 드리우곤 했다. 막연하게나마 그가 그런 미래를 결코 공유하지 못할 거라는 것을 알기라도 하는 듯……

시간이 단조롭지만 하루하루 만족스럽게 흘렀다. 그는 3년째 유치원을 다녔지만 이제는 밝게 반짝이는 색종이 조각들로 무엇을 만들어야 하는지도 제대로 이해하지 못했다. 다른 아이들이 그보다 훨씬 컸기 때문에 그는 그들을 무서워했고, 걸핏하면 울었다. 선생님이 뭔가를 가르쳐줘도, 그는 이해해보려고 안간힘을 다했지만 아무것도 이해할 수 없었다.

결국 그는 유치원에서도 쫓겨나고 말았다. 빳빳하게 풀을 먹인 치마를 입은 유모, 나나가 그의 조그만 세계의 중심이 되었다. 화창한 날이면 그들은 공원을 산책했다. 어느 날, 나나가 회색을 띤 큼직한 괴물을 가리키며 '코끼리'라 말하면, 벤자민은 그대로 따라 말했다. 그날 밤, 잠을 자려고 옷을 벗으면서 벤자민은 "코끼리, 코끼리, 코끼리."라고 큰 소리로 되뇌었다. 때때로 나나가 침대에서 뛰어도 좋다고 허락해주면 벤자민은 무척 좋아했다. 똑바로 앉아 있다가 발딱 일어서는 것이 아주 재미있었고, 침대에서 통통 뛰면서 한참 동안 "아~"라고 말하면 목소리가 듣기 좋게 울려 들리기 때문이었다.

벤자민은 모자걸이에서 기다란 지팡이를 꺼내들고 의자와 책상을 툭툭 치고 다니면서 "싸워라! 싸워라!" 하고 소리치곤 했다. 그걸 보고 늙은 여자들은 혀를 끌끌 찼지만 젊은 여자들은 귀엽다며 그의 뺨에 입맞춤을 해주려 했다. 늙은 여자들이 혀를 차는 소리에 그는 귀를 쫑긋 세우고 재밌어 했지만, 젊은 여자들에게는 마지못해 뺨을 내주었다. 긴 하루가 5시에 끝나면 그는 나나와 함께 2층으로 올라가, 오트밀과 맛있고 부드러운 죽을 숟갈로 떠먹었다.

잠을 자면서 악몽에 시달리며 뒤척이지는 않았다. 대담무쌍했던 대학시절이나, 뭇 여성의 마음을 설레게 했던 화려한 시절에 대한 기억도 없었다. 하얀 벽으로 둘러싸인 포근한 아기 침대와 나나, 그리고 가끔 그를 보러 올라오는 남자밖에 없었다. 또 하나, 그가 잠자리에 들기 전에 나나가 가리키며 '해님'이라 부르는 커다란 오렌지색 공이 있었다. 그 해님이 사라지면 그의 눈도 스르르 감겼다. 꿈을 꾸지는 않았다. 그의 머릿속을 괴롭히는 꿈은 없었다.

산후안 전투에서 부하들을 독려하며 선두에서 진격했던 일, 사랑하는 힐데가르드를 위해 부산스런 도시에서 여름날에도 저녁 늦게까지 일했던 신혼시절, 그보다 훨씬 전에, 몬로 가에 있던 낡고 을씨년스런 저택에서 밤이면 할아버지와 함께 앉아 담배를 피우던 일 등 그런 과거의 기억들은 애초부터 존재하지도 않았던 것처럼 그의 머릿속에서 덧없는 꿈인 양 지워진 지 오래였다.

그는 조금 전에 마신 우유가 따뜻했는지 차가웠는지도 기억하지 못했고, 하루가 어떻게 지나는지도 몰랐다. 그의 요람과 나나의 포근한 품만이 있을 뿐이었다. 그는 아무것도 기억하지 못했다. 배가 고프면 울었다. 그게 전부였다. 낮이나 밤이나 그는 숨을 쉴 뿐이었고, 그의 주변에서 나지막이 중얼대고 속삭이는 소리가 있었지만 그에게는 거의 들리지 않았다. 희미한 냄새, 그리고 빛과 어둠을 간신히 구분할 뿐이었다.

　사방이 온통 어두웠다. 그리고 하얀 아기 침대, 그의 위에서 어른대는 침울한 얼굴들, 따뜻하고 달콤한 우유 냄새, 그 모든 것들이 한꺼번에 그의 기억에서 점점 희미해져 갔다.

　(1922년)

컷글라스 그릇
The Cut-Glass Bowl

1

구석기 시대가 있었고 신석기 시대가 있었고 청동기 시대가 있었으며, 그리고 오랜 세월이 지난 후 컷글라스 시대가 도래했다. 컷글라스 시대에는, 젊은 처녀들이 길고 곱슬곱슬한 콧수염을 기른 젊은 청년들에게 설득당하여 결혼을 한 뒤 몇 달 후, 두 사람이 나란히 앉아 선물로 받은 여러 종류의 컷글라스 그릇들―펀치볼, 핑거볼, 디너글라스, 아이스크림 접시, 봉봉 접시, 유리병과 그리고 꽃병들―에 대한 감사편지를 썼다. 물론 1890년대에는 컷글라스 그릇들이 특별히 새로운 물건은 아니었지만, 그 무렵 특별히 백베이(Back Bay: 미국 메사추세츠 주 보스턴에 있는 고급 주택가.)에서부터 중서부 지방의 요새에 이르기까지 전 지역에 걸쳐 유행이라는 찬란한 빛을 내뿜고 있었다.

결혼식이 끝난 뒤 펀치볼들은 커다란 그릇을 중심으로 찬장에 나란히 자리를 잡았고 술잔들은 도자기 찬장 속에 수납되었다. 그리고 촛대를 그 양쪽 끝에 세워놓았다. 그러고 나면 살아남기 위한 투쟁이 시작되었다. 봉봉 접시는 작은 손잡이가 떨어져 나간 뒤 2층에서 핀을 담는 접시로 전락하였다. 고양이 한 마리가 찬장 위를 어슬렁거리다가 작은 그릇을 바닥에 떨어뜨렸고, 가정부가 설탕 그릇에 부딪쳐 중간 크기의 그릇은 이가 빠졌다. 그 뒤 와인글라스들의 다리 부분이 하나씩 부러지고, 심지어 디너글라스들도 마치 '열 꼬마 인디언' 처럼 차례차례 모습을 감추고, 마지막까지 남아 있던 하나는 상처투성이에 쓸모가 없어져 결국 칫솔꽂이로 전락해 초라해져 버린 다른 값비싼 물건들과 함께 욕실 선반 위에 놓이게 되었다. 하지만 이 모든 일들이 다 끝나갈 무렵, 어쨌든 컷글라스 시대도 끝이 났다.

하루 중 강렬한 햇살이 완전히 사그라졌을 무렵, 호기심 많은 로저 페어볼트 부인이 아름다운 해럴드 파이퍼 부인을 만나기 위해 방문했다.

"부인."

호기심 많은 로저 페어볼트 부인이 말했다.

"집이 너무나 마음에 들어요. 상당히 예술적이라는 생각이 드는군요."

"정말 고마워요."

아름다운 해럴드 파이퍼 부인이 생기가 넘치는 검은 눈동자를 반짝이며 대답했다.

"종종 놀러오세요. 저는 오후에는 거의 항상 집에 혼자 있으니까요."

페어볼트 부인은 그녀의 말을 조금도 믿지 않는다고, 그녀가 자신의 방문을 기대할 거라고는 생각하지 않는다고 말해주고 싶었다. 지난 여섯 달 동안 일주일에 닷새는 프레디 게드니 씨가 늦은 오후쯤 파이퍼 부인을 방문해왔다는 사실이 마을 전체에 퍼져 있었다. 페어볼트 부인은 특히나 아름다운 여자들을 신뢰하지 않는 그런 원숙한 나이에 접어들어 있었다.

"특히 식당이 가장 마음에 들어요. 저 근사한 도자기들과 거대한 컷글라스 그릇도요."

파이퍼 부인이 너무나 예쁘게 웃자, 페어볼트 부인의 머릿속에 은근히 남아 있던 프레디 게드니 씨에 대한 생각이 완전히 사라졌다.

"오, 그 큰 그릇이오!"

그렇게 말하는 파이퍼 부인의 입술이 싱그러운 장미 꽃잎처럼 벌어졌다.

"그 그릇에는 사연이 있답니다……."

"어머……."

"칼튼 캔비라는 청년을 기억하세요? 글쎄, 한때 그이가 내게 상당히 관심을 보였는데, 7년 전, 즉 1892년, 내가 해럴드와 결혼을 할 거라고 말한 날 저녁, 그는 몸을 꼿꼿하게 세우면서 이렇게 말했어요. '이블린, 당신처럼 냉혹하고, 당신처럼 아름답고, 당신처럼 속이 텅 비고, 당신처럼 속을 훤히 들여다볼 수 있는 그런 선물을 보내도록 하죠.' 라고요. 그때 난 그 사람 때문에 다소 겁을 먹었지요……. 그의 눈동자가 칠흑같이 검었거든요. 그이가 유령이 나오는 고택의 집문서나 아니면 뚜껑을 여는 순간 폭발하는 뭔가를 선물할 거라고 생각했죠. 그런데 저 그릇이 도착했고, 당연히 너무나 아름다웠어요. 지름인지 원둘레인지 뭔가가 70cm래요……. 아니, 아마 1m였나. 어쨌든 찬장이 너무 작아서 그릇을 올려놓을 수 없었죠. 밖으로 툭 튀어나왔거든요."

"어머나, 부인, 너무나 기묘한 일이군요. 그가 그때쯤 마을을 떠났죠, 안 그런가요?"

페어볼트 부인은 자신의 머릿속에 이탤릭체로 메모를 해두고 있었다. *냉혹하고 아름답고 속이 텅 비고 속을 훤히 들여다볼 수 있는.'* 이라고 말이다.

"그래요, 그는 서부로—아니, 남부인가—하여간에 어디론가 떠났죠."

파이퍼 부인은 그녀의 미모가 세월을 뛰어넘을 수 있도록 도와준 그 신비스럽고 애매한 분위기를 풍기며 대답했다.

페어볼트 부인은 장갑을 끼면서 넓은 음악실에서 서재를 통해 건너편 식당의 일부까지 훤히 보이는 탁 트인 공간에 감탄했다. 그 집은 사실 근사한 집이긴 했지만 시내에서는 다소 작은 편에 속하는 집이었다. 파이퍼 부인은 데브룩 애버뉴에 있는 더 큰 집으로 이사를 할 예정이라고 말했다. 해럴드 파이퍼가 화폐를 찍어내기라도 한다는 말인가.

가을의 어스름이 밀려드는 인도로 발을 내디디며 그녀는 대부분의 성공한 사십 대 여자들이 거리를 거닐 때 흔히 보여주는 뭔가 못마땅한 듯한, 불쾌한 표정을 지었다.

만일 내가 해럴드 파이퍼라면, 그녀는 생각했다. 사업에 시간을 조금 덜 쓰고, 집에서 시간을 조금 더 보냈을 거야. 친구 중 누군가가 그에게 귀띔을 좀 해줘야 하는데.

하지만 만약 페어볼트 부인이 그날 오후의 방문을 비교적 성공적인 것이라고 평가했다면, 2분만 더 기다렸더라면 대성공이라 일컬었을 것이다. 그녀가 100m 정도 거리를 따라 걸어 내려가고 있을 즈음, 아주 수려한 외모에 다소 얼이 빠져 보이는 청년이 산책로를 돌아 파이퍼의 집으로 빠르게 걸어갔다. 초인종이 울리자 파이퍼 부인이 직접 문을 열었고, 그녀는 몹시 당황한 표정으로 재빨리 그를 서재로 안내했다.

"당신을 꼭 만나야만 했어요."

그가 거칠게 입을 열었다.

"당신의 쪽지를 받고 기분이 너무 참담했어요. 해럴드가 당신을 위협해 그런 편지를 쓰게 했나요?"

그녀는 고개를 내저었다.

"이제 끝났어요, 프레디."

그녀가 천천히 말했고, 그의 눈에는 그런 그녀의 입술이 장미꽃에서 막 따온 꽃잎처럼 보였다.

"어젯밤 남편이 그 일로 아주 괴로워하며 돌아왔어요. 제시 파이퍼가 의무감을 느끼고, 그이의 사무실로 가서 다 이야기했대요. 그이는 상처를 입었고…… 오, 그 사람의 입장을 충분히 이해할 수 있어요, 프레디. 그의 말로는 우리가 여름 내내 클럽의 구설수에 올랐는데, 그이만 그걸 눈치 채지 못하고 있었대요. 하지만 그는 자신이 전에 언뜻 들었던 대화나 사람들이 나에 대해 넌지시 암시했던 말들을 이제 이해하게 된 거예요. 그 사람은 굉장히 화가 났어요, 프레디. 그리고 그이는 나를 사랑하고 나는 그이를 사랑해요……. 무척이나."

프레디 게드니는 천천히 고개를 끄덕이고 반쯤 눈을 감았다.

"그래요."

그가 말했다.

"네, 내 근심도 당신과 똑같아요. 다른 사람들의 시점에서 우리의 관계를 너무나 분명하게 볼 수 있어요."

그의 회색 눈동자가 그녀의 검은 눈동자를 진지하게 마주 보았다.

"우리들의 축복받은 시간은 이제 끝났어요. 맙소사, 이블린, 온종일 사무실에 앉아서 당신이 보낸 편지 봉투만을 바라보고 또 바라보았어요. 그것을 읽고 또 읽으면서요……."

"이제 그만 돌아가요, 프레디."

그녀가 진지하게 말했고, 그녀의 목소리에 담긴, 힘주어 재촉하는 듯한 기색이 그에게는 새로운 아픔으로 다가왔다.

"그이에게 당신을 만나지 않겠다고 약속했어요, 해럴드의 참을

성이 어디까지인지는 내가 잘 알고 있어요. 그리고 지금 이렇게 당신과 함께 있는 건 용납이 되지 않는 일이에요."

그들은 여전히 서 있었고, 그녀는 말을 하면서 조금씩 문 쪽으로 이동했다. 게드니는 절망스러운 표정으로 그녀를 바라보며, 이제 마지막으로, 그녀의 모습을 소중히 간직하려 노력했다……. 그때 두 사람은 문득 집 밖 보도 위를 걷는 발소리를 듣고 대리석처럼 굳어져 버렸다. 순간적으로 그녀는 팔을 뻗어 그의 외투 옷깃을 움켜쥐었고 반은 재촉하듯, 반은 밀쳐내듯 그를 끌고 커다란 문을 지나 어두운 식당으로 밀어 넣었다.

"그이를 2층으로 올라가게 만들게요."

그녀가 그의 귀에 대고 속삭였다.

"그이가 2층으로 올라가는 소리가 들릴 때까지 움직이지 말아요. 그런 뒤 현관으로 나가도록 해요."

그러고 나서 그는 홀로, 그녀가 복도에서 남편을 맞이하는 소리를 듣고 있었다.

해럴드 파이퍼는 서른여섯 살로 아내보다 아홉 살이 많았다. 그는 잘생긴 편이었고, 굳이 덧붙이자면, 두 눈은 너무 가까이 붙어 있어서 긴장을 풀고 있을 때의 얼굴이 확실히 부자연스럽긴 했다. 이 게드니 문제에 대한 그의 태도는 이제까지 그가 보여준 전형적인 모습과 다를 게 없었다. 그는 이블린에게 이 문제는 끝난 일로 간주하고 있으며, 더 이상 결코 그녀를 비난하지 않고 그 어떤 형태로든 언급하지 않겠다고 말했다. 그리고 그는 그렇게 하는 것이 대범한 행동이라고 스스로를 납득시켰다. 그녀는 조금도 감동을 받지 않았지만 말이다. 사실, 자신의 대범하다고 믿는 모든 남자들과 마찬가지로 그도 유별나게 속이 좁은 사람이었다.

그는 그날 저녁, 지나친 애정을 드러내며 이블린을 반겼다.

"서둘러서 옷을 갈아입어요, 해럴드."

그녀는 조급하게 말했다.

"브론슨 씨 댁에 가야 하니까요."

그는 고개를 끄덕였다.

"옷을 갈아입는 데는 별로 시간이 걸리지 않을 거야, 여보."

말소리가 잦아들었고, 그가 서재 안으로 걸음을 옮겼다. 이블린의 심장이 큰 소리로 뛰었다.

"해럴드……."

약간의 초조함이 담긴 목소리로 말하며 그녀는 그를 따라 안으로 들어갔다. 그는 담배에 불을 붙이고 있었다.

"서둘러요, 해럴드."

그녀는 문가에 서서 말했다.

"왜? 당신도 아직 옷을 차려입지 않았잖아, 이비(이블린의 애칭.)"

그가 다소 짜증스러운 듯 물었다.

그가 안락의자 위에 몸을 쭉 펴고 앉아 신문을 펼쳤다. 이블린은 무기력한 기분으로 이렇게 되면 그가 최소 10분은 더 서재에 머물 거란 사실을 깨달았다. 게드니는 바로 옆방에 숨을 죽이고 서 있었다. 어쩌면 해럴드가 2층으로 올라가기 전에 찬장의 술병에서 술 한잔을 따라 마시기로 마음먹을 수도 있었다. 그러자 남편에게 미리 술병과 술잔을 가져다 줘서 그 뜻하지 않은 사태를 모면해야겠다는 생각이 들었다. 그의 관심이 식당 쪽으로 쏠리는 것이 너무나 끔찍했지만, 다른 위험을 감수할 수는 없었다.

하지만 바로 그 순간 해럴드가 자리에서 일어나, 신문을 내려놓고, 그녀를 향해 다가왔다.

"이비, 여보."

그는 몸을 숙여 두 팔로 그녀를 감싸 안으며 말했다.

"당신이 어젯밤 일에 대해 더 이상 생각하지 않았으면 좋겠어……."

그녀는 몸을 떨면서 그에게 바싹 다가갔다.

"나도 알아."

그가 말을 이었다.

"당신의 입장에서는 그저 가벼운 친구 사이였겠지. 사람은 누구나 다 실수를 하는 법이야."

이블린은 그의 말을 거의 듣고 있지 않았다. 그녀는 혹시 이렇게 바싹 몸을 붙인 채로 그를 2층으로 끌고 올라가는 건 어떨지 고민했다. 아픈 척하며 침실로 옮겨달라고 할까도 생각해 보았지만 불행히도, 그러면 그는 우선 자신을 소파에 눕혀놓고 위스키를 가져올 것이 자명했다.

갑자기, 그녀의 초조한 긴장감이 마지막 단계를 넘어 버렸다. 아주 희미하지만, 아주 분명하게 부엌의 마룻바닥이 삐걱거리는 소리가 들려왔다. 프레디가 뒤쪽으로 빠져나가려 하고 있었다.

바로 그 순간 공을 울리는 듯한 공허한 소리가 온 집안에 메아리를 치자, 그녀의 심장이 요동을 쳤다. 프레디 게드니의 팔이 커다란 컷글라스 그릇에 부딪친 것이 분명했다.

"무슨 소리지? 거기 누구요?"

해럴드가 소리쳤다.

그녀가 힘껏 그에게 매달렸지만 그가 몸을 떼어냈고, 그녀의 귀에는 마치 온 방이 무너져 내리는 듯했다. 식료품실의 문이 열리는 소리, 몸싸움이 벌어지는 소리, 양철 팬이 쩔렁거리는 소리가 들려왔고, 완전히 낙심한 채로 그녀는 서둘러 부엌으로 들어가 싸움을 말렸다. 게드니의 목을 감고 있던 남편의 팔이 천천히 풀리고, 그가 잠시 아주 가만히 서 있었다. 처음에는 놀란 듯한 기색이, 그런 뒤 고통스러운 기색이 그의 얼굴 위를 스쳐 지나갔다.

"이런!"

그가 당황한 듯이 되풀이해서 말했다.

"이런!"

그는 마치 다시 게드니를 향해 달려들 듯이 몸을 돌렸지만, 이내 행동을 멈추었고, 눈에 띄게 근육에서 힘이 풀리더니, 짧게 씁쓸한 웃음을 터트렸다.

"당신들…… 당신들……."

이블린의 두 팔이 그를 감싸고 그녀의 두 눈이 미친 듯이 애원했지만, 그는 그녀를 밀쳐내고 금방이라도 부서질 듯한 표정으로 멍하니 부엌 의자에 주저앉았다.

"어떻게 내게 이런 짓을 하는 거야, 이블린. 정말 당신은 작은 악녀야, 당신은 작은 악녀라고!"

그녀는 결코 이렇게까지 그에게 미안함을 느낀 적이 없었다. 결코 이렇게까지 그를 사랑한 적도 없었다.

"그녀의 잘못이 아니에요."

게드니가 다소 조심스럽게 말했다.

"제가 찾아왔을 뿐입니다."

하지만 해럴드는 고개를 휘저었고, 그가 고개를 쳐들었을 때의 표정은 마치 어떤 사고로 큰 충격을 받아 일시적으로 정신을 놓아 버린 듯했다. 갑자기 그의 애처로운 눈동자가 이블린의 심금을 깊고 그윽하게 울렸다. 동시에 맹렬한 분노의 감정이 부글부글 끓어 올랐다. 눈꺼풀에 불이 붙은 것처럼 느꼈다. 그녀는 난폭하게 발을 굴렀다. 그리고는 무기라도 찾듯이 신경질적으로 두 팔을 휘저으며 탁자 위를 쓸고 난 뒤 게드니를 향해 거칠게 몸을 돌렸다.

"나가요!"

검은 눈동자를 번쩍이며, 작은 두 주먹으로 그가 뻗은 두 팔을 두드리면서 그녀가 소리를 질렀다.

"당신이 이렇게 만들었어요! 여기서 나가요…… 나가요! 나가란 말이에요!"

2

　서른다섯 살의 해럴드 파이퍼 부인에 대한 의견은 둘로 나뉘었다. 여자들은 그녀가 여전히 근사하다고 말했고, 남자들은 그녀가 더 이상 아름답지 않다고 했다. 이것은 어쩌면 여자들이 두려워하고 남자들이 추종하던 그녀만의 독특한 아름다움이 사라져 버렸기 때문일 것이다. 그녀의 눈동자는 여전히 크고, 여전히 검고, 여전히 우수에 차 있었지만, 신비감은 사라져버렸고, 그 속의 슬픈 표정은 더 이상 영원불멸의 것이 아닌, 인간의 것으로 변해 있었다. 그리고 깜짝 놀랄 때나 심란한 일이 있을 때면 이맛살을 찌푸리며 눈을 깜박거리는 버릇이 생겼다. 그녀의 입술 또한 그 매력을 잃었다. 붉은빛이 바랬고, 미소를 지을 때면 언저리가 살짝 처지면서, 표정에 슬픈 빛을 띤 눈동자를 돋보이게 하고, 희미하게 세상을 조롱하는 듯하던 매혹적인 아름다움이 사라진 것이었다. 이제 그녀가 미소를 지을 때면 입 언저리가 약간 치켜 올라갔다. 과거, 이블린이 자신의 미모에 도취되어 있었을 한창 때에는 그런 미소를 즐겨 지었고, 그것을 일부러 강조하곤 했었다. 하지만 그것을 강조하는 것을 멈추자, 그 표정이 사라지며 그녀에게 남아 있던 마지막 신비감마저 함께 사라져버렸다.

이블린은 프레디 게드니와의 사건 이후 한 달도 채 지나지 않아 자신의 미소를 강조하는 것을 그만두었다. 표면적으로는 예전과 달라진 것이 거의 없었다. 하지만 이블린은 자신이 얼마나 남편을 사랑하는지를 알게 된 바로 그 몇 분 동안, 자신이 남편에게 씻을 수 없는 상처를 주었음을 깨달았다. 처음 한 달은 고통스러운 침묵과 세찬 비난과 질타에 맞서 싸웠다. 빌면서 애원도 해보고, 조용히 동정적인 사랑을 보여주기도 했지만, 그는 그런 그녀를 가차 없이 비웃었다. 그러자 그녀도 천천히 침묵 속으로 빠져들었고, 그들 사이에 허물 수 없는 음울한 장벽이 드리워졌다. 그녀는 자신의 가슴속에 들끓는 넘치는 애정을 고스란히 어린 아들, 도널드에게 쏟아 부었고, 그 아이가 자신의 삶의 일부라는 사실에 거의 경이로움까지 느꼈다.

한 해가 지나자 상호간의 흥미와 책임이 늘어나기도 하고 또 타다 만 지난날의 불꽃이 조금씩 되살아나면서 다시금 부부 관계가 좋아졌다. 하지만 이블린은 한차례 뜨겁게 솟구치던 열정의 홍수가 휩쓸고 간 뒤 자신에게 주어졌던 엄청난 기회가 완전히 사라졌음을 깨달았다. 이제 자신에게는 아무것도 남은 것이 없었다. 이전에 그녀는 두 사람을 위한 젊음과 사랑으로 충만한 존재였다. 그러나 그 침묵의 세월이 천천히 애정의 샘물을 고갈시켰고, 다시 그 물을 마시길 바랐던 그녀 자신의 욕망도 말라붙어 버렸다.

난생처음으로 그녀는 여자 친구를 찾았고, 예전처럼 독서를 즐기고, 두 아이에게 아낌없이 헌신하면서 늘 두 아이를 지켜볼 수 있는 곳에서 바느질을 시작했다. 그녀는 사소한 것들에 대해 신경 쓰게 되었다. 대화를 나누는 중에도, 식탁 위에 빵 부스러기가 조금만 떨어져 있어도 신경이 자꾸 그곳으로 쏠렸다. 그렇게 그녀는 점차 중년으로 접어들고 있었다.

그녀의 서른다섯 번째 생일은 예외적으로 바쁘게 지나갔다. 그날 저녁 갑작스럽게 손님을 치르게 되었기 때문인데, 그날 오후 늦게 침실 창가에 서 있던 그녀는 자신이 상당히 지쳐 있음을 깨달았다. 10년 전이었다면 즉시 침대에 누워 낮잠을 청했겠지만, 이제는 여러 가지 일에 마음을 써야 했다. 하녀들이 아래층을 청소하는 중이어서, 골동품들이 마룻바닥 여기저기에 널려 있었고, 식료품점에서 점원이 주문을 받으러 오면 따끔하게 한마디 해줘야겠다고 결심했다. 그런 다음에는 이제 열네 살이 되어 처음으로 집을 떠나 학교 기숙사에 머무는 도널드에게 편지도 써 보내야 했다.

그럼에도 잠시 침대에 몸을 누이기로 마음을 먹은 그 순간, 아래층에서 어린 딸 줄리의 갑작스럽고 귀에 익은 외침이 들려왔다. 그녀는 입술을 굳게 다물고, 이맛살을 찌푸리며 눈을 깜박였다.

"줄리!"

그녀가 외쳤다.

"아야, 아, 아악!"

줄리가 애처롭게도 비명을 길게 질렀다. 잠시 후 보조 하녀인 힐다의 목소리가 2층까지 들려왔다.

"줄리가 손가락을 약간 베었어유, 파이퍼 마님."

이블린은 반짇고리로 달려가, 그 안을 뒤적거려 찢어진 손수건을 찾아낸 뒤, 서둘러 아래층으로 내려갔다. 그녀가 줄리의 드레스 위에 희미한 흔적을 남긴 상처를 찾는 동안, 아이는 그녀의 품에서 울어댔다.

"어엄지 손가락."

줄리가 설명했다.

"아야, 아, 앙, 아파아."

"여기 있는 유리그릇 때문이에유."

힐다가 변명조로 말했다.

"잠시 바닥에 내려놓구 찬장을 닦는 중이었거든유. 그런데 줄리가 와서 그걸 갖고 놀았어유. 그러다가 손가락을 다친 거지유."

이블린은 힐다를 향해 엄한 표정을 지었다. 그리고 줄리를 자신의 무릎에 돌려 앉힌 뒤, 손수건을 길게 찢기 시작했다.

"자…… 상처를 좀 보자꾸나, 아가야."

줄리가 엄지손가락을 쳐들자 이블린은 그것을 움켜쥐었다.

"자!"

줄리는 헝겊에 쌓인 엄지손가락을 의심스러운 듯이 살펴보았다. 엄지손가락을 약간 구부리니 흔들거렸다. 눈물이 얼룩진 얼굴 위로 기쁘고 흥미롭다는 표정이 나타났다. 아이는 코를 킁킁거리며 냄새를 맡아보더니 또 한 번 엄지손가락을 움직였다.

"소중한 우리 아가!"

이블린은 큰 소리로 말하면서 아이를 안고 키스했다. 그녀는 방을 나서기 전에 다시 한 번 힐다를 향해 냉정하게 인상 쓰는 것을 잊지 않았다. 부주의하기는! 요즘 하녀들은 다 이 모양이란 말이지. 일 잘하는 아일랜드 여자를 구할 수만 있다면……. 하지만 그런 하녀를 어디서 구한담……. 하여간 이 스웨덴 하녀들이란…….

5시가 되자 해럴드가 집으로 돌아왔고, 수상쩍을 정도로 신바람이 나서 그녀의 생일을 축하하기 위해 서른다섯 번의 키스를 해주겠다고 큰 소리로 떠들어댔다. 이블린은 저항했다.

"술을 마셨군요."

짤막하게 말한 뒤, 조심스럽게 한마디 덧붙였다.

"비록 한두 잔이라 해도, 내가 술 냄새를 얼마나 끔찍이 싫어하는지 당신도 알잖아요."

"이비."

그가 잠시 멈칫하더니 창가 옆 의자에 앉으며 말했다.

"당신에게 할 말이 있어. 당신도 지금 시내 경기가 신통치 않다는 건 알 테지."

그녀는 창가에 서서 머리를 빗고 있었지만, 그 말에 고개를 돌려 그를 바라보았다.

"그게 무슨 말이죠? 이 시내에서는 철물 도매점이 하나 더 생긴다 해도 일은 충분하다고 말하곤 했잖아요."

그녀의 목소리에는 놀란 기색이 역력했다.

"그랬었지."

해럴드가 의미심장하게 말했다.

"하지만 이 클래런스 에이헌이란 작자는 상당히 영리하거든."

"그 사람을 저녁 식사에 초대했다는 말을 듣고 사실 좀 놀랐어요."

"이비."

그가 자신의 무릎을 탁 치며 말을 이어나갔다.

"1월 1일부터 '클래런스 에이헌 사'는 '에이헌·파이퍼 사'로 이름이 바뀌게 돼…… 그러면 '파이퍼 형제 회사'는 더 이상 존재하지 않게 되는 거야."

이블린은 깜짝 놀랐다. 남편의 이름이 뒤로 간다는 사실이 왠지 마음에 걸렸다. 하지만 그는 여전히 즐거워 보였다.

"이해가 되지 않아요, 해럴드."

"그러니까 이비, 에이헌이 막스와 어울려 다니고 있었어. 만일 두 사람이 합병을 한다면, 우리 회사의 규모가 가장 작아질 거고, 그렇게 고전하면서 작은 주문거리나 받아먹다가는 결국 위험에 처하게 될 거야. 이건 자본의 문제야, 이비. 그리고 '에이헌·막스사'가 된다 해도 '에이헌·파이퍼 사'가 나아갈 방향과 똑같은 방

식으로 장사를 할 거야.”

그가 말을 멈추고 기침을 하자, 약간의 위스키 냄새가 그녀의 코끝에 풍겨왔다.

“사실대로 말하자면, 이비. 에이헌의 아내가 뭔가 중요한 역할을 한 것 같아. 몸은 작지만 야심 많은 여자라고 하더군. 이곳에선 막스 집안이 별 도움이 되지 않을 거라고 추측한 모양이야.”

“그 부인…… 좀 저속한 사람인가요?”

이블린이 물었다.

“한 번도 만난 적이 없어. 하지만 분명…… 그럴 거라 생각해. 클래런스 에이헌의 이름이 이미 다섯 달 전부터 컨트리클럽 입회 심사에 올라와 있는데, 아직 어떤 결정도 내리지 않고 있어.”

그는 깔보듯이 손을 휘저었다.

“오늘 에이헌과 점심을 같이 먹었는데, 막 일을 마무리 지으려는 순간, 그와 그의 아내를 저녁 식사에 초대하는 것도 괜찮겠다는 생각이 들었어. 전부 다해도 아홉 명밖에 안 되고, 대부분 우리 가족이잖아. 이비, 이건 내게 중요한 일이야. 그리고 당신도 말야, 그 부부를 종종 만나게 되지 않겠어?”

“그래요.”

이블린이 깊이 생각해보고 말했다.

“물론 그래야겠지요.”

이블린은 사교적인 부분에 있어서는 별로 신경을 쓰지 않았다. 하지만 ‘파이퍼 형제 회사’가 ‘에이헌·파이퍼 회사’로 바뀐다는 사실에는 다소 놀랐다. 자신의 세상이 한쪽으로 기울어져 내리는 듯한 기분이 들었다.

30분쯤 후, 저녁 식사를 위해 옷을 갈아입으려는데 아래층에서 남편이 부르는 소리가 들려왔다.

"오, 이비, 내려와 봐."

그녀는 복도로 나가 난간 너머로 소리쳤다.

"무슨 일이죠?"

"오늘 저녁에 마실 펀치를 좀 만들려고 하는데 당신이 도와줬으면 해."

그녀는 서둘러 드레스를 지퍼를 올리고 나서 아래층으로 내려와, 남편이 식당 테이블 위에 늘어놓은 재료들을 보았다. 그녀는 찬장으로 가서 유리그릇을 하나 꺼내 왔다.

"오, 그건 아니야."

그가 항의하듯 말했다.

"더 큰 그릇을 사용하자고. 에이헌과 그의 아내, 당신과 나 그리고 밀턴, 그럼 다섯 명이고, 톰과 제시, 일곱, 그리고 처제와 조 앰블러, 그렇게 아홉 명이잖아. 당신이 만든 펀치가 얼마나 빨리 동나는지 몰라서 그래."

"그래도 이 유리그릇을 쓰도록 해요. 이 그릇도 충분히 커요. 더군다나 톰이 어떤지는 당신이 더 잘 알잖아요."

그녀가 완강하게 주장했다.

해럴드의 사촌 누이동생인 제시의 남편 톰은 술이라면 어떤 종류이든 가리지 않고 끝장을 보는 버릇이 있었다.

해럴드는 고개를 내저었다.

"어리석은 소리 좀 하지 마. 그건 3리터밖에 안 들어가는데 우리는 전부 아홉 명이라고. 게다가 하녀들도 조금 마시고 싶어할 테고…… 별로 독한 술도 아니잖아. 이런 건 많이 마셔야 그만큼 더 흥겨워지는 법이야, 이비. 그리고 굳이 다 마실 필요도 없고 말이야."

"작은 그릇으로 하자니까요."

해럴드는 다시 고집스럽게 머리를 내저었다.

"아니, 그건 안 된다니까. 사리에 맞게 생각해봐."

"당신이 사리에 맞지 않는 말을 하니까 그러지요. 난 집에 술 취한 사람들이 있는 것이 싫어요."

이블린이 짧게 말했다.

"누가 잔뜩 취하게 한대?"

"그렇다면 작은 그릇을 써요."

"이런, 이비……."

그는 다시 제자리에 갖다놓기 위해 작은 유리그릇을 집어 들었다. 순간 이블린이 손을 뻗어 그릇을 낚아챘다. 얼마 동안 실랑이가 벌어졌고, 조금 화가 난 듯 투덜거리던 그가 허리를 살짝 쳐들고 그녀의 손가락 사이에서 그릇을 빼앗아 찬장에 도로 집어넣었다.

이블린은 남편을 바라보며 경멸 어린 표정을 지으려고 노력했지만, 그는 그저 웃음을 터트릴 뿐이었다. 자신의 패배를 인정하지만 더 이상 펀치를 만드는 일에는 관여하지 않겠다고 선언하며 그녀는 식당을 나갔다.

3

　7시 30분, 두 뺨에 홍조를 띄우고, 높게 틀어 올린 머리카락에 아주 약간의 머릿기름으로 윤기를 낸 이블린이 계단을 내려왔다. 에이헌의 부인으로 보이는, 붉은 머리와 대담한 제정 시대풍의 드레스 속에 약간의 불안감을 숨긴 작은 여인이 수다스럽게 그녀를 맞이했다. 이블린은 처음 본 순간부터 그 여자가 싫었지만 그녀의 남편은 그런대로 괜찮은 편이었다. 날카로운 푸른 눈동자에 사람들을 즐겁게 만드는 타고난 재능을 갖고 있어, 너무 일찍 결혼하는 너무 빠른 실수를 저지르지 않았다면, 사교적인 면에서 한 입지를 다질 수도 있었을 것 같았다.

　"파이퍼 부인을 만나게 되어 기쁩니다."

　그가 간단히 말했다.

　"부인의 남편 분과 저는 앞으로 자주 만나게 될 것 같군요."

　그녀는 우아하게 미소를 지으며 고개를 숙인 뒤, 다른 손님을 맞이하기 위해 자리를 떴다. 밀턴 파이퍼는 해럴드의 동생으로 조용하고 점잖은 편이지만 소극적인 남자였다. 로리 집안의 제시와 톰, 아직 미혼인 그녀의 여동생 아이린, 마지막으로 아이린의 오랜 연인이자 확고한 독신주의자인 조 앰블러가 들어왔다.

해럴드가 그들을 식당으로 안내했다.

"오늘 저녁에는 펀치를 마시기로 합시다."

그가 즐거운 듯이 선언했다. 이블린은 남편이 이미 자신의 작품을 시음하면서 상당히 마셨음을 알아챘다.

"그러니 펀치 이외에 다른 음료는 없을 겁니다. 이건 집사람의 근사한 작품이죠, 에이헌 부인. 만일 원하신다면 아내가 그 비법을 알려드릴 겁니다. 하지만 오늘은 아내가 약간……."

아내와 눈이 마주치자 그는 잠시 말을 멈추었다.

"아내가 약간 몸이 좋지 않아서, 이번 한 번만은 제가 만들었습니다. 여기, 자!"

저녁 내내 펀치가 제공되었지만, 이블린은 에이헌과 밀턴 파이퍼 그리고 다른 여자들이 하녀를 향해 거절의 뜻으로 고개를 내젓고 있음을 눈치 챘고, 펀치 그릇에 대한 자신의 생각이 옳았음을 알았다. 여전히 반이 넘게 남아 있었다. 조금 후 남편에게 직접 주의를 줘야겠다고 결심했지만, 여자들이 식탁을 떠날 무렵 그녀는 에이헌 부인에게 붙들려 구석으로 끌려갔고, 어느새 흥미 있는 척 예의를 차리며 드레스의 상표며 여러 도시에 대해 이야기를 나누게 되었다.

"우리는 너무 이사를 많이 다녔어요."

에이헌 부인이 잡담을 늘어놓았고, 그녀의 붉은 머리가 심하게 까닥거렸다.

"오, 그래요. 전에는 한 도시에 이렇게 오래 머문 적이 없어요……. 하지만 이곳에서는 언제까지든 오래 살고 싶어요. 나는 이곳이 너무 좋아요. 부인은 그렇지 않으세요?"

"글쎄요, 저는 지금까지 줄곧 이곳에서 살아왔잖아요. 그러니 당연히……."

"오, 그것도 맞는 말이에요."

말하면서 에이헌 부인은 웃음을 터트렸다.

"남편은 입버릇처럼 항상 이렇게 말했어요. 집으로 돌아와 '여보, 내일 우리는 시카고로 이사 갈 거야. 그러니 짐을 꾸려.'라고 말할 수 있는 그런 아내가 필요하다고요. 그래서 이렇게 어딘가 한 곳에 오래 머물 거라고는 기대하지 않았어요."

그녀가 다시 조그맣게 미소를 지었다. 이블린은 아마도 그것이 그녀의 사교적인 미소라고 추측했다.

"남편께서 아주 능력 있는 분이신가 봐요."

"네, 그래요."

에이헌 부인이 적극적으로 찬동했다.

"그이는 머리 회전이 빠른 사람이에요. 아이디어와 열정으로 가득 차 있죠. 자신이 무엇을 원하는지 알게 되면, 그것을 반드시 손에 넣고 말죠."

이블린은 고개를 끄덕였다. 그녀는 혹시 남자들이 아직도 식당에서 펀치를 마시고 있는지 궁금했다. 에이헌 부인의 과거지사가 두서없이 이어졌지만, 그녀는 더 이상 듣고 있지 않았다. 먼저 자욱한 담배 연기와 악취가 흘러나오기 시작했다. 그리 큰 집이 아니니까 하고 이블린은 생각했다. 오늘과 같은 저녁이면 종종 서재는 푸른 연기로 가득 메워졌고, 다음 날에는 누군가가 커튼에 스며든 심한 악취를 없애기 위해 몇 시간씩 문을 열어두어야 했다. 만약 이번 동업이 잘만 된다면…… 그녀는 새 집에 대해 고민하기 시작했다…….

에이헌 부인의 목소리가 머릿속을 헤집고 들어왔다.

"어디에든 적어주실 수 있다면, 정말로 부인의 펀치 만드는 방법을 알고 싶어요……."

그때 식당에서 의자를 뒤로 물리는 소리가 들렸고, 남자들이 자리를 옮겼다. 즉시 이블린은 자신이 두려워하던 최악의 사태가 발생했음을 알았다. 해럴드의 얼굴이 한껏 상기되어 있었고, 혀 꼬부라진 소리를 내고 있었다. 반면 톰 로리는 비틀거리며 걸어와 가까스로 아이린의 무릎을 피해, 그녀의 옆에 있는 의자에 무너지듯 주저앉았다. 그는 그곳에 앉아, 눈을 가늘게 뜬 채 멍하니 주위 사람들을 둘러보았다. 이블린도 눈을 가늘게 뜨고 그를 마주 보고 있었지만, 하나도 재미있지 않았다. 조 앰블러는 만족스러운 미소를 지은 채 담배를 피우고 있었다. 오직 에이헌과 밀턴 파이퍼만이 취해 보이지 않았다.

"상당히 좋은 도시요, 에이헌. 당신도 곧 알게 될 겁니다."

앰블러가 말했다.

"이미 알고 있답니다."

에이헌이 유쾌하게 말했다.

"더 잘 알게 될 거요, 에이헌. 만일 내가 손을 쓰면 말이죠."

해럴드가 유난스럽게 고개를 끄덕이며 말했다.

의기양양해진 그는 도시에 대해 극찬하면서 찬사를 늘어놓았다. 이블린은 혹시 그의 이야기가 자신에게 따분하게 들리는 것처럼 다른 사람들까지 따분하게 만들고 있는 건 아닌지 불안했다. 그러나 꼭 그런 것 같지는 않았다. 모두가 주의 깊게 귀를 기울이고 있었다. 잠시 이야기가 중단된 틈을 이블린이 재빨리 끼어들었다.

"예전에는 어디에서 사셨나요, 에이헌 씨?"

그녀가 흥미를 보이며 물었다. 그 즉시 그녀는 에이헌 부인이 이미 다 말했음을 기억해냈지만, 그건 중요하지 않았다. 해럴드가 너무 많은 말을 혼자 지껄이는 것을 막아야 했다. 술을 마시면 남편은 완전히 멍청이가 되어 버렸다. 그러나 해럴드는 자신이 하던 이야기를 다시 시작했다.

"내가 말해주지, 에이헌. 우선 이 근처 높은 지대에 있는 집을 구입해야 할 거요. 스턴이나 리지웨이의 저택을 구입하시오. 그래서 사람들이 '저것이 에이헌의 저택이야.' 라고 말하는 소리를 들어야지. 확실히 효과가 눈에 띄게 있을 거요."

이블린의 얼굴이 붉어졌다. 전혀 이치에 맞는 말 같지 않았다. 하지만 에이헌은 아직 뭔가 잘못되어 간다는 것을 눈치 채지 못한 것처럼 그저 진지하게 고개를 끄덕일 뿐이었다.

"집은 찾아보고 계신……."

하지만 해럴드의 목소리가 더 높아지면서 그녀의 말을 가로막았다.

"집을 구하시오…… 그게 첫 단계이니까. 그런 뒤 차츰 사람들을 알아가는 거지. 처음에는 이 도시 사람들이 이방인이라고 텃세를 부리겠지만, 머지않아…… 당신을 잘 알게 되면, 그런 일은 없을 거요. 사람들은 당신을 좋아할 거야……."

그는 손을 크게 휘둘러 에이헌과 그의 아내를 가리켰다.

"문제없을 거요. 인정 많은 곳이니 따스하게 환송할 거요, 일단 첫 장, 자, 장……."

그는 숨을 들이마신 다음 멋지게 '장벽' 이라는 말을 되풀이했다.

이블린은 애원하는 표정으로 시동생을 바라보았다. 하지만 그가 끼어들려는 순간 톰 로리가 웅얼거리며 끼어들었는데, 이빨 사이에 단단히 물고 있던 불이 꺼진 담배 때문에 무슨 소린지 알아듣기가 더 어려웠다.

"후마 우마 호 후마 다 아디 움……."

"뭐라고?"

해럴드가 정색을 하고 물었다.

체념한 듯 그리고 어렵사리 톰은 담배를 처리했다. 자세히 설명하자면, 그는 담배의 일부분을 떼어낸 뒤, 나머지 부분을 '혹' 하는 소리와 함께 방 건너 쪽으로 뱉어냈는데, 그 축축한 덩어리는 맥없이 에이헌 부인의 무릎 위에 떨어지고 말았다.

"미안합니다."

그는 웅얼거리며, 그것을 뒤쫓으려는 듯 몸을 일으켰다. 밀턴의 손이 때맞추어 코트를 잡아 그를 앉혔고, 에이헌 부인은 볼썽사납지 않게 치마에서 담배를 털어내고서 그쪽으로는 절대 시선을 던지지 않았다.

"내가 하려던 말은."

톰이 탁한 목소리로 말했다.

"방금 그 일이 있기 전에……."

그는 에이헌 부인을 향해 사과의 뜻이 담긴 손짓을 했다.

"컨트리클럽에 대한 모든 전말을 들었다고 말을 하려던 것이었습니다."

밀턴이 몸을 숙이며 그에게 뭐라고 말했다.

"날 내버려 둬요."

그가 언짢은 듯이 말했다.

"내가 지금 뭘 하는지 알고 있으니까. 그래서 이 사람들이 여기 온 거 아니오."

이블린은 공포에 질린 채 그곳에 앉아, 입술을 움직여 무슨 말인가 해야겠다고 생각했다. 그녀는 여동생의 냉소적인 표정을 보았고, 에이헌 부인의 표정이 새빨갛게 바뀌는 것을 보았다. 에이헌은 자신의 시곗줄을 만지작거리며 고개를 숙이고 있었다.

"누가 당신을 따돌리려고 하는지 들었소. 그 작자도 당신보다 별로 나은 인간은 아니지. 그 빌어먹을 일은 내가 다 처리하겠소. 예전에는 당신을 알지 못했지요. 해럴드는 당신이 그 일로 기분 상했다고……."

밀턴은 갑자기 어색하게 자리에서 일어났다. 순간 모든 사람들이 긴장된 표정으로 자리에서 일어났다. 밀턴은 서둘러 해야 할 일이 있어 일찍 가봐야 한다고 말했고, 에이헌 부부는 진지하게 귀를 기울이고 있었다. 그런 뒤 에이헌 부인은 표정을 가다듬으며 제시를 향해 억지 미소를 지었다. 이블린은 톰이 앞으로 몸을 기울이며 에이헌의 어깨에 손을 올려놓는 것을 보았다. 그때 갑자기 바로 뒤에서 겁에 질린 듯한 새로운 목소리가 들려왔다. 그녀가 몸을 돌리자 보조 하녀인 힐다가 서 있는 것이 보였다.

"저, 파이퍼 마님. 아무래도 줄리의 손에 독이 들어간 것 같아유. 퉁퉁 부어오르고, 두 뺨이 불덩어리 같고 계속 신음을 하고 끙끙거리고 있어유……."

"줄리가?"

이블린이 날카롭게 물었다. 갑자기 파티는 머릿속에서 사라졌다. 그녀는 재빨리 몸을 돌려, 두 눈으로 에이헌 부인을 찾아낸 뒤, 그녀를 향해 다가갔다.

"죄송하지만 부인……."

순간적으로 그녀의 이름이 기억나지 않았지만, 그냥 말을 이어나갔다.

"딸아이가 많이 아픈가 봐요. 잠시 올라갔다가 곧 다시 돌아오겠어요."

그녀는 담배 연기가 자욱한 혼란스러운 광경을 뒤로 한 채 몸을 돌려 재빨리 계단 위로 달려 올라갔고, 방 한가운데서 벌어진 시끄러운 논쟁은 이제 말다툼으로 바뀌어갔다.

유아실의 불을 켜자, 줄리가 열에 들떠 몸을 뒤척이면서 나지막하게 이상야릇한 신음 소리를 내고 있었다. 그녀는 아이의 뺨에 손을 대보았다. 몸이 불덩이였다. 외마디 비명을 지르며 그녀는 이불 속을 더듬어 아이의 팔을 찾았다. 힐다가 옳았다. 엄지손가락이 팔목까지 부풀어 있었고 중심부에 염증을 일으킨 붉은 상처가 보였다. 패혈증(敗血症)이야! 마음속에 두려움이 밀려들었다. 어느 사이에 상처를 동여맨 붕대가 벗겨지고, 뭔가가 상처 안으로 들어간 것이다. 손가락을 다친 것이 3시경이었는데……. 지금은 거의 11시가 다 되어가고 있었다. 8시간이 지난 것이다. 패혈증이라면 이렇게 빨리 진행되지는 않을 텐데. 그녀는 곧 전화기 앞으로 달려갔다.

길 건너편에 사는 마틴 선생은 외출 중이었다. 그들의 주치의인 푸크 선생은 전화를 받지 않았다. 머리를 쥐어뜯으며, 절망적인 심정으로 그녀는 자신의 이비인후과 전문의에게 전화를 걸었고, 그가 외과 의사 두 명의 전화번호를 찾아내는 동안 거칠게 입술을 깨물었다. 그 영겁과 같은 시간 동안 그녀는 아래층에서 커다란 목소리들이 들려온다고 생각했다. 하지만 그것도 또 다른 세상의 일인 것 같았다. 15분 후 그녀는 전화 때문에 잠에서 깨어 화가 났는지 뚱하게 대답하는 외과 의사 한 사람을 찾아냈다. 다시 유아실로 달려가 손을 살펴보던 그녀는 아까보다 상처가 조금 더 부어올라 있음을 발견했다.

"오, 하느님!"

그녀는 비명을 지르며 침대 옆에 무릎을 꿇고 앉아 줄리의 머리를 계속해서 쓰다듬었다. 뜨거운 물을 가져와야겠다는 막연한 생각에, 자리에서 일어나 문가로 향했다. 하지만 드레스의 레이스 자락이 침대 난간에 걸리는 바람에 그녀는 두 팔과 무릎을 부딪치며 앞으로 넘어졌다. 그녀는 가까스로 자리에서 일어나 미친 듯이 레이스를 낚아챘다. 침대가 움직이고 줄리가 신음 소리를 냈다. 이블린은 더 조용히, 하지만 성급하고 어색한 손놀림으로 스커트 앞쪽의 주름을 잡아, 패니어(여성용 스커트를 펼치기 위해 사용한 고래수염 따위로 만든 테.)를 완전히 뜯어낸 뒤 서둘러 방을 나섰다.

복도로 나가자 커다랗고 고집스러운 목소리가 들려왔지만, 그녀가 층계참에 도착하는 순간 그 목소리가 끊기고 현관문이 쾅 소리를 냈다.

음악실이 눈에 들어왔다. 해럴드와 밀턴만이 거기에 있었다. 해럴드는 의자에 몸을 기대고 있었는데, 얼굴은 몹시 창백하고, 옷깃은 약간 열려 있고, 입은 느슨하게 벌어져 있었다.

"도대체 무슨 일이죠?"

밀턴이 그녀를 걱정스럽게 바라보았다.

"사소한 문제가 있었는데……."

그때 해럴드가 그녀를 발견하고, 몸을 꼿꼿이 펴며 말했다.

"내 집에서 내 사촌을 모욕하다니. 빌어먹을 속물 녀석. 내 집에서 내 사촌 동생을 말이야……."

"톰이 에이헌과 문제를 일으키자 해럴드 형이 끼어들었어요."

밀턴이 말했다.

"맙소사, 밀턴 서방님."

이블린이 외쳤다.

"서방님이 어떻게 좀 해보시지 그러셨어요."

"저도 노력을 했어요. 저는……."

"줄리가 아파요. 아무래도 뭔가에 감염된 것 같아요. 서방님이 이 사람을 침실로 데려다 주세요."

그녀가 말했다.

해럴드가 멍하니 올려다보았다.

"줄리가 아파?"

그에게 관심조차 보이지 않은 채, 식당을 서둘러 가로지르던 이블린은 주변의 광경에 오싹 소름이 끼쳤다. 커다란 펀치 그릇은 여전히 식탁 위에 있었고, 얼음이 녹아서 생긴 액체들이 바닥에 흥건했다. 현관 쪽 계단에서 발소리가 들렸다. 밀턴이 해럴드를 부축하여 2층으로 올라가고 있었다. 해럴드가 웅얼거리는 소리도 들렸다.

"무슨 일이야, 우리 줄리는 괜찮아."

"그이를 유아실로 들어오게 해서는 안 돼요!"

이블린이 소리쳤다.

그 후 몇 시간은 그야말로 악몽이었다. 자정이 되기 직전 의사가 도착했고 그는 반 시간 정도 상처 난 곳을 절개했다. 의사는 2시쯤 돌아가면서 간호사 두 명의 연락처를 가르쳐 주었다. 무슨 일이 있으면 그곳으로 전화하라고 이른 다음, 자신은 6시 30분에 다시 오겠다고 약속했다. 역시 패혈증이었다.

4시, 힐다를 침대 옆에 남겨놓은 채, 그녀는 자신의 침실로 돌아가 몸서리를 치며 이브닝드레스를 벗어 구석으로 차 던져버렸다. 그녀는 평상복으로 갈아입고 유아실로 되돌아갔고, 힐다가 커피를 만들러 나갔다.

정오가 되어서야 간신히 해럴드의 방을 둘러볼 짬을 낸 이블린은 잠에서 깨어나 비참한 표정으로 천정을 올려다보고 있는 그를 보았다. 그가 붉게 충혈되어 움푹 들어간 두 눈을 그녀를 향해 돌렸다. 잠시 동안 그녀는 그가 너무나 미워서 아무런 말도 할 수가 없었다. 침대에서 꽉 잠긴 목소리가 들려왔다.

"몇 시지?"

"정오예요."

"빌어먹을! 내가 정말 바보짓을……."

"상관없어요."

그녀가 날카롭게 쏘아붙였다.

"줄리가 패혈증에 걸렸어요. 의사들 말이……."

목이 메어 말이 잘 나오지 않았다.

"그들은 줄리가 팔을 잃게 될지도 모른다고 하더군요."

"뭐라고?"

"줄리가 손을 베었어요. 그, 그 큰 그릇에 말이에요."

"어젯밤에?"

"오, 그게 무슨 상관이에요."

그녀가 소리쳤다.

"애가 패혈증에 걸렸다고요. 듣고 있어요?"

그는 당황한 듯 그녀를 바라보았다. 침대에 반쯤 일어나 앉은 채로.

"옷을 입어야겠어."

그녀의 분노가 가라앉고, 엄청난 피곤함과 그에 대한 연민이 물결처럼 온몸을 휩쓸고 지나갔다. 무엇보다도, 그에게도 힘겨운 일이긴 마찬가지였다.

"그래요, 그러는 편이 좋겠어요."

그녀가 힘없이 말했다.

4

  만약 이블린의 미모가 30대 초까지 주저하며 머물러 있었다면, 얼마 뒤에는 갑자기 결심을 내린 듯 완전히 그녀를 떠나버렸다. 얼굴 위로 흐릿하게 드러나던 주름들이 갑자기 깊어지고 다리와 팔과 허리에 살들이 붙기 시작했다. 이맛살을 찌푸리는 버릇이 이제 표정으로 굳어졌다. 책을 읽을 때나, 말할 때 심지어는 잠을 잘 때에도 끊임없이 이맛살을 찌푸리고는 했다. 그렇게 마흔여섯이 되었다.

  재산이 불어나기보다는 줄어드는 대부분의 가정이 그렇듯 그녀와 해럴드 사이에는 막연한 적대감이 맴돌았다. 마음이 평온할 때는 마치 부서져 버린 낡은 의자를 바라보듯 그런 관대함으로 서로를 바라보았다. 이블린은 그가 아플 때면 조금은 그에 대해 걱정을 했고, 좌절한 남자와 함께 평생을 살아야 한다는 진저리나는 우울함 속에서도 밝은 표정과 기운을 잃지 않기 위해 최선을 다했다.

  저녁 식사 후 가족 간의 브리지 게임이 끝나자 그녀는 안도의 한숨을 내쉬었다. 오늘 저녁에는 평상시보다 더 많은 실수를 저질렀지만, 별로 신경을 쓰지 않았다. 아이린은 보병대가 특히나 더 큰 위험에 처해 있다는 발언을 해서는 안 되는 것이었다. 벌써 3주가 지나도록 편지 한 장 없었고, 물론 그렇다고 평상시와 별로 다른 것은 아니지만, 그녀는 마음의 갈피를 잡을 수 없었다. 그러니 게임에서 클로버가 지금까지 몇 장 나왔는지, 모임이 어떻게 끝났는지 전혀 알 수가 없었다.

이미 해럴드는 2층으로 올라간 뒤였고, 그녀는 신선한 공기를 마시기 위해 현관 앞 난간으로 나갔다. 휘영청 밝은 달이 인도와 잔디 위를 두루 비추고 있었고, 반쯤 작게 하품을 하고, 반쯤 미소를 머금으며, 그녀는 젊었을 적 어느 달 밝은 밤 긴 시간 동안 연애 하던 일을 떠올렸다. 한때는 끊임없이 이어졌던 애정 행각의 모든 총체가 바로 그녀의 삶이었다는 사실이 너무나 놀라웠다. 현재 그녀의 문제들의 총체도 바로 그것이었다.

무엇보다 줄리가 문제였다. 줄리는 열세 살이 되었고 최근 들어 자신의 장애에 대해 점점 더 민감하게 반응했으며, 언제나 자신의 방 안에 틀어박혀서 책만 읽었다. 몇 년 전 아이는 학교에 가야 한다는 생각에 겁을 먹었고, 이블린은 감히 아이를 학교에 보낼 엄두가 나지 않았다. 그래서 아이는 엄마의 그림자 속에서 자랐으며, 그 불쌍한 어린 것은 자신의 팔에 달린 의수(義手)를 사용할 시도조차 하지 않은 채, 늘 애처로이 손을 주머니에 넣고 다녔다. 이블린은 아이가 손을 움직이는 일을 완전히 포기할까 봐 두려워서, 아이에게 의수 사용하는 수업을 받게 했다. 하지만 수업을 받은 뒤에도, 비록 엄마에 대한 복종으로 마지못해 의수를 움직이긴 했지만, 이내 작은 손은 기어가듯 다시 드레스 속으로 살며시 숨어버리는 것이었다. 한동안은 아이의 드레스에 있는 주머니를 전부 없애 보았지만, 줄리가 한 달 내내 너무나 절망적인 표정으로 집 안을 헤집고 다니자, 이블린의 마음이 약해져 그런 시도를 다시는 할 수 없게 되었다.

도널드의 문제는 시작부터 달랐다. 줄리가 자신에게 덜 의지하도록 가르치려 노력한 것처럼, 그녀는 아들이 자신의 곁에 더 가까이 있게 하려고 헛되이 노력했다. 최근 들어 도널드의 문제는 그녀의 손에서 완전히 떠난 상태였다. 아들의 부대는 이미 석 달째 해외에 파병되어 있었던 것이다.

그녀는 다시 하품을 했다. 삶이란 젊은 사람들의 것이었다. 확실히 근사한 청춘을 보내긴 했다. 그녀의 조랑말인 비쥬가 떠올랐고, 열여덟 살 때 엄마와 함께 갔던 유럽 여행이 생각났다.

"왜 이리 복잡한 걸까."

그녀는 달을 쳐다보며 매정하게 큰 목소리로 말했다. 그리고 집 안으로 들어와 막 문을 닫으려는데 서재에서 무슨 소리가 들려오자 가슴이 철렁했다.

중년이 된 하녀 마서였다. 지금은 부리는 하녀도 단 한 명뿐이었다.

"무슨 일이지, 마서?"

그녀가 놀란 목소리로 물었다.

마서가 재빨리 몸을 돌렸다.

"오, 2층에 계신 줄 알았어유. 저는 단지……."

"무슨 문제라도 있어?"

마서가 주저했다.

"아니유, 저는……."

그녀는 불편한 자세로 서 있었다.

"편지가 왔어유, 마님. 제가 어딘가에 놓아두었는데유."

"편지? 마서에게 온 편지?"

이블린이 전깃불을 켜며 말했다.

"아니유, 마님에게 온 편지유. 오늘 오후에 도착한 마지막 편지

예유, 마님. 우체부가 제게 편지를 주었는데, 그때 뒷문의 종이 울리는 바람에. 분명히 편지가 제 손안에 있었는데, 어딘가에 꽂아둔 것이 분명해유. 이제야 생각이 나서 그걸 찾으려고……."

"무슨 편지지? 도널드에게서 온 편지인가?"

"아니유, 광고 편지였어유, 아마도. 아니면 업무적인 편지거나유. 길고 좁은 봉투였던 걸로 기억해유."

두 사람은 음악실을 가로지르며, 쟁반들과 벽난로 위 선반들을 살핀 뒤, 서재로 들어가 책꽂이 책들 위쪽을 더듬었다. 마서가 실망한 듯 잠시 손길을 멈추었다.

"어디다 두었는지 생각이 나지 않아유. 곧장 식당으로 갔는데. 어쩌면 식당에 놓아두었나 봐유."

마서는 희망을 갖고 식당을 향해 걷기 시작했지만, 등 뒤에서 들리는 거친 숨소리에 재빨리 몸을 돌렸다. 이블린이 이맛살을 찌푸린 채, 두 눈을 연신 깜박거리며, 힘없이 모리스 스타일의 안락의자에 앉아 있었다.

"어디 아프세유?"

잠시 아무런 대답도 없었다. 이블린은 아주 가만히 앉아 있었고, 마서는 그녀의 가슴이 아주 빠르게 오르락내리락하는 것을 볼 수 있었다.

"어디 아프세유?"

그녀가 되풀이했다.

"아니."

이블린이 천천히 대답했다.

"하지만 이제 편지가 있는 곳을 알았어. 가서 쉬도록 해, 마서. 괜찮으니까."

의아함을 느끼며, 마서는 자리를 떠났고, 이블린은 여전히 그렇게 앉아 있었다. 단지 눈가의 근육만이 수축과 이완을 반복하며 움직이고 있었다. 그녀는 이제 편지가 어디에 있는지 알게 되었다. 마치 자신이 놓아둔 것처럼 잘 알고 있었다. 또한 직감적으로 그리고 의심할 여지없이 무슨 내용인지도 알았다. 광고 서신처럼 길고 좁았지만 봉투 위쪽의 한 모퉁이에는 커다란 글자로 '국방부'라고 적혀 있고, 아래쪽에 작은 글씨로 '공용 우편'이라 쓰여 있겠지. 커다란 컷글라스 그릇 속에 들어 있는 봉투의 아래쪽에 자신의 이름이 적혀 있는 것도 알았고, 그 안에는 죽은 영혼이 들어 있다는 것을 알았다.

어색하게 일어나, 책장 앞을 지나 문가를 지나는 것까지 똑바로 인식하며 그녀는 식당을 향해 걸어갔다. 잠시 후 그녀는 스위치를 찾아 불을 켰다.

그곳에 그 유리그릇이 있었다. 그릇은 검은색 테를 두른 진홍색의 네모꼴과 푸른 테를 두른 노란색 네모꼴로 전깃불을 반사시키며 육중하고 현란하게, 기묘하고도 의기양양한 듯 불길한 모습을 드러낸 채. 그녀는 앞으로 한 걸음 나가 다시 멈추었다. 이제 또 한 걸음을 옮기면 그릇의 위쪽과 안쪽을 볼 수 있겠지. 또 한 걸음만 더 가면. 하얀 가장자리를 볼 수 있을 테고, 또 한 걸음만 더 내딛는다면. 그녀의 손이 거칠고 차가운 표면에 닿았다.

어느새 그녀는 봉투를 뜯고, 접혀져 잘 펴지지 않는 부분을 억지로 펴서 그 안의 종이를 꺼내 들었다. 종이 위에 타이프로 쳐진 글씨들이 불빛을 번뜩이며 그녀의 시선을 끌었다. 그런 뒤 종이는 새처럼 팔랑거리며 바닥 위로 날아갔다. 언젠가부터 빙글빙글 돌고 윙윙거리고 있던 집이 갑자기 조용해진 것 같았다. 열려 있는 현관문을 통해 한줄기의 바람이 지나가는 자동차의 소음을 싣고 들어왔다. 2층에서 희미한 소리들이 들려왔고, 책장 뒤로 삐걱거리는 소음이 들려왔다. 남편이 수도꼭지를 틀었다 잠그는 소리였다.

바로 그 순간, 만약 도널드의 죽음이, 이블린과 이 차갑고 악의에 찬 물건—오래전에 얼굴도 잊어버린 한 남자에게서 받은 이 원한 서린 아름다운 선물—사이에서 갑작스럽게 시작된, 맥 빠진 막간(幕間)이 번갈아 지속되는 음험한 투쟁에서의 또 다른 득점이 아니라고 한다면, 정말 그런 것이 아니라면, 아들의 죽음은 진짜가 아닐 것이라는 생각이 들었다. 당당하고 사색에 잠긴 듯 냉정한 모습으로 그릇은 지난 수년 동안 그랬던 것처럼 이 집의 한가운데 자리를 잡고 있었다. 사악한 빛은 절대 늙지도 변하지도 않고 서로가 하나로 합쳐지면서, 수천 개의 눈동자들을 얼음처럼 차가운 빛을 내뿜으며 번쩍이고 있었다.

이블린은 식탁 가장자리에 앉아 넋을 잃고 그것을 응시했다. 마치 그것이 미소를, 아주 잔인한 미소를 짓고 있는 것 같았다. 그리고 마치 이렇게 말하는 것 같았다.

"알겠지, 이제는 너를 직접 해칠 필요가 없어. 난 별로 상관하지 않아. 네 아들을 데려간 것이 나라는 것을 너는 알 거야. 내가 얼마나 차가운지, 얼마나 냉혹한지, 얼마나 아름다운지 너도 알 거야. 왜냐하면 너도 한때 그렇게 차갑고 냉혹하고 아름다웠으니까."

갑자기 그 그릇이 뒤집히더니, 점점 커지고 부풀어 올라 식당 전체를, 집 전체를 뒤덮고 찬란하게 반짝이며 요동치는 커다란 천개(天蓋)로 변했다. 사방의 벽들이 천천히 녹아 안개가 되는 동안 이블린의 눈에 그것이 점점 멀어져 밖으로 밖으로 움직이고 있는 것처럼 느껴졌다. 먼 지평선과 태양과 달과 별들을 전부 차단한 채, 유리를 통해 보이는 잉크의 얼룩 외에는 아무것도 보이지 않았다. 그 아래로 사람들이 걸음을 옮기고, 그들을 향한 빛이 굴절되고 뒤틀려서, 결국에는 빛이 어둠이 되고 어둠이 빛이 되었다. 결국에는 세상의 모든 덮개가 반짝이는 유리그릇의 하늘 아래서 변형되고 일그러졌다.

그런 뒤 멀리서부터, 나지막하고 명확한 종소리처럼 울리는 목소리가 들려왔다. 그것은 정중앙에서 그릇의 가장자리를 따라 바닥으로 내려와 그녀를 향해 혹독하게 내리쳤다.

"이제 알겠지. 나는 운명이야."

유리그릇이 크게 소리쳤다

"그리고 너의 하잘 것 없는 계획들보다 힘이 센 운명이지. 나는 네 작은 꿈들과는 달라. 나는 쏜살같이 날아가는 시간이자, 아름다움의 끝이며, 지각할 수 없는 존재이며, 잔인한 시간들을 형성하는 작은 순간들이 바로 나라는 존재야. 나는 어떤 규칙으로도 증명할 수 없는 예외이며, 네 힘이 미치지 못하는 한계이자, 인생이라는 요리의 양념이야."

울려 퍼지는 목소리가 멈추었다. 그 메아리가 넓은 땅 위를 지나 세상의 경계인 유리그릇의 가장자리에 반사되어 거대한 측면을 타고 그 중심으로 되돌아와 그곳에서 잠시 윙윙거리다 사라져버렸다. 그런 뒤 그 거대한 벽들이 천천히 그녀를 압박하기 시작했다. 마치 그녀를 으깨버릴 것처럼 점점 더 작아지며 점점 더 가까이 다가왔다. 그녀가 손을 꼭 쥐고 차가운 유리가 순식간에 부서지기를 기다리던 순간, 유리그릇이 갑자기 몸을 비틀어 뒤집혔다. 그리고 그 유리그릇은 빛을 반짝이며, 수백 개의 프리즘을 통해 수만 가지의 무수한 색을 반사시키고, 어슴푸레하게 서로 교차하는 빛, 엇갈린 빛을 반사하면서 찬장 위에 원래대로 놓여 있었다.

현관문을 통해 차가운 바람이 불어왔고, 이블린은 필사적으로 손을 뻗어 그릇을 두 팔로 감쌌다. 서둘러야 해. 강해져야 해. 아플 정도로 세게 두 팔에 힘을 주자, 부드러운 살결 아래 어린 근육 줄기들이 팽팽해졌고, 힘겨운 노력 끝에 그녀는 그 유리그릇을 들어 올려 안았다. 무리한 노력 때문에 드레스 자락이 벌어져 등 쪽으로 차가운 바람이 들어오는 것을 느끼며, 그녀는 그쪽으로 몸을 돌려 그릇의 엄청난 무게에 비틀거리며 서재를 가로질러 현관으로 향했다. 서둘러야 해. 강해져야 해. 두 팔의 혈관이 둔탁하게 고동쳤고, 무릎이 자꾸 내려앉으려 했지만, 차가운 유리의 감촉은 그다지 나쁘지 않았다.

현관 밖을 지나 그녀는 비틀거리며 돌계단 위에까지 나갔고, 그곳에서 마지막 힘을 쓰기 위해 자신의 영혼과 육신을 모두 쥐어짜 반쯤 몸을 돌렸다. 그러나 한순간 그녀가 쥐고 있던 유리그릇을 놓으려고 할 때 감각이 없어진 손가락들이 유리의 거친 표면에 걸려버렸다. 그 순간 그녀는 발이 미끄러지며 균형을 잃고 여전히 그릇을 감싸 안은 채 필사적인 외마디 비명과 함께 앞으로 고꾸라졌다. …… 땅 아래로…….

도로를 따라 불이 켜졌다. 골목 반대쪽에서도 그 부서지는 소리가 들렸고, 지나가던 이들이 당황해서 몰려들었다. 2층에서는 한 피곤한 남자가 잠에 빠져들었다 깨어났고, 어린 소녀가 가위에 눌린 잠에서 깨어나 훌쩍거렸다. 달빛이 비치는 도로 위의, 움직이지 않는 검은 형체 주변에는 수백 개의 프리즘과 유리 조각 그리고 유리 파편이 불빛을 받아 푸른색, 노란 테를 두른 검은색, 노란색 그리고 검은 테를 두른 진홍색으로 반짝였다.

오월제
May Day

〈제목이 언급하는 5월 1일은 노동자의 날로 노동자들이 행진을 하고 전 세계적으로 사회주의자들의 축제가 열린다. 하지만 비평가들은 'May Day'라는 제목에는 역설적인 의미를 지니고 있다고 말한다. 이는 '오월의 여왕'을 뽑고, 5월의 기둥(Maypole: 오월제를 축하하기 위해서 꽃이나 리본으로 장식한 기둥) 주변에서 춤을 추는 봄의 축제를 의미하면서 또한 동시에 프랑스어 표현인 'M'aidez(메이데이. 비행기·선박의 국제 조난 구조 신호)를 의미한다고 하지만, 명확하게 단정되어진 부분은 없다.〉

전쟁에서 싸워 이기자, 승전국의 위대한 도시에는 개선문이 세워지고, 거리는 길가에 뿌려진 하얀색과 빨간색의 꽃들과 장미들로 생기가 넘쳤다. 기나긴 봄날들 내내, 귀향한 군인들이 즐겁고 낭랑한 관악기 연주자들과 둥둥거리는 북소리를 따라 대로를 행진하면, 상인들과 점원들은 흥정과 셈을 멈추고, 창문 쪽으로 몰려들어, 지나가는 군인들을 향해 진지하게 하얗고 주름진 얼굴을 돌렸다.

위대한 도시에 이제껏 그런 호황이 없었다. 전쟁에서의 승리로 무수한 열차들이 도착하고 남부에서 서부에 이르기까지 여기저기에서 상인들이 자신의 식솔들을 데리고, 온갖 감미로운 축제를 즐기고 풍요로운 오락거리가 준비되어 있는 것을 구경하기 위해, 그리고 여자들은 다가올 겨울을 대비하기 위한 모피들과 금실로 짠 망사가방들과 다양한 색깔의 견사(絹絲)와 은사, 장밋빛 새틴과 황금색 천들로 만든 슬리퍼를 사기 위해 도시로 몰려들었다.

승리한 민족의 작가들과 시인들이 평화와 번영의 임박을 너무나도 유쾌하고 소란스럽게 찬양하자, 각지에서 더 많은 사람들이 기쁨의 포도주를 마시기 위해 몰려들었고, 상인들은 더욱 더 빠른 속도로 자질구레한 장신구와 슬리퍼 등을 진열해 놓았다. 종국에는 더 많은 장신구와 더 많은 슬리퍼를 구하기 위해 절박한 외침을 토해놓고, 그것들을 구하기 위해서라면 원하는 것은 무엇이든 내놓으려 했다. 심지어 몇몇 사람들은 절망스러운 듯 손을 휘저으며 외쳤다.

"맙소사! 더 이상 팔 슬리퍼가 없어! 맙소사! 더 이상 팔 장신구도 없어, 하느님 맙소사, 이제 어떻게 해야 할지를 모르겠어!"

하지만 그 누구도 그들의 울부짖음에 귀를 기울이지 않았다. 군중들은 너무나 바빴다. 매일같이 보병들이 의기양양하게 대로를 행진하고, 모두들 기뻐 날뛰었다. 귀향하는 젊은이들은 순수하고 용감하고, 건강한 치아에 홍조가 깃든 뺨을 지녔고, 이 땅의 젊은 처녀들은 얼굴과 몸매가 모두 아름답고 순결했다.

그렇게 이 무렵의 이 위대한 도시에는 많은 모험들이 벌어졌고, 이것들 중에서, 몇 가지의, 어쩌면 하나의, 이야기를 이곳에 적으려 한다.

1

　1919년 5월의 첫날 아침 9시, 한 젊은이가 빌트모어(뉴욕 시 맨해튼에 있는 호텔.)의 객실담당에게 혹시 필립 딘 씨가 그곳에 숙박을 하고 있는지, 만일 그렇다면 자신이 딘 씨의 객실에 연락을 취할 수 있는지 물었다. 질문을 던진 남자는 재단이 잘되었지만 낡은 양복을 입고 있었다. 그는 체구가 작고 가냘팠고 어딘가 잘생긴 부분이 있었다. 두 눈동자 위쪽에는 대단히 긴 속눈썹이 드리워져 있고, 그 아래의 병색이 짙은 푸른 반원형의 그림자가, 특히나 그 때문에, 그의 얼굴 위를 떠날 줄 모르는 옅고 기묘한 홍조가 더 두드러지게 보이는 효과를 냈다.

　딘 씨는 그곳에 머물고 있었다. 청년은 옆에 있는 전화기로 안내되었다.

　몇 분 후 통화가 이루어졌다. "여보세요!" 하는 졸린 목소리가 위쪽 어딘가에서 들려왔다.

　"딘 씨입니까?―아주 간절한 목소리였다―난 고든이야, 필. 고든 스터렛이야. 지금 아래층에 와 있어. 자네가 뉴욕에 있다는 이야기를 듣고, 어쩐지 자네가 이곳에 있을 거라 생각했지."

　졸린 목소리가 점점 열기를 띠었다. 이런, 고디, 이 친구야! 이런,

그는 확실히 놀라고 기쁜 듯했다! 고디, 자네가 올라올 수 있나? 부탁이네!

몇 분 후, 푸른 비단 파자마를 입은, 필립 딘이 침실의 문을 열었고, 두 청년은 얼마간의 어색함이 섞인 기쁨 속에 서로를 얼싸안았다. 그들은 둘 다 24살이었고, 전쟁이 시작되기 한 해 전 예일 대를 졸업했다. 하지만 두 사람의 공통점은 거기서 끝이었다. 딘은 금발에 혈색이 좋았고 파자마 아래 건장한 체격을 지녔고, 건강함과 육체적인 편안함이 잔뜩 넘쳐났다. 그는 이따금 커다란 뻐드렁니를 드러내며 미소를 지었다.

"안 그래도 자네를 찾아볼 생각이었지. 2주의 휴가를 받았거든. 만얄 자네가 여기 앉아 조금만 기다려 준다면, 금방 준비하고 나오겠네. 샤워를 하고 나올게."

그가 열정적으로 외쳤다.

그가 목욕탕 안으로 사라지자 방문객의 검은 눈동자가 불안한 듯 방 안을 둘러보았고, 잠시 모서리에 있는 커다란 영국제 여행용 가방과 의자 위에 쌓여 있는 두꺼운 비단 셔츠들, 근사한 넥타이들, 부드러운 모직 양말들에 시선이 고정되었다.

고든은 자리에서 일어나, 셔츠들 중 하나를 집어 잠시 그것을 살펴보았다. 아주 두툼한 견직물에 옅은 푸른색 줄무늬가 있는 노란색 셔츠였다. 그는 무심결에 자신의 와이셔츠 소매를 빤히 바라보았다. 해지고 가장자리가 주름투성이에, 흐릿한 회색으로 얼룩져 있었다. 비단셔츠를 내려놓으며 그는 자신의 양복 소매를 끌어당겨, 해진 셔츠의 소맷자락이 보이지 않도록 위쪽으로 밀어 넣었다. 그런 뒤 그는 거울로 걸어가, 무기력하고 비참한 마음으로 자신의 모습을 바라보았다. 한때 화려했던 넥타이는 이제 색이 바래고 엄지손가락 자국으로 주름이 잡혀 있고, 더 이상 와이셔츠 깃의 들쭉

날쭉한 단추 구멍들조차 숨겨주지 못했다. 그는 상당히 씁쓸하게, 단지 3년 전만 해도 자신이 베스트 드레서를 뽑는 학부의 4학년 선거에서 우연히 한 표를 얻기도 했었다는 생각을 했다.

딘이 자신의 몸을 닦으며 목욕탕에서 나왔다.

"어젯밤에 자네의 예전 친구를 만났지. 로비에서 우연히 지나쳤는데, 그녀의 이름이 목구멍까지 올라오는데 생각이 나지 않더라고. 왜 뉴헤이번(미국 코네티컷의 작은 도시, 예일 대학이 그곳에 위치하고 있다.)의 마지막 해에 자네가 데려왔던 그 여자 말이야."

그가 말했다.

고든은 갑자기 놀라는 표정을 지었다.

"이디스 브래딘? 그녀를 말하는 건가?"

"그래, 그 여자. 빌어먹을 만큼 예쁘더군. 여전히 예쁘장한 인형 같더군. 내가 무슨 말을 하는지 자네도 알 거야. 건드리기만 해도 망가질 것 같은."

그는 거울 속에 비친 자신의 반들거리는 모습이 만족스럽다는 듯 여러 개의 치아를 드러내며 살짝 미소를 지었다.

"어쨌든 분명 23살은 되었을 거야."

그가 계속 말을 이었다.

"지난달에 23살이 되었지."

고든이 넋 나간 사람처럼 말했다.

"뭐? 오, 지난달에. 글쎄, 내 생각에 그녀가 '감마 프사이'에 참석할 것 같아. 오늘 델모니코(뉴욕 시 맨해튼에 있는 호텔.)에서 감마 프사이(미국 대학교의 남학생 사교클럽.) 댄스파티가 있다는 건 자네도 알고 있지? 자네도 와야 해, 고디. 아마도 뉴헤이번 출신의 절반이 거기에 참석할 거야. 내가 자네를 위해 초대장을 얻을 수 있어."

마지못해 새 속옷을 몸에 걸치며, 딘은 시가에 불을 붙이고 열려 있는 창문가에 앉아, 방 안으로 쏟아지는 아침 햇살 속에 자신의 종아리와 무릎을 살펴보았다.

"앉게, 고디. 그리고 자네가 살아온 이야기 좀 해 보게. 그리고 지금 뭘 하고 있는지, 전부 다."

그가 제안했다.

고든은 별안간 침대 위에 털썩 무너졌다. 그리고 생기 없고 정신 나간 사람처럼 그곳에 누웠다. 무방비한 표정을 지을 때면 늘 그렇듯 습관적으로 입술을 약간 벌린 채, 갑자기 속수무책인 듯 표정이 비참하게 변했다.

"무슨 일이야?"

딘이 재빨리 물었다.

"오, 맙소사."

"무슨 일이냐니까?"

"난 완전히 저주를 받은 것 같아. 난 완전히 풍비박산이 났네, 필. 난 무일푼이야."

그가 절망적으로 말했다.

"엉?"

"난 무일푼이라고."

그의 목소리가 흔들리고 있었다.

딘은 따져보는 듯한 푸른 눈동자로 그를 더욱 더 가까이서 유심히 바라보았다.

"자네 정말로 굉장히 지쳐 보이는군."

"그래, 모든 것이 완전히 난장판이 되어 버렸어."

그는 잠시 멈추었다.

"처음부터 다시 시작하는 것이 나을 거야. 혹시 내가 자넬 지루하게 만들었나?"

"전혀 아니야. 계속 말을 하게."

하지만 어쨌든 딘의 목소리에는 주저하는 기색이 있었다. 동부로의 이번 여행은 즐기기 위해 계획된 것이었다. 말썽에 휘말린 고든 스터렛과 마주쳤다는 사실이 그를 다소 짜증나게 했다.

"그러니까."

고든이 불안하게 말을 꺼냈다.

"2월에 프랑스에서 돌아와서, 한 달 정도 해리스버그(미국 펜실베이니아 주의 주도(州都)).에 있는 집에서 지냈어. 그러고 나서 직업을 구하기 위해 뉴욕으로 왔지. 직업을 얻었고―무역회사에 말이야. 하지만 그들이 어제 나를 해고했어."

"자넬 해고해?"

"그것 때문에 온 거야, 필. 자네에게 솔직하게 말하고 털어놓고 싶어. 자네야말로 내가 이 문제에 대해 터놓고 말할 수 있는 유일한 사람이니까. 사실대로 다 털어놓아도 괜찮겠나? 그런가, 필?"

딘이 조금 더 경직되었다. 무릎을 두드리는 그의 손동작이 점점 더 기계적으로 변해갔다. 그는 어렴풋이 자신에게 불공평한 책임감이 지워질 것임을 느끼고 있었다. 심지어 그는 과연 자신이 그의 이야기를 듣고 싶어 하는지조차 알지 못했다. 약간의 어려움에 빠져 있는 고든 스터렛을 발견한 것은 그리 놀라운 일은 아니었다. 현재 그의 불운함 속의 어떤 것이 그를 불쾌하고 경직되게 만들었지만, 한편으로는 그것이 그의 호기심을 자극하기도 했다.

"계속해 보게."

"여자가 있네."

"흠."

딘은 그 무엇도 자신의 여행을 망치지는 못할 것이라고 다짐했다. 만일 고든이 점점 더 비참한 지경이 된다면, 그때는 그를 더 멀리 해야만 했다.

"이름은 주얼 허드슨이야."

침대에서 우울한 말투가 계속 이어졌다.

"처음에는 '순결'했었겠지, 내 추측일세. 1년 전까지만 해도. 이곳 뉴욕에 살고 있어. 집안은 가난했고. 가족들은 이제 다 죽고, 지금은 늙은 숙모와 살고 있어. 알겠지만 내가 그녀를 만난 바로 그때가 사람들이 전부 프랑스에서 돌아오기 시작했을 무렵이었어. 그리고 내가 한 일이라고는 단지 새로이 도착한 이들을 환영하고, 그들과 파티에 어울려 다닌 것이었어. 그렇게 시작되었다네, 필. 사람들을 만나는 것을 즐기고, 그들이 날 만나서 즐겁게 만드는 것."

"좀 더 분별력이 있었어야 했어."

"알아."

고든이 잠시 말을 멈추더니 이내 얼이 빠진 듯이 말을 이었다.

"지금의 난 집에서 독립한 상태야, 자네도 알겠지만. 그리고 필, 난 가난을 견딜 수가 없어. 그런데 이 저주 같은 여자가 나타난 거야. 그녀는 한동안은 나와 사랑이란 것에 빠졌고, 비록 결코 그렇게까지 빠져들 의도는 없었지만, 어째서인지 항상 그 여자의 손바닥에 있는 듯한 느낌이란 말이야. 내가 무역 회사에서 어떠한 일을 했는지 자네도 상상할 수 있을 거야—물론 난 항상 그림을 그리고 싶은 마음이 있었지. 잡지에 삽화를 그리는 일을 말이야. 꽤 많은 돈이 되거든."

"그럼 왜 그걸 하지 않지? 뭐든지 잘하고 싶으면 노력을 해야 할 것 아닌가."

딘이 차갑게 형식적으로 제안했다.

"노력했지, 조금은. 하지만 내 솜씨가 영 투박해서. 난 재능이 있네, 필. 그림을 그릴 수 있어. 하지만 단지 어떻게 해야 하는지 모르겠네. 학교에 다녀야 하는데, 그럴 여력이 없어. 어쨌든 약 1주일 전 모든 일들이 다 위기에 봉착했네. 내가 마지막 1달러까지 다 써 버리고 나자 이 여자가 날 괴롭히기 시작한 거야. 그녀는 목돈을 원해. 만약 그 돈을 갖지 못한다면, 나를 큰 말썽에 휘말리게 만들 수 있다고 우기고 있어."

"그럴 수 있을까?

"그럴 것 같아서 걱정이야. 내가 직업을 잃어버리게 된 이유도 그 여자 때문이니까. 그녀가 계속 사무실로 전화를 걸어댔거든. 엎친 데 덮친 격으로 그 여자는 우리 가족에게 보낼 편지까지 써놓았다네. 오, 그 여자가 날 완전히 휘어잡고 있어. 그 여자에게 줄 목돈이 필요해."

어색한 침묵이 흘렀다. 고든은 아주 조용히 누워 있고, 옆구리에 꼭 움켜쥔 주먹이 놓여 있었다.

"난 완전 무일푼이야."

그가 계속 말을 이었고, 그의 목소리가 떨려왔다.

"난 반쯤 미칠 지경이네, 필. 만일 자네가 이곳 동부로 온다는 것을 알지 못했다면, 난 죽어버렸을 거야. 자네가 300달러만 빌려줬으면 좋겠네."

딘의 손가락이, 그의 맨 무릎을 두드리던 손가락이, 갑자기 멈추었다. 그리고 두 사람 사이에 기묘한 불안함이 팽팽한 긴장감으로 맴돌았다.

몇 초 후 고든이 말을 이었다.

"가족들을 워낙 쥐어짜서 또다시 돈을 부탁하기가 부끄러울 지경이야."

여전히 딘은 아무런 대답도 하지 않았다.

"주얼의 말이 자신이 200달러를 받아야겠대."

"그렇게 협박하면 어떻게 될지 말해주지 그랬나."

"그래, 아주 쉬운 이야기처럼 들리는군. 하지만 그 여자는 내가 취했을 때 적어 준 두 통의 편지를 가지고 있어. 불행히도 그녀는 자네가 예상하는 그런 나약한 여자가 아닐세."

딘은 혐오 어린 표정을 지었다.

"난 그런 종류의 여자는 참아줄 수가 없어. 자네도 그 여자를 멀리 해야 할 거야."

"알아."

고든이 힘없이 인정했다.

"그리고 사실들을 있는 그대로 봐야 할 거야. 만일 자네에게 돈이 없다면, 직장을 구하고 여자들을 멀리 해야지."

"말하기는 쉽지."

고든이 눈을 가늘게 뜨며 말했다.

"자네는 세상의 모든 돈을 다 가지고 있으니까."

"꼭 그렇지는 않아. 내 가족들이 내가 얼마나 쓰는지를 계속 지켜보고 있으니까. 내게는 아주 약간의 여유가 있기 때문에 그것을 망치지 않기 위해 더 노력하고 있어."

그는 블라인드를 올리고 더 많은 햇살을 받아들였다.

"난 잘난 척하는 사람은 아니네, 세상이 다 알겠지만."

그가 교묘하게 말을 이어나갔다.

"난 쾌락을 좋아해. 이런 식의 휴가는 더욱 더 좋아하지. 하지만 자네는…… 자네는 정말 끔찍한 행색이군. 자네가 이런 식으로 말하는 건 한 번도 들어본 적이 없어. 완전히 파산한 것처럼 보여— 재정적뿐만이 아니라 도덕적으로도."

"보통 그 두 가지는 한꺼번에 가는 것이 아닌가?"

딘은 조급하게 고개를 흔들었다.

"자네에겐 내가 이해하지 못하는 어떤 끊임없는 기운이 맴돌고 있어. 일종의 사악한 기운이랄까."

"걱정과 빈곤 그리고 불면의 밤들로 인한 분위기겠지."

고든이 다소 반항적으로 말했다.

"난 모르겠어."

"오, 내가 우울하다는 것은 인정하지. 내가 나 자신을 우울하게 만들고 있어. 하지만 정말로 필, 1주일의 휴식과 새 양복 그리고 여분의 돈만 있으면 이내 괜찮아질 거야, 예전의 나처럼. 필, 난 전광석화처럼 그릴 수 있어, 자네도 알지. 하지만 어떨 때에는 그림 재료를 제대로 살 돈조차 없어. 게다가 피곤하고, 낙담하고 그리고 무일푼인 상태에서는 그림을 그릴 수가 없네. 약간의 여유자금만 있으면 몇 주일 정도 시간을 내서 다시 시작할 수 있을 거야."

"그 돈을 다른 여자에게 쓰지 않을 거라고 내가 어떻게 믿을 수 있나?"

"왜 그 일을 다시 들쑤시는 거지?"

고든이 조용히 말했다.

"다시 들쑤시는 것이 아니야. 자넬 이런 식으로 보게 된 것이 싫은 거지."

"내게 돈을 빌려주겠나, 필?"

"지금 당장 결정을 내릴 수가 없네. 굉장히 액수가 크고, 나로서는 상당한 불편함을 감수해야 할 테니까."

"만일 자네가 그 돈을 빌려주지 않는다면, 내 삶은 지옥이 될 거야. 내가 우는 소리를 하고 있다는 걸 알아, 다 내 잘못이라는 것도. 하지만 그래도 상황은 변하지 않아."

"그럼 언제 갚을 생각인가?"

이건 고무적인 일이라고 고든은 생각했다. 아마도 솔직해지는 편이 현명한 일이겠지.

"물론 다음 달 안에 돌려주겠다고 약속할 수는 없네. 하지만 3개월 후라고 말하는 편이 낫겠군. 그림을 팔게 되는 대로 즉시."

"자네가 무슨 그림이든 팔게 될 거라고 내가 어떻게 확신할 수 있지?"

딘의 목소리에 담긴 경직된 기색이 고든에게 흐릿한 의구심의 전율을 불러일으켰다. 돈을 구할 수는 있을까?

"아무래도 자네가 날 별로 믿지 못하는 건 같군."

"예전에는 아니었지. 하지만 이렇게 된 자네를 보니 의혹이 들기 시작했어."

"만일 내가 벼랑 끝에 몰리지 않았더라면, 이런 식으로 자네를 찾아왔을 거라고 생각하나? 자넨 내가 이걸 즐긴다고 생각해?"

목소리가 갈라졌다. 그는 자신의 목소리 속에 드러나는 격앙되는 분노를 숨기는 편이 좋겠다는 생각에 입술을 깨물었다.

"자네는 이걸 상당히 쉽게 생각하는 듯싶군."

딘이 화가 난 듯이 말했다.

"자네가 날 이런 곤경에 밀어 넣었어. 만일 자네에게 돈을 빌려주지 않으면, 나는 소인배가 되는 거지. 오, 그래, 자네가 그렇게 만들었어. 그리고 300달러를 손에 쥐는 것이 내게도 쉬운 일은 아니라는 것도 말해주지. 내 수입이 그리 많은 것도 아니야. 물론 그만큼을 덜어낸다고 해도 망가지지는 않겠지만."

그는 의자에서 일어나 조심스럽게 옷가지를 골라 입기 시작했다. 고든은 두 손을 쫙 펴서 침대의 가장자리를 움켜쥐며, 원망이 터져 나오려는 것을 애써 참았다. 머리가 쪼개지는 듯했고 어디선가 윙윙거리는 소리가 들렸고, 입술이 바싹 마르고 씁쓸했고, 혈관 안의 열기가 지붕에서 천천히 떨어지는 물방울처럼 셀 수 없이 규칙적인 박자로 용해되어 갔다.

딘은 꼼꼼하게 넥타이를 매고, 눈썹을 어루만진 뒤 진지하게 이빨에 낀 담뱃잎 조각을 제거했다.

그런 뒤 그는 자신의 담배 케이스에 담배를 채우고, 무심결에 빈 담뱃갑을 휴지통에 집어넣은 뒤 케이스를 조끼 주머니에 집어넣었다.

"아침 식사는 했나?"

그가 물었다.

"아니, 더 이상 아무것도 먹히지가 않네."

"이런, 나가서 뭔가를 먹도록 하자고. 돈에 대해서는 이따가 결정하지. 그 문제는 지겹군. 나는 즐기기 위해 동부로 온 거야. 예일 클럽(예일 대학교 졸업생들을 위한 사설 클럽으로 클럽에서 소비된 금액은 회원들이 나누어 지불한다. 이곳에서는 식사 및 휴식과 단기간의 호텔 역할도 했다.)으로 가지."

그가 언짢은 듯이 말하더니, 곧 의미심장하게 덧붙였다.

"일을 그만뒀다면서. 그러니 할 일도 없지 않나."

"만일 약간의 돈만 있다면, 할 일은 얼마든지 있지."

고든이 지적했다.

"오, 제발 그 문제는 잠시 잊어버리도록 하게. 내 여행 전체를 우울하게 만들 필요는 없지 않나. 여기, 여기 약간의 돈이 있네."

그는 지갑에서 5달러짜리 지폐를 꺼내 고든에게 던져주었고, 그는 그것을 조심스럽게 접어 주머니에 집어넣었다. 그의 두 뺨에 색조가 번져갔고, 열기가 아닌 홍조가 더해졌다. 몸을 돌려 방을 나가기 전, 잠시 두 사람의 눈이 마주쳤고 그 순간 그들은 서로의 눈에서 재빨리 자신의 시선을 떨어뜨리게 만드는 무언가를 발견했다. 바로 그 순간 그들은 너무나 갑작스럽게 하지만 너무나 분명하게 서로를 증오하고 있었다.

2

　5번가와 44번 거리가 만나는 곳은 정오의 군중들로 우글거렸다. 풍요롭고 행복한 햇살이 말쑥한 가게의 두꺼운 창문들을 통과해 일시적이나마 황금빛으로 반짝이며―회색 벨벳 케이스 안의 그물 가방들과 지갑들 그리고 진주 목걸이 위로, 갖가지 색깔의 지나치게 화려한 부채 위로, 값비싼 드레스의 비단과 레이스 위로, 실내 디자이너들이 사치스럽게 꾸며놓은 방 안의 별 볼일 없는 그림들과 최고급의 고가구들 위로―빛을 뿌렸다.

　삼삼오오 무리를 지은 직장여성들은 이런 유리창 주변에 어슬렁거리며 가정적으로 꾸며놓은, 심지어는 침대 위에 남자용 실크 파자마까지 놓여 있는 몇몇 화려한 진열창들을 들여다보며 앞으로 자신들이 꾸밀 내실(內室)을 상상해 보았다. 그들은 보석가게 앞에 서서 그들이 낄 약혼반지와, 결혼반지 그리고 백금 손목시계를 골랐고, 그런 뒤 깃털 부채들과 오페라용 외투를 살펴보며 서성거렸다. 그러면서 그네들은 점심으로 먹은 샌드위치와 선디〈아이스크림 선디(시럽·과일 등을 얹은 아이스크림.〉 등을 소화시켰다.

　거리를 메운 대부분의 군중은 허드슨 강(미국의 뉴욕 주 동부의 강.)에 정박한 함대에서 나온 수병들과 매사추세츠에서 캘리포니아에 이르는 온갖 사단의 기장을 단 군인들로 이들은 사람들의 눈에 띄기를 지독하게도 갈망했다. 그러나 종국에는 이 위대한 도시 사람들 모두 힘들고 무거운 짐과 소총을 둘러매고 근사하게 대열을 이루고 행진하는 군인이 아니라면 완전히 신물을 내고 있음을 발견했다.

이런 혼잡함 속에 딘과 고든이 배회했고, 딘이 흥분을 느끼고 가장 천박하고 가장 번지르르한 인간의 군상들의 무리에 경계심을 느꼈다면, 고든은 얼마나 빈번히 자신이 저런 부정기적인 식습관과 과로와 유흥에 빠진 지친 군중들의 한 사람이었던가를 새삼 되새기게 되었다. 딘에게는 그 고군분투가 젊음과 쾌적함의 상징이었다면, 고든에게는 음울하고 무의미하며 끝이 없는 싸움이었다.

예일 클럽에서 그들은 예전의 동기생들을 만났는데 이들은 소란스럽게 딘을 환영했다. 반원형의 긴 의자와 거대한 의자에 앉아 다 같이 하이볼(위스키나 브랜디에 소다수나 물을 타고 얼음을 넣은 음료.)을 마셨다.

고든은 그들의 대화가 지루하고 따분하다는 것을 깨달았다. 그들은 무리를 지어 함께 점심을 먹고, 오후가 시작되자 독한 술로 몸을 덥혔다. 모두들 그날 밤의 감마 프사이 댄스파티에 갈 예정이었다. 전쟁 발발 후 가장 근사한 파티가 될 거라고 모두들 자부했다.

"이디스 브래딘이 온대."

누군가가 고든에게 말했다.

"예전에 네 여자친구였지? 둘 다 해리스버그 출신이 아닌가?"

"맞아, 그녀의 오빠를 가끔 만나곤 해. 일종의 사회주의 광신도이지. 신문인가 뭔가를 한다더라, 여기 뉴욕에서."

그는 주제를 바꾸려 했다.

"화려한 여동생과는 달리 말이지, 응?"

그 자발적인 정보 제공자가 말을 이었다.

"그러니까 그녀가 오늘 밤 피터 히멜이라는 학부생과 함께 온대."

고든은 8시에 주얼 허드슨을 만나기로 되어 있었다. 그때 그녀에게 얼마간의 돈을 주겠다고 약속해 놓았다. 몇 차례 그는 불안한 듯 자신의 손목시계를 훔쳐보았다. 4시가 되자, 다행스럽게도, 딘이 자리에서 일어나 칼라(양복이나 와이셔츠의 깃에 안으로 덧대는 일종의 장식품.)와 넥타이를 사기 위해 리버스 브라더스(작가의 가상의 상점.)로 가겠다고 선언했다. 하지만 두 사람이 클럽을 나서자마자, 또 다른 일행이 그들에게 합류했고, 이 때문에 고든은 무척이나 실망했다.

딘은 이제 기분이 유쾌해졌고, 저녁에 있을 파티에 대한 기대감과 행복감에 조금은 들떠 있었다. 리버스에서 그는 12장의 넥타이를 샀는데, 다른 동행과의 긴 논의를 통해 하나하나 골라 나갔다. 좁은 넥타이가 다시 유행을 타게 될까? 리버스가 더는 웰치 마기츤 칼라(북아일랜드 런던데리의 웰치 마기츤 의류 회사로 '코빙턴'이라는 갈아 끼울 수 있는 와이셔츠 칼라를 제조하여 인기를 끌었다.)를 취급하지 않는다니 안타까운 일이 아닌가? 이 세상에 '코빙턴'과 같은 칼라는 없어.

고든은 일종의 두려움에 빠져들었다. 그는 지금 당장 돈이 급했다. 그리고 이제 감마 프사이 댄스파티에 참석하는 건 어떨까 하고 막연히 생각하기 시작했다. 이디스를 만나고 싶었다. 프랑스로 떠나기 전 해리스버그의 컨트리클럽에서의 그 낭만적인 밤 이후로 이디스를 만나지 못했다. 연애감정이 시들고, 전쟁의 소동 속에 짓눌리고, 지난 3개월간의 혼란 속에서 완전히 잊고 있었지만, 그녀의 영상, 그녀만의 중요할 것도 없는 재잘거림 속에 담긴 매서움, 상냥하고, 사람을 도취시키는 매력이 예상치 못하게 되살아났고 수백 가지의 기억들을 불러일으켰다. 대학시절 그는 그녀의 얼굴에 대한 일종의 초연함과 애정이 어린 찬사를 가슴에 품었었다. 그는 그녀를 그리는 것을 좋아했었다. 그의 방에 그녀를 그린 그림이 여남은 점이 남아 있었다. 골프를 치는 모습, 수영하는 모습⋯⋯. 눈을 감고도 그녀의 활발하고 매력적인 눈을 끄는 용모를 그릴 수 있었다.

5시 30분, 그들은 리버스를 떠나 잠시 인도에 멈추었다.

"자, 나는 이제 준비가 다 되었네. 이제 호텔로 돌아가 면도를 하고, 머리를 자르고, 마사지를 받아야겠어."

딘이 쾌활하게 말했다.

"그게 좋겠어, 나도 자네랑 함께 가지."

또 다른 사내가 말했다.

고든은 혹시 자신이 농락을 당하고 있는지 궁금했다. 힘겹게 그는 그 사내에게로 몸을 돌려 '썩 꺼져버려, 빌어먹을 녀석!' 이라고 소리치고 싶은 것을 참았다. 좌절감에 그는 어쩌면 딘이 돈에 대한 논쟁을 피하기 위해 그 사내에게 자신을 꼭 붙어 다니라고 말해놓은 것은 아닌가 하는 의심까지 들었다.

그들은 빌트모어 호텔로 들어갔다. 빌트모어는 아가씨들로 활기가 넘쳐났다. 대부분은 명문대학의 명망 있는 남학생 사교클럽의 댄스파티에 참석하기 위해 서부와 남부에서 몰려든, 화려한 사교계의 아가씨들이었다. 하지만 고든에게 그들은 꿈속에서나 볼 얼굴들이었다. 그는 마지막으로 애걸을 해보기 위해 혼신의 힘을 다해, 무슨 말을 해야 할지도 모르면서 무작정 입을 열려는 찰나, 딘이 갑자기 다른 사내에게 양해를 구한 뒤 고든의 팔을 잡고 옆으로 끌고 갔다.

"고디."

그가 재빨리 말했다.

"모든 상황을 아주 신중하게 생각해 보았는데, 자네에게 돈을 빌려줄 수가 없다는 결론을 내렸네. 자네의 부탁을 들어주면 좋겠지만, 그렇게 해야 하는 이유를 모르겠어. 그렇게 하면 내가 한 달은 허리띠를 졸라매고 살아야 하거든."

멍하니 그를 바라보던 고든은, 어째서 그의 윗니가 툭 튀어나왔다는 사실을 이전에는 깨닫지 못했는지 궁금하게 여겼다.

"정말로 미안하네, 고든."

딘이 말을 계속했다.

"하지만 그렇게 됐어."

그는 자신의 지갑을 꺼내, 조심스럽게 75달러의 지폐를 세어 꺼냈다.

"여기."

그것을 내밀며 그가 말했다.

"여기 75달러야. 그럼 도합 80달러가 되겠지. 그게 이번 여행에서 쓸 경비를 제외한 내가 가진 현금의 전부일세."

고든은 자동적으로 움켜쥔 손을 치켜 올렸지만, 마치 가시라도 쥐었던 것처럼 손을 폈고, 다시 돈과 함께 움켜쥐었다.

"그럼 파티에서 보지. 이제 이발소에 가봐야겠어."

딘이 말했다.

"그럼 이따 보지."

고든이 긴장감 어린 거친 목소리로 말했다.

"그럼 이따 봐."

딘이 미소를 짓기 시작했지만, 문득 마음이 바뀐 것처럼, 간단히 고개를 끄떡이고 자리를 떠났다.

하지만 고든은, 잘생긴 얼굴에 수심을 가득 띠우고, 한 뭉치의 지폐를 단단히 움켜쥔 채, 그렇게 서 있었다. 그런 뒤, 갑작스런 눈물이 앞을 가린 듯, 그는 비틀거리며 빌트모어의 계단을 내려왔다.

3

　같은 날 밤 약 9시경, 두 사내가 6번가에 있는 싸구려 식당에서 걸어나왔다. 두 사람 모두 추한 외모에 좋지 않은 영양상태, 그리고 가장 낮은 형태의 지능을 지녔다는 사실 외에도 심지어 삶에 활기를 불어넣는 동물적인 충만감조차 없어 보였다. 그들은 최근까지 낯선 땅의 더러운 도시에서 추위와 굶주림 그리고 이(蝨)로부터 고통을 받았다. 그들은 가난하며, 친구도 없었다. 그리고 그들은 태어나면서부터 세상에 부목(浮木)처럼 내던져졌고, 죽을 때까지 부목처럼 떠돌 운명이었다. 하지만 그들은 미합중국 군대의 제복을 입고, 어깨 위에는, 3일 전 상륙한, 뉴저지에서 징집된 보병사단의 기장을 달고 있었다.

　두 사람 중, 키가 큰 사내의 이름은 캐럴 키이며 그 이름이 암시하듯, 그의 혈관에는, 어쨌든 몇 대에 걸쳐 묽게 희석되었겠지만, 어떤 잠재력이 있는 가문의 피가 흐르고 있었다. 하지만 길고, 턱이 좁은 얼굴에 멍하니 물기 어린 눈동자 그리고 툭 튀어나온 광대뼈는 아무리 오래 응시해 보아도 조상으로부터 물려받은 가치나 타고난 재능의 흔적은 찾아볼 수 없었다.

　그의 동료는 햇볕에 그을린 검은 피부와 밭장다리, 쥐 눈과 여러 차례 부러진 흔적이 있는 매부리코를 갖고 있었다. 그의 반항적인 분위기는 분명 허풍이었고, 그가 평생을 살아온, 욕설과 퉁명스러움의 세계, 신체적인 허세와 신체적인 악의의 세계에서 빌려온 보호 수단일 뿐이었다.

카페를 떠난 두 사람은 무척이나 즐거운 듯 이쑤시개를 사용하며, 완전히 초연한 태도로 6번가를 따라 어슬렁거리며 내려갔다.

"어디로 가지?"

만약 캐럴 키가 남태평양의 섬으로 가자고 제안한들 놀라지 않을 거라는 듯한 말투로 로즈가 물었다.

"만일 우리가 술을 좀 구할 수 있을 거라면 뭐라 할 거야?"

금주법은〈술의 판매를 금지하는 수정헌법 18조, 금주법(禁酒法)은 1919년 수정헌법 21조가 통과되기 전까지 실행되지 않았지만, 본문에 암시하는 것처럼 1차 세계대전 동안 군인들에게 술을 판매하는 것은 불법으로 적용되었다.〉 아직 시작되지 않았지만, 그 제안 속에 부추기는 듯한 기색이 담긴 것은 군인에게 술을 파는 것이 법으로 금지되어 있기 때문이었다.

로즈가 열정적으로 동의했다.

"그럼 내게 방법이 있어."

잠시 생각에 잠긴 후 캐럴이 말을 이었다.

"어딘가에 내 형제가 살고 있거든."

"뉴욕에?"

"그래, 나보다 나이가 좀 많지."

그 말은 그가 형이라는 의미였다.

"음식점에서 웨이터로 일하고 있어."

"어쩌면 그가 우리에게 술을 줄 수도 있겠군."

"그럴 거라고 내가 장담하지!"

"날 믿게. 난 내일 이 빌어먹을 제복을 벗어버릴 거야. 그리고 다시는 이걸 입지 않겠어, 절대로. 당장 평상복을 사야겠어."

"글쎄, 어쩌면 난 아니야."

그들이 가진 돈을 통틀어봤자 5달러도 되지 않기에, 그러한 말들을 해봤자 그저 아무런 해가 되지 않고 위로만 주는, 즐거운 말장난에 불과했다. 껄껄 웃음을 터트리고 성경 속에 나오는 인물들을 언급하면서, 더 강조하려는 듯 "오, 이런!", "설마!" 그리고 "내가 그렇게 말했지!" 등등의 말들을 몇 번이나 되풀이하는 폼이 어쨌든 두 사람 모두 즐거운 듯했다.

이 두 사람에게 전적으로 정신적인 양식이 되어준 것은 그들을 수년간 살아 있게 만든 군대, 회사 또는 구빈원과 같은 체제에 대한 그리고 그 체제 안에서의 그들의 직속상관이었던 이들에 대한 공격적인 코웃음과 비난을 퍼붓는 행위였다. 바로 그날 아침까지 그 체제는 '정부'라는, 직속상관은 '대위'라는 형태로 존재했지만, 이제 그들은 그 두 가지에서부터 잠시 벗어나 다음 체제에 구속되기 전까지의 희미하고 불안정한 상태에 놓여 있었다.

그들은 불안정하고 분개하고 쉽게 불쾌해졌다. 이렇게 그들은 허세와 군에서 나왔다는 공들인 안도감 속에 숨어, 군대의 규율이 다시는 그들의 고집스럽고, 자유를 사랑하는 의지를 꺾지 못할 거라며 서로를 다독였다. 하지만 사실, 그들은 새롭게 발견한, 나무랄 데 없는 자유보다 감옥에서 더 집과 같은 편안함을 느꼈을 것이다.

갑자기 캐럴이 발걸음을 빨리 했다. 그의 시선을 따라 눈을 옮긴 로즈는 50m 정도 아래쪽에 사람들이 몰려드는 것을 발견했다. 캐럴이 크게 웃음을 터트리며 사람들을 향해 달리기 시작했다. 로즈도 그 즉시 마찬가지로 웃음을 터트리며 동료의 길고 어색한 보폭을 따라 자신의 밭장다리를 경쾌하게 움직였다.

무리의 외곽에 도착한 그들은 어느새 그 무리와 분간할 수 없을 만큼 하나가 되었다. 어쩐 일인지, 술로 엉망이 된 지친 일반인들과 여러 사단을 대표하고 취한 정도도 각양각색인 군인들이, 손짓으로 말을 하려는 듯 연신 손을 흔들면서 흥분된, 하지만 간결한 연설을 토하고 있는, 길고 검은 구레나룻을 기른 작은 유태인의 주변에 잔뜩 몰려들고 있었다. 얼떨결에 앞쪽으로 헤집고 들어간 로즈와 캐럴은 그의 말이 자신들의 평범한 의식을 꿰뚫고 들어오자 날카로운 의혹이 섞인 시선으로 그를 살펴보았다.

"…… 전쟁으로 무엇을 얻었습니까?"

그가 매섭게 외쳤다.

"주위를 둘러봐요, 주위를 둘러보라고요! 여러분들이 부자입니까? 여러분들에게 많은 돈이 주어졌습니까? 아닙니다. 여러분들은 살아 있는 것만으로, 두 다리가 멀쩡한 것만으로도 운이 좋은 겁니다. 집으로 돌아와 자신의 부인이 돈을 지불하고 전쟁에 참전하지 않는 어떤 놈팡이랑 눈이 맞아 도망치지 않은 것을 발견한 것만으로도 운이 좋은 거예요. 바로 그런 때 여러분들이 운이 좋다고 하는 겁니다! J. P. 모건과〈J. P. Morgan(1837~1913) 미국의 공업, 철도 자금 조달, 프로이센 프랑스 전쟁 당시 프랑스 정부를 원조했다.〉 존 D. 록펠러를〈John D Rockerfeller(1839~1937) 석유 사업가이자 자선사업가. 석유의 독점 경영으로 큰 재신을 빌어들였다.〉 제외하고 전쟁에서 이득을 얻은 사람이 누가 있습니까?"

바로 그 순간 키 작은 유태인의 연설은 수염으로 덮여 있는 그의 턱을 후려갈기는 어떤 적의 어린 주먹으로 인해 끊어졌고, 그는 비틀거리며 뒤로 물러나 보도에 큰 대자로 뻗었다.

"빌어먹을 볼셰비키(프롤레타리아 볼셰비키 당이 권력을 잡고 황제 니콜라스 2세를 폐위시킨 1917년의 러시아 혁명에 대한 언급으로 "볼셰비키", "볼셰비키" 또는 "적색당"이라는 표현이 결과적으로 미국에서는 노동자들, 노동당의 당원들 그리고 정치적으로 진보적이거나 온갖 종류의 급진적인 인물을 격하시켜 가리킬 때 사용하게 되었다.) 녀석!"

덩치 큰 대장장이가 주먹을 날리며 고함을 질렀다. 근처에 몰려 있던 사람들에서 찬성의 웅얼거림이 들려왔다.

유태인은 비틀거리며 일어났지만, 근처에 있는 대여섯 개의 주먹에 맞아 다시 쓰러졌다. 이번에는 완전히 쓰러진 채, 힘겹게 숨을 내쉬었고, 입술 안팎 어딘가 찢어진 곳에서 피가 흘러나왔다.

시끄러운 소리가 들려왔고, 로즈와 캐럴은 얼떨결에 뒤범벅인 군중을 따라 6번가를 걸어 내려갔다. 지저분한 모자를 쓴 깡마른 시민과 단숨에 연설을 끝내버린 건장한 군인이 일행을 이끌었다. 군중은 경이로울 만큼 빠른 속도로 만만치 않은 숫자로 불어났고, 애매한 위치를 고수하는 시민들은 인도 위로 그들을 따라 걸으며 이따금씩 간헐적인 환호성을 내질러 그들을 정신적으로 지지해 주었다.

"지금 어디로 가는 겁니까?"

캐럴이 근처에 있는 남자에게 물었다.

그 남자는 챙이 넓은 모자를 쓰고 있는 사내를 가리켰다.

"저 사람은 저런 놈들이 엄청나게 몰려 있는 곳을 안답니다. 본때를 보여주러 가는 거요."

"놈들에게 본때를 보여주러 가는 거래."

캐럴이 흥분한 듯 로즈에게 속삭였고, 로즈는 신이 난 듯 자신의 옆에 있는 사람에게 그 말을 되풀이했다.

6번가 아래로 행렬이 휩쓸고 지나갔고, 여기저기서 군인들과 해병대원들까지 무리에 합류했는데, 더러는 일반인들도 섞여 있었다. 그들은 마치 새롭게 문을 여는 스포츠나 오락 클럽의 입장권이라도 된다는 듯이 줄기차게 외쳐댔다.

116

그런 뒤 행렬은 사거리에서 꺾여져 5번가로 들어섰고, 톨리버 홀(뉴욕 시 맨해튼에 있는 건물.)에서 열리는 빨갱이들의 모임을 부수러 간다는 대답이 사방에서 되돌아왔다.

"그게 어디인데?"

앞쪽에서 질문이 나왔고, 잠시 후 뒤에서 대답이 들려왔다. 톨리버 홀은 아래쪽 10번가에 위치해 있었다. 그곳을 부수려는 또 다른 무리가 있고, 그들이 이미 지금 저 아래쪽으로 가고 있다고 했다!

하지만 10번가는 너무 거리가 먼 것처럼 들렸고, 막연한 투덜거림이 터져 나오면서 스무 명 정도의 일행이 떨어져 나왔다. 그중에는 로즈와 캐럴도 있었다. 그들은 어슬렁거리며 천천히 속도를 늦추어 더 열광적인 이들이 그들을 지나쳐가게 했다.

"차라리 술을 구하는 것이 좋겠어."

캐럴이 말했다. 그리고 그들은 "껍질 게(겁쟁이라는 의미로 당시 벙커나 갑각류의 껍질 속에 숨어 싸움을 피하는 이들을 칭하는 은어였다.) 같은 놈!"이니 "낙오자!"니 하는 말을 들으며 보도로 올라갔다.

"네 형이 이 근처에서 일하는 거야?"

피상적인 이야기를 끝내고 영원한 진리를 말하듯이 로즈가 물었다.

"분명 그럴 거야. 한 2년 정도 만나지 못했어. 계속 펜실베이니아를 떠나 있었거든. 어쩌면 밤에는 일을 하지 않을지도 모르지. 이쪽으로 쭉 따라가면 돼. 만약 딴 곳으로 옮기지 않았다면, 우리에게 술을 좀 구해줄 거야."

캐럴이 대답했다.

몇 분 동안 거리를 배회한 후 그들은 그 장소를 발견했다. 5번가와 브로드웨이 사이에 위치한 싸구려 식당이었다. 그곳에서 캐럴이 조지 형을 찾아 안으로 들어간 사이 로즈는 인도에서 기다렸다.

"더 이상 이곳에 없대. 그는 이제 델모니코 호텔에서 웨이터로 일한대."

캐럴이 모습을 드러내며 말했다.

마치 그럴 것을 예상했다는 듯 로즈는 고개를 끄덕였다. 능력 있는 사람이 종종 직업을 바꾸는 것은 놀랄 일이 아니었다. 그도 한때 어떤 웨이터를 알고 지냈으니까. 그리하여 그들은 과연 웨이터들이 실제 봉급보다 팁을 더 많이 받는지의 여부에 대해 긴 대화를 나누었다. 델모니코 호텔에서 식사를 하고 첫 번째 샴페인을 터트린 뒤 50달러짜리 지폐를 팁으로 던지는 백만장자에 대해 한 마디씩 던지는, 생생한 그림을 그린 뒤, 두 사람은 남몰래 웨이터가 되는 것을 생각해 보았다. 사실 캐럴의 좁은 이마에는 형에게 직업을 구해달라고 부탁을 해야겠다는 비밀스러운 결심이 서려 있었다.

"웨이터는 그런 사람들이 병에 남겨놓은 샴페인을 다 마실 수 있어."

로즈가 입맛을 다시며 제안하고 나서, 되새겨 생각한 듯 덧붙였다.

"오, 그래."

그들이 델모니코 호텔에 도착했을 때가 10시 30분이었고, 그들은 택시들이 줄을 지어 강물처럼 밀려오고, 야회복을 차려입은 뻣뻣한 젊은 신사들을 대동한, 모자를 쓰지 않은 근사한 젊은 아가씨들이 차에서 모습을 드러내는 광경을 구경했다.

"파티가 있군. 어쩌면 가면 안 될 것 같아. 자네 형이 무척 바쁠 거야."

로즈가 어떤 경외감을 느끼며 말했다.

"아니, 안 그럴 거야. 괜찮을 거야."

잠시 주저한 뒤, 두 사람은 눈에 보이는 가장 초라하게 보이는 문으로 들어갔고, 그 즉시 주저함이 밀려 들어왔다. 그들은 자신들이 찾아낸 작은 식당 안의 눈에 띄지 않는 구석 자리에 불안하게 자리를 잡았다. 그리고 모자를 벗어 손에 쥐었다. 암울한 기분이 그들을 감쌌고, 두 사람은 방의 한쪽 문이 거칠게 열리고, 혜성처럼 나타난 웨이터들이 바닥을 가로질러 다른 쪽에 있는 또 다른 문을 통해 사라질 때마다 깜짝깜짝 놀랐다.

웨이터가 번개같이 빨리 스쳐 지나가기를 세 번, 탐색꾼들은 마침내 간신히 용기를 내어 한 웨이터를 찍었다. 그는 의심스러운 눈으로 그들을 바라본 뒤, 마치 당장이라도 몸을 돌려 도망칠 준비를 하는 것처럼 살금살금 고양이 걸음으로 그들에게 다가왔다.

"이봐요, 이봐요! 혹시 제 형을 알고 있나요? 이곳에서 웨이터로 일한다고 들었어요."

캐럴이 입을 열었다.

"이름이 키입니다."

로즈가 덧붙여 말했다.

그랬다. 웨이터는 조지 키를 알고 있었다. 그는 조지가 위층에 있을 거라고 생각했다. 대무도실에서 큰 연회가 열리고 있다고 그가 말했다.

10분 뒤 조지 키가 나타나 다소 의심스러운 태도로 동생을 반겼다. 그의 머릿속에 제일 먼저 떠오른 생각은, 가장 자연스러운 일이었지만, 동생이 돈을 요구하러 왔을 거란 것이었다.

조지는 키가 크고 턱이 좁았지만 동생과의 유사점은 거기서 끝이었다. 웨이터의 눈동자는 흐릿하지 않았다. 오히려 예민하게 반짝거렸고, 유순한 태도와 사무적인 몸짓에는 흐릿한 우월함까지 드러났다. 두 사람은 어색하게 인사를 나누었다. 조지는 결혼을 했고, 세 아이의 아버지가 되었다. 그는 캐럴이 군대에 들어가 해외에 있었다는 사실에 다소 흥미를 보였지만 그리 감명을 받은 것 같지 않았고, 그것이 캐럴을 실망시켰다.

"조지 형, 우리가 술을 좀 구하고 싶은데, 사람들이 우리에게는 술을 팔지 않아. 혹시 형이 우리에게 좀 구해다 줄 수 없을까?"

유순한 태도로 동생이 말했다.

조지가 고민을 했다.

"그래, 어쩌면 그렇게 할 수 있을 거야. 어쩌면 반 시간 정도 걸릴지도 모르지만."

"좋아, 우리가 기다릴게."

캐럴이 동의했다.

그 말에 로즈가 편안해 보이는 의자에 앉으려 몸을 움직였지만, 분개한 조지에 의해 제지당하고 말았다.

"이봐! 조심해. 자네! 여기에 앉으면 안 돼! 이 방은 12시에 시작되는 무도회를 위해 준비된 곳이야."

"망가트릴 생각은 없었어요. 전 구충제(驅蟲劑)도 뿌렸단 말입니다."

로즈가 화가 난 듯이 말했다.

"그게 문제가 아니야. 만일 수석 웨이터가 내가 여기서 잡담을 하고 있는 것을 발견한다면, 날 잡아먹으려고 할 거야."

조지가 엄하게 말했다.

"오."

수석 웨이터라는 말이 다른 두 사람에게는 충분한 설명이 되었다. 두 사람은 해외에서부터 써온 모자를 불안한 듯 손가락으로 만지작거리며 어떤 제안을 기다렸다.

"내 말은."

잠시 침묵이 흐른 후, 조지가 말했다.

120

"자네들 두 사람이 기다릴 만한 장소가 있어. 나를 따라와."

그들은 그를 따라 반대쪽 문을 나와, 아무도 없는 식기실을 통과해, 두 쌍의 나선식 계단을 따라 올라가, 마침내 대걸레와 들통들이 쌓여 있고 단 하나의 침침한 전기만이 불을 밝히는 작은 방 안으로 들어갔다. 그는 2달러를 받고 약 1쿼트의(1/4 갤런 또는 약 1.14 l .) 위스키를 가져다주기로 약속한 뒤 그들을 그곳에 남겨놓고 자리를 떴다.

"조지 형은 분명 돈을 엄청나게 벌 거야, 내가 장담해."

캐럴은 거꾸로 쌓아놓은 들통 위에 앉으며 우울하게 말했다.

"분명 1주일에 50달러는 벌 수 있을걸."

로즈는 고개를 끄덕이며 침을 뱉었다.

"나도 그럴 거라고 생각해."

"아까 형이 말한 무도회가 뭘까?"

"대학물 먹은 친구들의 파티겠지. 예일 대학교."

두 사람은 서로를 향해 진지하게 고개를 끄덕였다.

"아까 그 무리를 이루던 아가씨들은 지금쯤 어디에 있을까?"

"나도 몰라. 하지만 내게는 빌어먹을 만큼 먼 곳에 있는 여자들이라는 건 알지."

10분 정도 지나자 무료함이 밀려들었다.

"저쪽에 뭐가 있는지 봐야겠어."

조심스럽게 반대쪽 문을 향해 걸어가며 로즈가 말했다.

"뭐가 보여?"

대답 대신 로즈는 날카롭게 숨을 들이켰다.

"빌어먹을, 여기 술이 잔뜩 있어."

"술이라고?"

키가 문 앞에 있는 로즈에게 다가와 흥분한 듯 바라보았다.

"장담하건데 저건 진짜 술이야."

잠시 노려보더니 그가 말했다.

그들이 있는 곳보다 대략 2배는 더 큰 방이었다. 그리고 그곳은 근사한 술 파티가 준비되어 있었다. 긴 벽을 따라 놓여진, 하얀색 테이블보를 덮은 두 개의 탁자 위에는 병들이 나란히 자리를 잡고 있었다. 위스키, 진, 브랜디, 프랑스산과 그리고 이탈리아산 베르무트(백포도주에 향초 등으로 가미한 술.), 오렌지 주스와 잔뜩 늘어놓은 소다수 그리고 비어 있는 두 개의 커다란 펀치볼을 굳이 언급할 필요도 없었다. 방에는 아직 아무도 들어오지 않았다.

"그 댄스파티라는 걸 이제 막 시작하려나 봐."

캐럴이 속삭였다.

"바이올린 소리가 들려? 이봐, 친구! 춤 한번 추는 것도 나쁘지 않을 것 같은데."

그들은 조심스럽게 문을 닫은 뒤, 서로를 이해하는 눈빛을 교환했다. 굳이 감정을 표현할 필요는 없었다.

"저기 몇 병의 술들이 내 손에 있으면 좋겠군."

로즈가 단호하게 말했다.

"나도."

"들키지 않을까?"

캐럴이 고민을 했다.

"어쩌면 사람들이 술이 취하기를 기다리는 것이 나을 것 같아. 지금은 모두 다 진열해 놓았으니, 저기에 몇 병이나 있는지 알 거 아냐."

그들은 잠시 그 문제에 대해 논쟁을 벌였다. 로즈는 그저 누가 방 안으로 들어오기 전에 병을 하나 슬쩍 빼내 외투 속에 감추자고 주장했다. 반면 캐럴은 신중하게 생각했다. 그는 형이 말썽에 휘말리게 될까 두려웠다. 차라리 몇몇 술병들이 열리기를 기다려 한 병을 슬쩍하는 것이 좋을 것 같았고, 그럼 모두들 대학 놈팡이들 중 하나가 그랬다고 생각할 것 같았다.

그들이 여전히 논쟁을 거듭하고 있는 사이, 조지 키가 서둘러 방 안으로 들어와, 그들을 향해 불만 어린 표정을 지은 뒤, 녹색 베이즈(당구대·탁자·커튼 따위에 쓰는 초록색의 설핀 나사 헝겊.) 헝겊을 씌운 문을 통해 모습을 감추었다. 몇 분 후 팡하며 코르크를 따는 소리들이 들려왔고, 그런 뒤 얼음이 짤랑거리는 소리와 술이 찰랑거리는 소리가 들렸다. 조지가 펀치를 만들고 있었다.

두 사람은 미소를 교환했다.

"오, 이런."

로즈가 속삭였다.

조지가 다시 모습을 드러냈다.

"얌전히 있으라고. 5분 안에 자네들에게 물건을 갖다 줄 테니까."

그가 재빨리 말했다.

그는 자신이 들어온 문을 통해 모습을 감추었다.

계단을 따라 그의 발자국 소리가 잦아들자, 로즈는 조심스럽게 살핀 뒤, 쏜살같이 환한 방 안으로 들어갔다가 한 손에 병 하나를 들고 다시 나타났다.

"자, 내가 말한 대로지."

자신들의 첫술을 의기양양하게 들이키면서 그가 말했다.

"자네 형이 올 때까지 기다렸다가, 그가 우리에게 가져다줄 술을 여기서 마시면 안 되는지 물어보자고, 알았지. 술을 마실 장소가 없다고 말하는 거야. 알았지. 그런 다음 저 방에 아무도 없을 때를 기다렸다가 저기 숨어들어 가서 외투 안에 술을 한 병 훔쳐올 수 있을 거야. 그럼 이틀은 더 마시기에 충분하겠지, 알았지?"

"그럼. 오, 이런! 어쩌면 우리가 원한다면 언제든지 그걸 군인들에게 팔 수도 있을 거야."

로즈가 열정적으로 동의했다.

그들은 침묵을 지키며 잠시 장밋빛 상상 속에 빠져들었다. 그러고 나서 캐럴이 손을 올려 외투의 목깃을 풀기 시작했다.

"여기는 덥군, 안 그래?"

로즈가 열렬하게 동의했다.

"지옥처럼 덥군."

4

　의상실을 나와 큰 홀로 이어진 휴게실을 가로지르는 동안에도 그녀는 여전히 상당히 분개해 있었다―실제로 일어난 사건 자체에 대해 화가 난 것은 아니었다. 무엇보다도 그런 일은 그녀의 사교적 위치에서는 흔하게 일어날 수 있는 일이니까, 하지만 그것이 오늘 밤이라는 특정한 날에 일어났다는 것이 문제였다. 그녀는 스스로를 비난할 일은 하지 않았다. 늘 하던 대로 위엄과 과묵함이 적절하게 뒤섞인 태도로 움직였다. 그녀는 담백하고 능숙하게 그를 뿌리쳤다.

　그것은 그들이 탄 택시가 빌트모어를 떠날 때 벌어졌다―반 블록도 채 지나지 않아, 그는 어색하게 자신의 오른팔을 들어 올려 (그녀는 그의 오른쪽에 앉아 있었다.) 그녀가 입고 있는 진홍색 털이 달린 야회용 외투 위에 은밀히 팔을 올려놓으려 했다. 그것 자체로도 실수였다. 젊은 청년이 확신이 없는 상태에서 동행한 젊은 여성을 품 안으로 끌어안으려고 시도할 때에는 우선 반대쪽 팔로 그녀를 감싸 안는 것이 확실히 더 품위 있는 행동이었다. 그렇게 하면 가까운 쪽 팔을 들어 올리는 어색한 동작 따위는 할 필요가 없을 테니까.

그의 두 번째 실수는 무의식적인 것이었다. 그녀는 오후 내내 미용실에서 시간을 보냈다. 그러니 그녀의 머리카락에 어떤 재앙이 생긴다면 그건 끔찍하게도 불쾌한 일이었다. 하지만 피터가 그 불운한 시도를 하는 순간 그의 팔꿈치가 아주 약간 그녀의 머리모양을 짓눌렀다. 그것이 그의 두 번째 실수였다. 두 번이면 충분했다.

그가 웅얼거리기 시작했다. 첫 번째 웅얼거림을 들으며 그녀는 그가 한낮 풋내기 대학생에 불과하다고 단정 지었다―이디스는 22살이었다. 이번 댄스파티는 전쟁 직후 처음으로 열리는 파티인 만큼, 그녀에게 옛일을 떠올리게 했고, 그 연상 작용이 다른 것들까지 가속적인 흐름을 보이며, 또 다른 댄스파티를, 또 다른 남자를, 그녀의 마음속에 있는 슬픈 눈에 어딘가 멍한 분위기의 청년을 상기시켰다. 이디스 브래딘은 고든 스터렛에 대한 추억들과 사랑에 빠져 있었다.

그녀는 델모니코 호텔의 의상실을 나와, 잠시 문간에 서서, 자신의 앞쪽의, 계단 위쪽 주변에 마치 위엄을 갖춘 검은 나방들처럼 검게 정장을 차려입은 한 무리 예일 대학교 학생들의 어깨 너머로 주변을 둘러보았다. 방금 그녀가 떠난 방에서 진한 향기가, 진한 향수와 추억을 불러일으키는 흐릿한 분가루 냄새가 이리저리 움직이는 많은 아가씨들을 따라 통로로 흘러나왔다. 이렇게 흘러나온 향기는 홀 안의 알싸한 담배 연기와 뒤섞여 감각적으로 계단 위에 내려앉고, 감마 프사이 댄스파티가 열리기로 되어 있는 무도회장으로 스며들어갔다. 그것은 그녀가 잘 알고 있는, 흥분되고, 자극적이고, 마음을 들뜨게 만드는 달짝지근한, 사교계의 춤의 향기였다.

그녀는 자신의 외모를 점검했다. 맨 팔과 어깨에는 크림처럼 하얀 분가루를 발라 놓았다. 그렇게 하면 피부가 아주 부드럽게 보이고, 오늘처럼 검은색 실루엣 일색인 무도회장에서는 우유처럼 뽀얗게 반짝일 것임을 알고 있었다. 머리모양도 성공적이었다. 잔뜩 부풀린 붉은 기가 도는 머리카락을 거만하고 우아하고 부드러운 곡선으로 틀어 올려 고정시켰다. 진한 선홍색 립스틱으로 입술을 정교하게 그렸고, 두 눈의 홍채는 마치 도자기 인형의 눈처럼 섬세하고 연약한 푸른빛을 띠었다. 그녀는 정교한 화장에서부터 작고 마른 두 다리까지, 심지어는 곡선 하나까지 완전하고, 무한한 섬세함과, 꽤 완벽한 아름다움을 지녔다.

그녀는 높고 낮은 웃음소리와 여성화의 발자국소리들 그리고 층계를 오르내리는 연인들의 움직임들로 인해 이미 한껏 물이 오르고, 부산스러워진 이곳에서 오늘 밤 어떤 말을 해야 할지 생각해보았다. 지난 몇 년간 이야기해 온 말장난을 할 수도 있겠지―그녀의 장기였다. 최근에 유행되는 말들, 약간의 신문용어, 대학 내의 은어를 실질적이면서도 완전하고, 어색하면서도 약간은 도발적이고 미묘하고 감상적으로 배열한 것이었다. "자기는 그것을 반도 알지 못할 거야!"라는, 근처 계단 위에 앉아 있던 어떤 소녀의 말에 그녀는 희미하게 미소를 지었다.

미소를 짓자, 한순간에 화가 녹아버렸고, 눈을 감으며 그녀는 즐거움의 한숨을 크게 들이마셨다. 옆으로 손을 떨어뜨리자 손끝에 몸매를 한껏 드러내며 매끄럽게 덮은 옷감이 느껴졌다. 그녀는 한 번도 자신의 부드러움을 그런 식으로 느껴본 적이 없었고, 또한 자신의 뽀얀 살결을 그런 식으로 즐겨본 적은 없었다.

"달콤한 냄새가 나."

짧게 혼잣말을 하는 그녀에게 문득 어떤 생각이 떠올랐다. '난 사랑을 위해 만들어졌어.'

그녀는 그 말이 마음에 들었고, 그 말을 다시 생각해보았다. 그러자 부득이하게 새롭게 생겨난 고든을 향한 온갖 꿈들이 밀려들었다. 두 달 전, 그녀의 왜곡된 상상력이 그를 다시 만나고 싶다는 은밀한 희망을 드러냈고, 그것이 지금 이 시간, 이 댄스파티로 그녀를 끌어낸 것이었다.

외면적인, 매혹적인 아름다움과는 달리, 이디스는 진중하고 생각이 느린 여성이었다. 그녀의 오빠를 사회주의자이자 반전주의자로 만든 미숙한 이상주의적인 기질이, 그와 똑같은 희망에 대한 진지한 명상의 기질이 그녀에게도 존재했다. 그녀의 오빠인 헨리 브래딘은 경제학 강사로 있던 코넬 대학을 떠나 이곳 뉴욕으로 자리를 옮겨, 급진적인 주간신문의 특별기고란에 치유 불가능한 사악함에 대한 최신 구제책을 쏟아내고 있었다.

이디스는, 그보다는 덜 어리석게, 고든 스터렛을 치료하는 것으로 만족할 수 있었다. 고든에게는 보살핌을 주고 싶게 만드는 어떤 나약한 기질이 있었다. 그에게는 보호해주고 싶어지게 만드는 무력함이 있었다. 그리고 그녀는 자신이 오랫동안 알고 지냈던 누군가를, 오랫동안 그녀를 사랑해온 누군가를 원했다. 그녀는 조금 지쳐 있었고 결혼을 하고 싶었다. 한 뭉치의 편지, 대여섯 장의 그림들 그리고 수많은 추억들, 그리고 나약함, 다음에 고든을 만나면 그들의 관계가 변하도록 만들겠노라 마음먹었다. 그들을 변화시킬 만한 어떤 말을 할 생각이었다. 그것이 그날 밤이었다. 그녀의 밤이었다. 모든 밤이 그녀의 밤이었다.

그러다가 상처를 입은 표정에 긴장한 듯한 진지함이 담긴 태도로 그녀의 앞에 나타나 너무나 어색한 모습으로 깊숙이 인사를 하는 엄숙한 표정의 대학생에 의해 그녀의 상념들이 방해받았다. 바로 그녀가 파트너로 동행한 피터 히멜이었다. 그는 키가 크고 뿔테 안경을 쓰고 있었는데, 유머감각과 매력적인 변덕스러움의 기질이 있었다. 그녀는 갑자기 다소 그가 싫어졌다. 아마도 그가 그녀에게 키스를 하려다 성공하지 못했기 때문일지 몰랐다.

"이런, 여전히 내게 화가 나 있나요?"

그녀가 입을 열었다.

"전혀요."

그녀는 앞으로 걸어나와 그의 팔을 잡았다.

"미안해요. 내가 왜 그런 식으로 뿌리쳤는지 모르겠어요. 오늘 밤은 어떤 이유에서인지 영 기분이 안 좋아요. 미안해요."

그녀가 부드럽게 말했다.

"그건 괜찮아요. 더 이상 언급하지 말아요."

그가 중얼거렸다.

그는 멋쩍기도 하고 창피하기도 했다. 지금 그녀가 자신의 실수를 괜스레 끄집어내고 있는 걸까?

"그건 실수였어요."

그녀가 똑같이 의식적으로 만들어낸 부드러운 어조로 말을 이었다.

"우리 둘 다 잊도록 해요."

이 말 때문에 그는 그녀가 싫어졌다.

몇 분 후, 특별히 고용한 재즈 오케스트라의 열두 명의 연주자들이 몸을 흔들며 탄식을 내쉬듯 혼잡한 무도회장 안에 '만일 색소폰과 내가 홀로 남았다면, 어찌 우리가 친구가 아니리' 라는 노래로 채우는 동안 두 사람은 무대로 나가 몸을 맡겼다.

수염을 기른 남자가 그들 사이에 끼어들었다.

"안녕하세요. 나를 기억하지 못하겠죠."

그가 비난하듯이 말을 꺼냈다.

"당신의 이름은 생각나지 않아요. 하지만 당신을 잘 알고 있어요."

그녀가 가볍게 말했다.

"당신을 만난 건……."

금발의 남자가 끼어들자 피터 히멜의 목소리가 애처로이 잦아들었다. 이디스는 상투적인 어조로 그에게 웅얼거렸다.

"대단히 고마워요, 나중에·다시 이야기하죠."

금발의 남자는 그녀의 손을 잡고 열정적으로 악수를 나누었다. 그녀는 그가 자신이 전에 만난 적이 있는 무수한 사람들 중 한 사람임은 알았지만 그의 성이 영 기억나지 않았다. 그러나 그가 춤을 출 때 특별한 리듬을 탄다는 것까지 기억이 났고, 춤을 추기 시작하자 자신이 맞았음을 확인했다.

"여기 오래 있을 건가요?"

그가 은밀하게 속삭였다.

그녀는 몸을 뒤로 젖히며 그를 올려다보았다.

"2주 정도요."

"지금 어디에 머물고 있어요?"

"빌트모어요. 언제 한번 들러주세요."

"그럼요, 그럴 겁니다. 차를 함께 마시죠."

그가 장담했다.

"그래요, 그럼……."

어두운 피부의 남자가 다소 심각하게 끼어들었다.

"날 기억하지 못하죠, 안 그래요?"

그가 진지하게 말했다.

"분명 기억하고 있어요. 이름이 할런이었죠?"

"아뇨, 발로입니다."

"이런, 어쨌든 두 음절의 이름이란 건 알고 있었어요. 하워드 마

셜의 집에서 열린 파티에서 우크렐레(하와이의 작은 4현 기타.)를 멋지
게 연주하셨던 분이잖아요."

"내가 음악을 연주한 건 맞아요. 하지만 그게 아니라……."

앞니가 툭 튀어나온 남자가 끼어들었다. 이디스는 그에게서 위스
키 냄새를 맡을 수 있었다. 그녀는 술을 마신 남자들이 좋았다. 그
런 이들이 훨씬 유쾌하고, 관심도 더 잘 드러내고, 입바른 소리도
잘했다. 이야기를 나누기도 훨씬 더 쉬웠다.

"내 이름은 딘입니다. 필립 딘. 나를 기억하지 못할 겁니다. 하지
만 내가 4학년일 때 나랑 방을 함께 사용하던 친구랑 뉴헤이번에
오시곤 했었죠."

그가 유쾌하게 말했다.

이디스는 재빨리 고개를 들어 올렸다.

"그래요, 그 사람이랑 두 번 참석했어요―펌프와 슬리퍼(pump
and slipper: 예일 대학교의 학부 학생들을 위한 연례 댄스파티.) 파티와 3학년
무도회에요."

"물론 이미 그 친구를 만나보셨겠죠. 그 친구도 오늘 여기에 왔
거든요. 바로 방금 전에 봤는데."

딘이 무심결에 말했다.

이디스는 깜짝 놀랐다. 하지만 그녀는 그가 이곳에 있을 거라고
확신하고 있었다.

"이런, 아뇨, 아직……."

붉은 머리의 뚱뚱한 남자가 끼어들었다.

"안녕, 이디스."

그가 입을 열었다

"네, 안녕하세요……."

그녀는 발을 헛디디며 가볍게 비틀거렸다.

"미안해요."

그녀가 기계적으로 웅얼거렸다.

그녀의 눈에 고든이 들어왔다. 아주 창백하고 약간 멍해 보이는 고든이 문간에 몸을 기대고 서서, 담배를 피우며 무도회장을 둘러보고 있었다. 그의 얼굴이 야위고 병약해 보였다. 입술을 향해 들어 올리는 손에 든 담배가 떨려왔다. 그들은 이제 그와 상당히 가까운 거리에서 춤을 추고 있었다.

"…… 주최 측이 이렇게 어중이떠중이까지 다 초대를 했으니……."

키가 작은 사내가 말을 하고 있었다.

"고든, 안녕하세요."

이디스는 상대편 남자의 어깨 너머로 소리쳤다. 그녀의 심장이 거칠게 뛰고 있었다.

그의 커다란 검은 눈동자가 그녀에게 고정되었다. 그가 그녀가 있는 쪽으로 걸음을 내디뎠다. 그녀의 춤 상대가 그녀의 몸을 돌렸다. 그녀의 귀에 그가 푸념을 늘어놓는 소리가 들렸다.

"하지만 혼자 온 남자들의 절반은 이내 정신을 잃고 오래잖아 자리를 뜨겠지, 그러니……."

그런 뒤 그의 옆자리에서 낮은 목소리가 들려왔다.

"이번에는 제가 춤을 출 수 있을까요?"

어느새 그녀는 고든과 춤을 추고 있었다. 그의 한쪽 팔이 그녀를 감싸고 있었다. 자신의 등 위에 올려진 쫙 펴진 손바닥이 느껴졌다. 작은 레이스 손수건을 쥐고 있는 그녀의 손이 그의 손안에 붙잡혀 있었다.

"고든."

그녀가 가쁜 숨소리로 입을 열었다.

"안녕, 이디스."

그녀가 다시 발을 헛디뎠다. 균형을 잡느라 몸을 앞으로 숙이자 그녀의 얼굴이 그의 검은 야회복 상의에 닿았다. 그녀는 그를 사랑했다―그녀는 자신이 그를 사랑한다는 것을 알았다―그런 뒤 잠시 침묵이 흐르고 야릇하고 불편한 감정이 스멀스멀 기어올라 왔다. 뭔가 잘못되었다.

갑자기 그녀의 심장이 욱죄어오고, 무엇이 잘못되었는지 깨닫는 순간, 심장이 뒤집히는 것 같았다. 그는 추레하고 비참하고, 약간은 술에 취하고 불쌍하리만큼 지쳐 보였다.

"어머나……."

그녀가 부지불식간에 소리를 쳤다.

그의 두 눈이 그녀를 향해 내려왔다. 불현듯 그녀는 그의 충혈된 두 눈동자가 제멋대로 움직이는 것을 보았다.

"고든, 어디 가서 앉도록 해요. 난 자리에 앉고 싶어요."

그녀가 나직하게 속삭였다.

그들은 거의 무대 정중앙에 있었다. 그녀는 방 반대쪽에서 두 명의 남자가 자신을 향해 다가오기 시작한 것을 보았고, 그러자 그녀는 춤을 멈추고 힘없이 선 고든의 손을 잡은 뒤 사람들의 틈을 뚫고 앞으로 나갔다. 그녀의 입술은 굳게 다물어져 있고, 창백한 얼굴에 립스틱을 바른 입술만이 도드라져 보였다. 두 눈에는 눈물이 그렁거렸다.

그녀가 부드러운 카펫이 깔려 있는 계단 위쪽에 빈 자리를 발견하자, 그가 힘없이 그녀의 옆에 주저앉았다.

"어쨌든."

그녀를 불안하게 응시하며 그가 입을 열었다.

"당신을 만나서 정말로 기뻐, 이디스."

그녀는 아무런 대답 없이 그를 바라보았다. 그 충격은 이루 말할 수가 없었다. 지난 몇 년 동안 삼촌에서부터 운전기사들까지 온갖 단계의 주정꾼들을 보아왔고, 그에 대한 반응도 즐거움부터 혐오감까지 다양했지만, 그녀는 생전 처음 색다른 감정에 사로잡혀 있었다―말도 안 되는 공포였다.

"고든."

그녀가 비난하듯, 거의 울먹이듯 말했다.

"당신 정말로 끔찍해 보여요."

그가 고개를 끄덕였다.

"내게 문제가 생겼어, 이디스."

"문제라뇨?"

"온갖 종류의 문제가. 내 가족에게는 아무런 말도 하지 마. 하지만 난 산산이 망가져 버렸어. 엉망진창이야, 이디스."

그의 아랫입술이 축 늘어졌다. 그는 차마 그녀를 바라보지 못하는 것 같았다.

"나한테…… 나한테……."

그녀는 잠시 주저했다.

"나한테 그 일을 이야기해 주겠어요, 고든? 내가 항상 당신을 걱정하고 있다는 거 알잖아요."

그녀는 입술을 깨물었다. 이보다 더 강렬하게 말할 생각이었는데, 결국은 그 말을 입 밖으로 낼 수가 없었다.

고든이 힘없이 고개를 흔들었다.

"당신에게 말할 수가 없어. 당신은 진짜 숙녀야. 당신 같은 숙녀에게는 말할 수 없는 이야기야."

"당치도 않은 소리! 그런 식으로 숙녀라고 말하면 그건 누구에게든 완벽한 모욕일 거예요. 쓸데없는 소리를, 술을 많이 했나 봐요,

고든."

그녀가 반발했다.

"고마워. 그 말 정말 고마워."

그는 진지하게 고개를 숙였다.

"왜 술을 마셨어요?"

"왜냐하면 내가 진짜로 비참하거든."

"그럼 술을 마시면 좀 나아질 거라고 생각했나요?"

"지금 날, 날 바꾸려는 거야?"

"아니요, 단지 당신을 도우려는 거예요, 고든. 무슨 일인지 말해주겠어요?"

"난 완전히 엉망진창이야. 그냥 날 모르는 척하는 것이 당신에게는 최선일 거야."

"어째서요, 고든?"

"당신에게 춤을 신청해서 미안해. 정말 당신에게 불공정한 일이었어. 당신은 순수한 여성이야. 그리고 그런 세계의 사람이지. 이제 당신과 춤을 추기에 적당한 사람을 찾아보도록 해."

그가 어색하게 자리에서 일어났지만, 그녀가 손을 뻗어 그를 다시 계단 위, 자신의 옆으로 잡아끌었다.

"이봐요, 고든. 정말로 왜 그래요? 지금 내게 상처를 주고 있어요. 당신은 마치…… 마치…… 미친 사람……."

"맞아, 나는 약간 미쳤어. 내 안의 뭔가가 잘못된 거야, 이디스. 내 안의 무언가가 날 떠나버렸어. 뭐, 상관없어."

"상관이 있어요, 내게 말을 해줘요."

"당신이 그렇다면…… 나는 항상 색달랐어, 다른 친구들과는 조금 달랐지. 대학에서는 괜찮았어. 하지만 이제는 완전히 잘못되어 버렸어. 지난 네 달간 내 안의 어떤 것들이 마치 치마에 달린 단추처럼 딱 달라붙어 있었어. 그런데 단추를 몇 개 더 채우려고 하자, 모든 단추가 다 떨어져 나오려 하고 있어. 난 아주 천천히 미쳐가고 있는 중이야."

그가 그녀를 똑바로 바라보며 웃기 시작하자 그녀는 그를 살짝 피해 몸을 웅크렸다.

"그게 무슨 일인데요."

"내가 문제야. 내가 미쳐가는 중이야. 이 모든 장소가 내게는 꿈처럼 느껴져…… 이 델모니코가……."

그가 되풀이했다.

그가 말을 하는 동안 그녀는 그가 완전히 변해버렸음을 알았다. 명랑하고, 유쾌하고 낙천적인 모습의 그가 아니었다―엄청난 무기력함과 좌절감이 그를 잔뜩 짓눌렀다. 극도의 혐오감이 그녀를 사로잡고, 흐릿하지만 놀랍게도 지루함이 따라왔다. 그의 목소리가 무척이나 공허하게 들려왔다.

"이디스, 난 내가 상당히 영리하다고, 재능 있는 예술가라고 생각했었어. 이제야 난 내가 아무것도 아니라는 것을 알아. 그림을 그릴 수가 없어, 이디스. 내가 왜 당신에게 이런 말을 하는지 모르겠군."

그녀가 멍하니 고개를 끄덕였다.

"그림을 그릴 수가 없어, 아무것도 할 수가 없어. 나는 교회 쥐처럼 가난해."

그는 쓸쓸하게, 그리고 다소 크게 웃음을 터트렸다.

"점점 거지가 되어가고 있어, 친구들에게는 빈대와 같은 존재지. 난 실패자야, 난 지독하게 가난해."

그녀의 혐오감이 점점 커져만 갔다. 이제 그녀는 그저 고개를 끄덕이며, 어떻게든 자리에서 일어날 기회를 노리고 있었다.

갑자기 고든의 두 눈에 눈물이 고였다.

"이디스."

스스로를 제어하려는 강한 노력을 노골적으로 드러내며 그가 그녀에게로 몸을 돌렸다.

"아직도 나를 걱정해주는 사람이 한 사람이라도 남아 있다는 것이 내게 어떤 의미인지 정말 말로 다 설명할 수 없어."

그가 손을 뻗어 그녀의 손을 다독거리자, 그녀는 무의식적으로 손을 뒤로 뺐다.

"정말 너무나 고마워."

그가 반복해서 말했다.

"글쎄요."

그녀가 천천히, 그의 눈을 똑바로 바라보며 말했다.

"누구든 옛 친구를 만나면 반가워하는 법이 아닌가요. 하지만 이런 당신을 만나서 정말 유감이에요, 고든."

그들이 서로를 바라보는 순간 잠시 정적이 흘렀고 한순간 그의 두 눈에 갈망이 서렸다. 그녀는 몸을 일으켜, 자리에서 일어나 그를 내려보았고, 그녀의 얼굴은 상당히 무표정했다.

"우리 춤을 출까요?"

그녀가 냉정하게 제안했다.

'사랑은 연약한 것이야.'

그녀는 생각했다. 어쩌면 부서진 파편들을 간직할 수는 있겠지. 입술 위에 맴돌던 것들을 어쩌면 말로 할 수 있겠지. 하지만 새로운 사랑의 언어들, 새롭게 배운 달콤함을 다음 연인을 위해 소중히 간직해야지.

5

　피터 히멜, 사랑스러운 이디스의 동반자이자, 냉대받는 일에 익숙하지 않은 그가 냉대를 받았고, 그로 인해 그는 상처입고 당혹스러웠고 스스로가 수치스러웠다. 문제는 지난 두 달 동안 그는 이디스 브래딘과 속달 편지로 연락을 주고받았고, 속달편지라는 방법이 감정적인 상호작용의 가치를 설명하고 있음을 알고 있었다. 그리하여 그는 자신의 입지가 상당히 굳건하다고 믿어왔다. 그는 왜 그녀가 단순한 키스 따위에 그런 태도를 취하는지 이유를 찾아보려 했지만 허사였다.

　그렇기 때문에 수염을 기른 사내에게 차례를 빼앗겼을 때는 홀 밖으로 걸어나오며, 머릿속으로 하나의 문장을 만들었고, 그것을 몇 번이나 혼자서 되풀이했다. 상당한 부분을 수정 삭제한 뒤, 남은 부분이었다.

　"그래, 만일 어떤 여자가 남자를 유혹한 뒤 갑자기 그에 대한 태도를 바꾸면—그녀가 선택한 것이니만큼—만약 내가 밖으로 나가 만취한다 해도 그 여자는 별로 관심도 없을 거야."

　그리하여 그는 식당을 지나쳐 그곳에서 연결된 작은 방으로 갔다. 그곳은 그가 초저녁에 미리 보아두었던 곳이었다. 그곳에는 몇 개의 커다란 펀치볼과 무수한 병들이 나란히 늘어서 있었다. 그는 탁자 옆에 앉아 병들을 집어들었다.

두 잔의 하이볼을 비우자, 권태로움, 혐오감, 시간의 단조로움이 반짝이는 거미줄을 치기 전에 흐릿한 뒤쪽으로 물러났다. 사물들이 저절로 조화를 이루면서 조용히 각자의 자리로 되돌아갔다. 그날 있었던 문제들이 깔끔한 대형으로 정리되었고 그의 퉁명한 해산 명령에 행진하듯 사라져버렸다. 그리고 걱정이 사라짐과 동시에 찬란하게 빛을 발하며 주변을 사로잡은 상징물들이 눈에 보였다. 이디스는 변덕스럽고 무가치한 여자가 되었다. 걱정해줄 필요도 없었다. 차라리 비웃어주는 것이 나았다. 그의 꿈속의 형태처럼, 그녀는 그를 둘러싸고 만들어지는 외형적인 세상에나 적합한 여자였다. 그 자신은 금욕적인 애주가이자, 찬란한 몽상가 형태의, 어떤 상징적인 척도가 되어 있었다.

그런 뒤 그런 상징적인 분위기가 사라져가고, 세 번째 하이볼을 들이키자 그의 상상력이 따뜻한 불빛에 굴복하고, 어느새 유쾌한 물속에 누워 둥둥 떠다니는 것과 비슷한 상태로 빠져들었다. 바로 그 순간 그는 자신의 곁에 있는 녹색 문이 대략 60cm 정도 열려 있고, 그 틈 사이로 한 쌍의 눈동자가 자신을 유심히 살펴보고 있음을 알았다.

"흠."

피터가 나지막하게 웅얼거렸다.

녹색 문이 닫혔다, 그러고 나서 다시 열렸다. 이번에는 겨우 15cm 정도였다.

"까 - 아 - 꿍."

피터가 다시 웅얼거렸다.

문은 열린 그대로 정지된 상태였고, 이번에는 긴장감 어린 간헐적인 속삭임이 들려왔다.

"한 사람뿐이야."

"뭐 하고 있어?"

"앉아서 마시고 있어."

"술에 취해야 할 텐데. 그래야 나가서 한 병 더 가져오지."

귀를 기울이자, 그의 의식 속에 그 말들이 깊숙이 침투했다.

'이거 말이야, 별 희한한 일이 다 있군.'

그가 생각했다.

너무 흥분되었다. 가슴이 두근거렸다. 신비한 수수께끼를 우연찮게 만난 기분이었다. 그는 짐짓 무관심을 가장하며 탁자를 한 바퀴 빙 돌아 걸은 뒤 재빨리 몸을 돌려, 녹색 문을 확 잡아당겨 열었고, 로즈가 방 안으로 곤두박질쳤다.

피터가 고개를 숙였다.

"안녕하십니까?"

로즈는 한 발을 다른 발보다 조금 앞으로 빼면서, 싸울 자세를─싸움 또는 합의라도 볼 준비를─취했다.

"안녕하십니까?"

피터가 정중하게 되풀이했다.

"네, 안녕하세요."

"제가 술 한잔 대접해도 될까요?"

로즈는 그가 비꼬는 것은 아닌지 의심스러운 눈초리로 탐색하듯 그를 바라보았다.

"그럼요."

마침내 그가 말했다.

피터는 의자를 가리켰다.

"앉아요."

"친구가 있어요, 저기에 친구가 있어요."

로즈가 말하자 그가 녹색 문을 가리켰다.

"어서, 그를 안으로 들어오게 해요."

피터는 방을 가로질러가 문을 열고, 대단히 의심이 섞인 얼굴에 불안함과 죄책감이 가득한 캐럴을 환영했다. 의자를 찾아낸 뒤 세 사람은 펀치볼을 둘러싸고 앉았다. 피터는 두 사람에게 각각 펀치볼을 권하고, 담배 케이스를 꺼내며 담배를 제안했다. 두 사람 모두 어렵게 그 담배를 건네받았다.

"자."

피터가 편안하게 말을 이었다.

"왜 두 신사 분이, 제가 보기에는 대걸레자루들밖에 없는 볼품없이 꾸며진 방에서 이 즐거운 시간을 소일하고 계셨는지 물어봐도 될까요? 게다가 인류가 날마다 1만 7천 개의 의자를 생산해내는 단계로 진보했는데, 물론 일요일은 빼고요……."

그가 말을 멈추었다. 로즈와 캐럴은 멍하니 그를 살폈다.

"말씀해 보십시오."

피터가 말을 이었다.

"왜 두 분은 이쪽에서 저쪽으로 물을 옮기는 데 사용하게 되어 있는 물건 위에 앉아 있는 겁니까?"

그러자 로즈도 나지막한 투덜거림으로 대화에 공헌했다.

"그리고 마지막으로."

피터가 말을 계속했다.

"말해주시겠어요, 두 분은 거대한 샹들리에가 아름답게 매달려 있는 건물 안에 계시면서, 왜 고작 희미한 전구 불빛 아래 이 밤을 보내려 하는 겁니까?"

로즈는 캐럴을 바라보았다. 캐럴도 로즈를 바라보았다. 그들은

웃음을 터트렸다. 그들은 박장대소를 터트렸다. 웃지 않고서는 도
저히 배길 수가 없었다. 그 남자와 같이 웃는 것이 아니라, 그 남자
를 비웃고 있었다. 그들에게는 그렇게 멋들어지게 말을 하는 남자
는 완전히 만취했거나 또는 완전히 미쳐버린 거라고 생각할 수밖
에 없었다.

"제 생각에, 두 분은 예일 출신이지요."

자신의 하이볼을 비우고 또다시 채우며 피터가 말했다.

그들은 다시 웃음을 터트렸다.

"아-뇨."

"그래요? 난 어쩌면 당신들이 세필드 이공학교라고 알려진 예일
대학의 단과학부 학생들일지도 모른다고 생각했거든요."

"아-뇨.

"흠, 그렇다면 안타까운 일이군요. 그럼 두 분은 신분을 숨기
고…… 신문지상에서 일컬어지는 이 바이올렛 빛 청색의 천국에
잠입해 들어온 하버드 학생들이 분명하군요."

"아-뇨."

캐럴이 한껏 인상을 썼다.

"우리는 단지 여기서 누구를 기다리는 중입니다."

"아하."

큰 소리로 외친 피터는 자리에서 일어나 두 사람의 잔을 채웠다.

"아주 흥미로운 일이군요. 청소부 아줌마랑 데이트를 하는 겁니
까, 네?"

그들은 화를 내며 그 말을 부인했다.

"아니, 괜찮아요."

피터가 그들을 다독이며 말했다.

"청소부 아줌마라 해도 세상의 다른 숙녀들만큼 훌륭한 여자들

이니까요. 키플링은 '어떤 숙녀든 주디 오그레이디든 피부 아래는 다 똑같다.' 라고 말했잖아요."〈J. R. Kipling (1865~1936)을 비롯한 많은 단편 소설을 쓴 영국 소설가이자 시인. 1907년 노벨문학상을 수상했다. 그의 단편집인 "인도 이야기" 중 '귀부인들' 에 나온 '대령의 여자든, 주디 오그레이디든 피부 아래는 똑같다.' 는 표현을 축약해 쓴 것이다.〉

"그럼요."

로즈를 향해 대담하게 윙크를 보내며 캐럴이 대답했다.

"내 경우를 예로 들자면."

자신의 잔을 비우며 피터가 말을 이었다.

"나는 어떤 버릇없는 여자랑 이곳에 왔어요. 지금까지 만나본 여자 중에서 제일 버릇이 없더라고요. 내 키스를 거부했어요. 아무런 이유도 없이요. 자신이 내 키스를 원하는 것처럼 교묘히 상황을 끌고 나가더니 느닷없이 밀쳐내는 겁니다! 글쎄 날 차버렸단 말입니다! 요즘 젊은 세대들이란 도대체 어떻게……."

"그거 아주 끔찍한 일이군요. 지독하게 재수가 없었다고요."

캐럴이 말했다

"오, 이런!"

로즈도 맞장구를 쳤다.

"한 잔씩 더 하시렵니까?"

피터가 말했다.

"우리는 일종의 전투에 참가했었죠."

잠시 후 캐럴이 말했다.

"하지만 그건 아주 먼 곳의 일이었어요."

"전투요? 아, 그 일이오!"

불안하게 몸을 가누며 피터가 말했다.

"다 해치우자! 나도 군대에 있었죠."

“이건 볼셰비키 녀석들과의 전투예요.”

“아, 그 일이오!”

피터가 열정적으로 외쳤다.

“내 말이 바로 그겁니다. 볼셰비키들을 죽이자! 그들을 처단하라!”

“우린 미국인이야.”

로즈가 완강하고 반항적인 애국심을 드러내며 말했다.

“그럼요. 세상에서 가장 위대한 민족이죠! 우리는 모두 미국인들이죠! 한 잔씩 더 합시다.”

피터가 말했다.

그들은 새로 술잔을 비웠다.

6

1시가 되자 심지어는 특급 오케스트라 중에서도 특급인, 특급 오케스트라가 델모니코 호텔에 도착했고, 연주자들이 거만하게 피아노 주변에 앉아 감마 프사이 사교클럽을 위해 음악을 제공하는 임무를 넘겨받았다. 유명한 플루트 연주자가 그 그룹을 이끄는데, 그는 물구나무를 서서 어깨로 시미(몸을 떨며 추는 재즈 춤의 일종.) 춤을 추면서 자신의 플루트로 최신 유행의 재즈를 연주하는 묘기로 뉴욕 전역에 알려져 있었다. 그의 연주가 진행되는 동안 플루트 연주자를 비추는 스포트라이트 외의 모든 불이 꺼지고, 또 한 줄기의 빛이 번쩍거리는 그림자를 던지며 잔뜩 몰려 있는 무용수들 위로 만화경처럼 색색으로 변화했다.

이디스는 단지 처음 데뷔한 아가씨들에게나 상습적으로 나타나는 피곤하고 몽롱한 상태가, 남자들로 치면 몇 잔의 하이볼을 마신 뒤 고귀한 영혼이 불을 밝히는 것과 비슷한 상태가 될 때까지 춤을 추었다. 그녀의 마음은 멍하니 음악에 실려 떠다녔다. 춤 상대가 색색으로 변화하는 황혼 아래 실체가 없는 환영처럼 바뀌어갔고, 몽롱해진 상태에서 댄스파티가 시작된 뒤 며칠 지난 것같이 느껴졌다. 그녀는 많은 남자들과 많은 단편적인 이야기를 나누었다. 한 번의 키스를 나누고, 여섯 차례의 사랑 고백을 받았다. 초저녁에는 여러 대학 재학생들과 춤을 추었지만, 지금은 그곳의 다른 인기 있는 아가씨들처럼, 추종자들에게 둘러싸여 있었다. 다시 말해, 대여섯 명 정도의 멋쟁이들이 그녀를 선택하거나 또는 몇몇 다른 선택받은 미녀들과 그녀의 매력을 번갈아 음미하고 있었다. 이들은 부득이한 순서에 따라, 규칙적으로 춤을 추려고 끼어들었다.

몇 차례 그녀는 고든을 보았다―그는 한참 동안 머리에 손바닥을 올려놓은 채 층계참에 앉아, 멍한 눈으로 자신의 눈앞에 펼쳐진 바닥 위의 무수한 점을 응시하고 있었다. 그는 아주 우울해 보였고, 상당히 취한 듯 보였다―하지만 매번 이디스는 황급히 그에게서 시선을 돌렸다. 모든 것이 오래전 일처럼 느껴졌다. 그녀의 마음은 이제 더 이상 반응을 보이지 않았고, 그녀의 감각은 마치 몽환의 상태에 빠져든 것 같았다. 단지 두 발이 춤을 추고 그녀의 목소리만 애매하고 다정한 농담조로 말을 하고 있었다.

하지만 이디스는 술에 취해 거만하고 행복해진 피터 히멜이 자신과 춤을 추려고 끼어들었을 때, 단정한 품행과 위엄을 유지하지 못할 만큼 그렇게 지쳐 있는 것은 아니었다. 그녀는 숨을 내뱉으며 그를 올려다보았다.

"어머나, 피터."

"조금 취했어요, 이디스."

"어머나, 피터! 정말 어쩔 수 없는 사람이군요. 당신은! 이게 부당한 행동이란 생각이 안 들던가요? 제 파트너로 왔잖아요."

그가 올빼미처럼 감상적인 표정으로, 이따금 멍청한 미소를 지으며 그녀를 바라보았다. 그 모습에 이디스도 어쩔 수 없이 미소를 지었다.

"사랑스러운 이디스, 내가 당신을 사랑하는 걸 알고 있어요?"

그가 열정적으로 말했다.

"당신이 말하고 있잖아요."

"당신을 사랑해요. 그리고 난 단지 당신에게 키스를 하고 싶었던 거예요."

그가 슬픈 듯이 덧붙였다. 그의 부끄러움, 그의 수치심이 사라져 버렸다. 그녀는 세상에서 가장 아름다운 여자였다—너무나 아름다운 눈동자—마치 저 위의 별들처럼. 그는 그녀에게 사과하고 싶었다—우선, 그녀에게 키스하려 했던 것을. 두 번째로 술에 취한 것을—하지만 그녀가 그에게 화가 나 있다고 생각했기 때문에 그는 몹시 낙담해 버렸다.

얼굴이 붉고 살찐 남자가 끼어들어 환한 미소를 지으며 이디스를 올려다보았다.

"파트너랑 같이 오셨나요?"

그녀가 물었다.

"아니요."

붉고 살찐 남자는 혼자 왔다고 했다.

"그렇다면, 괜찮으시면—어쩌면 무척 귀찮은 일일 수도 있겠지만—오늘 밤 저를 숙소에까지 데려다 주시겠어요?"(이디스는 짐짓 극도로 수줍어하는 모습을 보였다. 그렇게 하면 그녀는 붉고, 살찐 남자가 즉시 기쁨의 전율로 녹아내려 버릴 것을 알고 있었다.)

"귀찮아요? 이런, 맙소사. 오히려 영광입니다. 제가 얼마나 기쁜지 아셔야 합니다."

"저엉말 고마워요. 정말로 다정하신 분이군요."

그녀는 자신의 손목시계를 흘끗 바라보았다. 1시 30분이었다. 그녀는 스스로에게 "1시 반이야."라고 말했다. 문득 언젠가 점심을 함께 들면서 오빠가 기사를 쓰기 위해 매일 밤 1시 30분까지 사무실에서 일한다고 말한 것이 어렴풋이 떠올랐다.

이디스는 갑자기 지금의 파트너에게 몸을 돌렸다.

"혹시 델모니코 호텔이 어디쯤 있는지 아세요?"

"거리 이름이요? 아, 물론 5번에 있죠."

"제 말은, 교차되는 거리가 어디인지 묻는 거예요?"

"이런, 그러니까 44번 거리군요."

자신의 생각이 옳았음이 증명되었다. 분명 헨리의 사무실은 길을 건너 모퉁이만 돌면 있었다. 즉시 그녀는 잠시 이곳을 빠져나가 오빠를 놀라게 하고, 새로 산 진홍색 야회용 외투를 입고 반짝거리는 근사한 모습으로 '오빠를 격려하자'는 생각이 떠올랐다. 이디스는 바로 그런 종류의 일을 좋아했다―인습에 얽매이지 않는, 유쾌한 일과 사건들을. 그런 생각이 떠올라 그녀의 상상력을 사로잡았다. 찰나의 주저 끝에 그녀는 결심을 내렸다.

"제 머리가 완전히 망가지려 하고 있어요."

그녀는 활기찬 어조로 상대편에게 말했다.

"잠시 자리를 떠나 머리를 만지고 와도 될까요?"

"그럼요."

"정말 멋진 분이시군요."

몇 분 후, 진홍색 야회용 외투로 몸을 감싼 채, 그녀는 건물 옆 계단을 타고 빠져나왔다. 그녀의 두 뺨이 작은 모험을 직면한 홍분으로 반짝거렸다. 그녀는 문간에 서 있는 한 쌍의 연인들을 지나―턱이 좁은 웨이터와 립스틱을 너무 진하게 바른 젊은 여자가 격하게 말다툼을 벌이고 있었다―바깥 쪽 문을 열고 따뜻한 오월의 밤 속으로 걸어 들어갔다.

7

아주 진하게 립스틱을 바른 여자가 잠시, 매서운 시선으로 그녀를 바라보았다. 그런 뒤 그녀는 턱이 좁은 웨이터에게로 다시 몸을 돌려 언쟁을 계속했다.

"가서 내가 여기에 왔다고 말하는 것이 좋을 거예요."

그녀가 단호하게 말했다.

"아니면 내가 직접 들어가겠어요."

"아니, 안 된다니까요!"

조지 키가 근엄하게 말했다.

여자는 냉소적인 미소를 지었다.

"오, 안 된다고? 안 된다고 했어요? 글쎄, 내가 대학생들을 많이 알고 있다고, 많은 사람들이 나를 알고 있다고 말했잖아요. 모두들 나를 파티에 데려가려고 안달을 했어요. 당신이 생전 보지고 못한 무수한 파티에요."

"그랬을지도 모르지……."

"그랬을지도 모른다니."

그녀가 말을 잘랐다.

"방금 달려나간 그런 여자라면 아무나 괜찮고…… 그 여자가 어

149

디로 달려나갔는지는 하느님만 아시겠지—초대받은 사람들은 자기들 마음대로 오가도 괜찮으면서—내가 안에 있는 친구를 좀 만나자니까, 싸구려 햄이나 도넛 따위를 날라대는 웨이터가 이렇게 떡 가로막고 날 방해한다는 거지."

"이것 봐요."

조지 키가 위엄조로 말했다.

"내 직업을 잃을 수는 없어요. 어쩌면 당신이 만나고 싶어하는 그 신사가 당신을 만나기를 원하지 않을 수도 있잖아요."

"오, 그는 반드시 날 만나려 할 거예요."

"그렇다 해도, 이 무수한 사람들 속에서 그를 어떻게 찾아내겠다는 거죠?"

"오, 그이는 저기 있어요. 누구에게든 고든 스터렛이 누구냐고 물어본다면, 사람들이 그이가 누군지 알려줄 거예요. 모두들 서로를 잘 알고 있으니까, 이쪽 사람들은."

그녀가 자신 있게 단언했다.

그녀는 난장판인 가방을 열어 1달러짜리 지폐를 조지의 손에 올려놓았다.

"여기, 이거 뇌물이에요. 그를 찾아서 내 말을 전해줘요. 만약 5분 안에 이쪽으로 나오지 않으면 내가 올라가겠다고요."

그녀가 말했다.

조지는 비관적으로 고개를 흔들고, 잠시 그 제안을 생각해보고 심하게 고개를 흔들더니 자리를 떴다.

경고했던 것보다 더 빨리 고든이 아래층으로 내려왔다. 그는 초저녁보다 훨씬 더 취해 있었고, 취한 모습도 남달랐다. 독한 술이 마치 상처의 딱지처럼 그를 굳어져 버리도록 만든 것 같았다. 굼뜬 동작에 비틀거렸고, 그가 하는 말은 좀처럼 사리에 맞지 않았다.

"여, 주얼."

그가 힘없이 말했다.

"곧장 왔어, 주얼. 돈을 구하지 못했어. 최선을 다했다고."

"돈은 중요하지 않아요!"

그녀가 말을 잘랐다.

"당신은 지난 열흘 동안 내 근처에는 얼씬도 하지 않았잖아요. 뭐가 문제죠?"

그는 천천히 고개를 흔들었다.

"아주 몸이 안 좋았어, 주얼. 많이 아팠거든."

"아팠다면, 왜 나한테 말하지 않았어요? 난 그렇게 정말 돈을 탐내는 건 아니라고요. 당신이 나와 거리를 두기 전까지 그런 문제로 당신을 괴롭히지 않았다고요."

다시 그는 머리를 흔들었다.

"당신과 거리를 두다니, 전혀 아니야."

"아니라고요? 거의 3주 동안 이렇게 술에 취해 자신이 무엇을 하고 있는지 알지도 못할 때가 아니면, 내 근처에는 얼씬도 하지 않았잖아요."

"아팠다니까, 주얼."

그가 되풀이해 말하며 힘없이 그녀를 향해 눈을 돌렸다.

"이렇게 와서 여기 사교계의 친구들과 어울릴 만큼은 충분히 건강하잖아요. 나와 저녁에 만나겠다고 말했죠. 그리고 나에게 줄 돈이 조금 있다고 했어요. 그래놓곤 심지어는 내게 전화를 해줄 생각조차 안 했잖아요."

"돈을 구할 수가 없었어."

"그게 문제가 아니라고 말하지 않았어요? 당신을 보고 싶었어요, 고든. 하지만 당신은 다른 누군가를 더 원하는 것 같았어요."

그는 씁쓸하게 그것을 부인했다.

"그렇다면 어서 모자를 챙겨서 나가요."

그녀가 제안했다.

고든은 주저했다. 그녀가 갑자기 그에게로 다가서며 그의 목에 두 팔을 둘렀다.

"나랑 같이 나가요, 고든."

반쯤 속삭이듯 그녀가 발했다.

"데비너리스로 가서 술을 마셔요. 그러고 나서 내 아파트로 가요."

"그럴 수는 없어, 주얼⋯⋯."

"그렇게 해요."

그녀가 강하게 말했다.

"난 몸이 몹시 아파."

"이런, 그렇다면 여기에 머물면서 춤을 춰서는 더욱 더 안 되죠."

안도감과 낙담이 뒤섞인 마음으로 주위를 둘러보며, 고든은 주저했다. 그때 그녀가 갑자기 그를 잡아당겨 부드럽고 축축한 입술로 그에게 키스했다.

"좋아."

그가 침울하게 말했다.

"모자를 가져오지."

8

맑고 푸른 5월의 밤 속으로 걸어나온 이디스는 거리가 온통 텅 비어 있는 것을 발견했다. 커다란 상점들의 유리창들이 검게 보였으며, 문 너머로 거대한 철가면이 드리워진 것이 오후의 화창함을 묻어놓은 어두컴컴한 무덤들처럼 보였다.

42번가를 향해 눈길을 돌린 그녀는 24시간 문을 연 음식점에서 새어나온 흐릿한 불빛들이 뒤섞여 있는 것을 보았다. 6번가 위의 고가철도에서는, 불꽃같은 섬광이, 기차역과 서늘한 어둠 사이에 놓여진 궤도 위에 가물거리는 불빛들 사이와 거리를 가로지르며 포효했다. 하지만 44번가는 훨씬 더 조용했다.

외투 자락을 단단히 여미며 그녀는 쏜살같이 거리를 가로질렀다. 혼자 걷고 있던 한 사내가 그녀의 옆을 지나치며 거친 목소리로 물었다.

"어이, 어디 가는 길이지?"

그녀는 불안한 듯 몸을 떨었다. 문득 어렸을 적 어느 날 밤 파자마 바람으로 집 근처를 걷고 있을 때, 불가사의하게 넓게 느껴지던 뒤뜰에서 개가 그녀를 향해 짖어댔던 기억이 떠올랐다.

이내 그녀는 자신의 목적지인, 44번가에서는 상대적으로 낡은 편인 2층 건물에 도착했고, 위층 창문에는 고맙게도 흐릿한 불길이 반짝이고 있었다. 바깥에 서 있는 그녀에게는 그 불빛이 창문 사이에 있는 간판을 읽기에 충분할 만큼 밝았다. '뉴욕 트럼펫'(뉴욕에서 발행하는 사회주의 신문을 염두에 둔 듯한 작가의 가상 신문사.)의 간판이 걸려 있었다.

그녀는 어두운 현관 안으로 들어갔고, 몇 초 후 모퉁이에 있는 계단이 눈에 들어왔다.

그런 뒤 그녀는 아주 많은 책상들이 자리를 메우고, 사방 벽에는 신문이 잔뜩 쌓여 있는, 천정이 낮은 긴 방으로 들어갔다. 사무실에는 단지 두 사람뿐이었다. 그들은 사무실의 서로 반대쪽 끝에 앉아 녹색 챙이 달린 모자를 쓴 채 달랑 전구 하나에 의존해 글을 쓰고 있었다.

잠시 그녀가 머뭇거리며 문간에 서 있자, 두 남자가 동시에 몸을 돌렸고, 그녀는 오빠를 알아보았다.

"이런, 이디스!"

그가 재빨리 일어나 놀란 듯이 그녀에게로 다가오며, 모자를 벗었다. 그는 키가 크고, 마르고, 피부가 검었고, 아주 두꺼운 안경 아래 검고 매서운 눈을 가지고 있었다. 꿈꾸는 듯한 눈동자는 언제나 이야기를 나누는 상대방의 머리 위쪽에 고정되어 있었다.

그는 그녀의 팔에 두 손을 얹어놓으며 그녀의 뺨에 키스를 했다.

"이게 무슨 일이야?"

그가 놀라움에 되풀이해서 말했다.

"길 건너 델모니코 호텔의 댄스파티에 참석했었어요, 헨리 오빠."

그녀가 흥분해서 말했다.

"그러자 오빠를 보러오고 싶은 충동을 견딜 수가 없잖아요."

"널 보니 좋구나."

그의 경계심이 재빨리 평소와 같이 애매모호함으로 바뀌었다.

방 반대쪽 끝에 앉아 있던 남자가 아까부터 호기심 어린 시선으로 그들을 바라보고 있다가 헨리의 손짓에 가까이 다가왔다. 다소 살집이 있는 체구에 살짝 반짝이는 두 눈동자, 칼라와 넥타이를 풀어버린 모습이 마치 일요일 중서부 지방의 어느 농장주 같다는 인상을 주었다.

"이쪽은 내 여동생이야. 날 만나러 잠깐 들렀어."

헨리가 말했다.

"안녕하세요. 내 이름은 바솔로뮤라고 합니다, 브래딘 양. 아마도 오빠 분께서는 제 이름을 오래전에 잊어버렸을 겁니다."

살찐 남자가 미소를 지으며 말했다.

이디스는 상냥하게 웃었다.

"보세요, 별로 그렇게 근사한 장소는 아니죠, 그렇죠?"

그가 계속 말했다.

이디스는 사무실 안을 둘러보았다.

"아주 멋있어 보여요. 폭탄(이 무렵 급진주의자들을 '폭탄 투척자'라고 불렸던 데서 비유.)들은 어디에 보관해 놓았어요?"

그녀가 대답했다.

"폭탄이요?"

바솔로뮤가 웃음을 터트리며 되풀이했다.

"그거 괜찮겠군…… 폭탄이라. 그 말 들었나, 헨리? 동생 분이 우리가 폭탄을 어디에 숨겼는지 알고 싶어 하네. 이봐, 그거 상당히 괜찮겠어."

비어 있는 책상 위에 걸터앉은 이디스는 두 다리를 흔들거리며 고쳐 앉았다. 그녀의 오빠가 바로 옆에 자리를 잡았다.

"자, 이번 뉴욕 여행은 어때?"

그가 멍하니 물었다.

"나쁘지 않아요. 일요일까지 호이트 자매와 함께 빌트모어에 머물 거예요. 내일 점심을 같이 하러 오지 않을래요?"

그는 잠시 생각해 보았다.

"특별히 더 바쁠 거야. 그리고 난 떼를 지어있는 여자들을 싫어해."

그가 거절했다.

"좋아요, 그럼 우리 둘이서만 점심을 먹는 거예요."

그녀가 시원스럽게 말했다.

"그래, 좋아. 12시쯤 널 찾아갈게."

바솔로뮤는 자신의 자리로 돌아가고 싶어 안달이 났지만, 분명 잠시나마 유쾌한 대화를 나누지 않고 그냥 자리를 뜬다는 것을 무례라고 느끼는 것 같았다.

"있잖아요……."

그가 어색하게 입을 열었다.

두 사람은 그를 바라보았다.

"그러니까 우리는 오늘 초저녁에 꽤나 흥분되는 시간을 보냈답니다."

두 남자가 서로 시선을 교환했다.

"조금 일찍 오셨으면 좋았을걸."

어찌 된 일인지 약간 용기를 얻은 듯한 태도로 바솔로뮤가 말을 이었다.

"저희 사무실에서는 정기적으로 보드빌〈노래·춤·만담·곡예 등을 섞은 쇼 또는 노래와 춤을 섞은 경(輕)희가극.〉쇼가 열린답니다."

"정말요?"

"세레나데였어. 상당히 많은 군인들이 거리 아래쪽에부터 몰려들어, 간판을 보며 소리치기 시작했지."

헨리가 말했다.

"왜요?"

그녀가 되물었다.

"그냥 군중들일 뿐이야. 군중들이란 울부짖기 마련이지. 앞에서 선동하는 사람이 없었기에 망정이지, 안 그랬다면 어쩌면 여기까지 밀고 들어와 물건들을 깨부쉈을 거야."

헨리가 멍하게 말했다.

"그래요."

바솔로뮤가 동의한 뒤 다시 이디스를 향해 몸을 돌렸다.

"이곳에 계셨어야 해요."

그것으로 자리를 뜨기 위한 충분한 역할을 다했다고 생각했는지 그는 갑자기 몸을 돌려 자신의 책상으로 돌아갔다.

"모든 군인들이 다 사회주의자들에게 적개심을 가졌어요?"

이디스가 오빠에게 물었다.

"내 말은 그 사람들이 오빠를 난폭하게 공격하고 그랬냐고요?"

헨리는 다시 모자를 쓰며 한숨을 지었다.

"인류가 상당히 번 길을 오기는 했지만 대부분의 인간은 퇴보되고 있어. 군인들은 자신들이 무엇을 원하는지 모르고 있어. 무엇을 미워하는지도, 무엇이 좋은지도. 그들은 집단으로 행동하는데 익숙해져서 무슨 일에나 단체시위를 해야 하는 것처럼 느끼지. 그래서 우리를 반박하는 그런 일을 벌이는 거야. 오늘 밤 도시 곳곳에서 소요가 잇따랐어. 너도 알겠지만, 오늘은 노동절이잖아."

그가 무덤덤하게 말했다.

"여기서 상당히 심하게 소란을 피웠어요?"

"아니, 조금."

그가 얼굴을 찌푸렸다.

"대략 스물다섯 명 정도의 사람들이 9시경쯤 거리에 몰려들어서, 달을 향해 짖어대기 시작했어."

"오……."

그녀가 주제를 바꾸었다.

"나를 만나서 기뻐요, 헨리 오빠?"

"그럼, 왜."

"그렇게 안 보여서요."

"기뻐."

"아마도 오빠는 내가 낭비벽이 심하다고 생각하죠. 그리고 아마 세상에서 가장 허황된 바람둥이라고요."

헨리는 웃음을 터트렸다.

"전혀 아니야. 아직 젊은 동안 좋은 시간을 보내도록 해. 왜? 내가 깐깐하니 착실한 청춘을 더 좋아하는 것처럼 보여?"

"아뇨…… 하지만 어쩐 일인지 내가 즐기고 있는 파티가 오빠와, 오빠의 모든 목표와 너무나 다르다는 생각이 들기 시작했어요. 그것이 뭐랄까? 왠지 부적절한 것 같아서, 안 그래요? 난 그런 식의 파티를 좋아하고, 오빠는 여기서 그런 파티가 더 이상 불가능한 세상을 만들려고 일하고 있잖아요. 만일 오빠의 이상이 실현된다면."

그녀가 한숨을 돌렸다.

"나는 그런 식으로는 생각하지 않는걸. 너는 젊어, 그리고 너는 네가 자란 대로 행동하는 거잖아. 계속 즐기며 살아. 그래서 넌, 근사한 시간을 보내고 있니?"

느긋하게 흔들거리고 있던 그녀의 두 발이 움직임을 멈추더니 목소리가 한 옥타브 낮아졌다.

"내가 바라는 것은 오빠가…… 오빠가 고향인 해리스버그로 돌아와 근사한 시간을 보내는 거예요. 오빠는 정말로 자신이 옳은 길을 택했다고 생각……."

"정말 멋진 스타킹을 신고 있구나. 도대체 그건 뭐냐?"

그가 말을 잘랐다.

"수를 놓은 거예요."

그녀가 흘끗 아래를 내려다보며 대답했다.

"근사하지 않아요?"

그녀는 자신의 치맛자락을 들어 올려, 매끄러운 비단에 감싸인 종아리를 드러냈다.

"아니면, 오빠는 실크 스타킹도 반대하는 거예요?"

그는 다소 약이 오른 표정으로, 검은 눈을 숙여 그녀를 날카롭게 바라보았다.

"지금 넌 어떻게든 내가 널 비판하게 만들려는 거니, 이디스?"

"전혀 아니에요."

그녀는 잠시 말을 멈추었다. 바솔로뮤가 툴툴거리는 소리가 들렸다. 고개를 들자 그가 자신의 책상을 떠나 유리창 앞에 서 있는 것이 보였다.

"무슨 일이야?"

헨리가 물었다.

"사람들."

바솔로뮤가 대답한 뒤, 잠시 후 말했다.

"잔뜩 밀려오는걸, 6번가 쪽에서 걸어오고 있어."

"사람들?"

살찐 사내는 창유리에 자신의 코를 박았다.

"군인들, 맙소사! 아까 그 사람들이 다시 몰려오고 있어."

그가 과장되게 말했다.

이디스는 자리에서 벌떡 일어나, 창가에 있는 바솔로뮤의 옆으로 갔다.

"굉장히 많아요. 이쪽으로 와요, 헨리 오빠."

그녀가 흥분해서 소리쳤다.

헨리는 불빛을 조정한 뒤 자기 자리에 앉았다.

"불을 끄는 편이 낫지 않을까?"

바솔로뮤가 제안했다.

"아니, 몇 분만 있으면 다 가버릴 거야."

"그렇지 않아요."

창밖을 훔쳐보며 이디스가 말했다.

"멀리 갈 생각은 애초부터 없어 보여요. 더 많이 오고 있어요. 봐요, 엄청난 무리의 사람들이 6번가 모퉁이를 돌아 나오고 있어요."

노란색 불빛과 가로수 전등의 푸른 그림자 속에 사람들로 혼잡한 도로가 보였다. 모두들 제복을 입고 있었고, 몇 명은 멀쩡하고, 몇 명은 꽤나 술에 취해 있었다. 그 모든 이들이 부조리한 불평과 외침에 휩쓸려 있었다.

헨리가 자리에서 일어나, 창가로 걸어가 사무실의 불빛을 등에 지고 기다란 그림자를 드리웠다. 아우성은 그 즉시 지속적인 구호로 바뀌었고, 담배꽁초며, 담뱃값이며, 심지어는 1센트짜리 동전까지, 작은 포탄을 퍼붓듯이 일제히 날아와 유리창에 부딪쳤다. 멈춰져 있던 회전문이 돌아가며 이제 시끄러운 소리가 계단을 타고 올라오기 시작했다.

"그들이 와요!"

바솔로뮤가 소리쳤다.

이디스는 걱정스럽게 헨리를 바라보았다.

"저들이 올라오고 있어요, 헨리 오빠."

아래층의 낮은 홀에서 들리는 사람들의 외침이 이제는 꽤 선명하게 들려왔다.

"빌어먹을 사회주의자 녀석들!"

"친독일주의자들! 독일을 좋아하는 놈들!"

"2층이야, 앞쪽으로! 서둘러!"

"녀석들을 잡아다……."

다음 5분은 마치 꿈처럼 지나갔고, 이디스는 마치 비구름처럼 와자지껄한 소음이 그들 세 사람을 둘러싸고, 계단 위로 천둥과 같은 발걸음 소리가 들리는 것을 인식했고, 헨리가 그녀의 팔을 잡고 그녀를 사무실의 뒤쪽을 향해 끌고 갔다는 것을 알 수 있었다. 그런 뒤 문이 열리고 한 무리의 사내들이 방 안으로 쏟아져 들어왔다. 하지만 그들은 지도자들이 아니라 우연히 선두에 선 사람들이었다.

"이봐! 이놈들!"

"늦게까지 일하는군, 안 그래?"

"네 녀석, 그리고 네놈의 계집도 저주나 받아라!"

그녀는 바로 두 명의 술에 취한 군인들이 앞으로 떠밀려 나와 바보처럼 비틀거리고 있는 것을 보았다. 한 명은 키가 작고 거무스름했고, 다른 한 명은 키가 크고 턱이 좁았다.

헨리는 앞으로 걸어나와 손을 들어 올렸다.

"친구들!"

그가 말했다.

소동이 한순간의 고요함에 묻히고, 웅얼거림이 잦아들었다.

"친구들!"

그가 다시 고함을 쳤고, 꿈을 꾸는 듯한 두 눈동자가 무리의 머리 위쪽을 응시했다.

"오늘 이곳을 침입함으로 인해 상처를 받는 것은 결국 다른 사람들이 아닌 바로 당신들입니다. 우리가 부유한 사람처럼 보입니까! 우리가 독일인처럼 보여요? 제 가슴에 손을 얹고 묻겠습니다. 여러분께 공정한 마음으로……."

"입 다물어!"

"너나 그래라!"

"이봐, 저 여자는 누구야, 친구!"

평상복을 입은 한 남자가 책상 위로 달려들어 갑자기 신문을 한장 들어 올렸다.

"여기 있다! 이것 봐! 이놈들은 독일이 전쟁에서 승리하기를 원해!"

그가 소리쳤다.

계단을 통해 새롭게 밀려든 사람이 빼곡하게 방을 메웠고, 그들은 모두 사무실 뒤쪽에 서 있는 창백한 작은 무리를 겹겹이 둘러쌌다.

이디스는 좁은 턱의 키 큰 사람이 여전히 앞에 서 있는 것을 보았다. 작고 가무잡잡했던 사람은 어딘가로 사라지고 없었다.

그녀가 약간 뒤쪽에 물러서서, 열려 있는 창문에 바싹 붙어 서자, 차가운 밤공기가 그 열려진 창문 너머로 맑은 숨을 불어넣었다.

그런 뒤 방 안은 난장판이 되었다. 그녀는 군인들이 앞으로 밀려들고 있음을 깨달았고, 얼핏 뚱뚱한 남자가 자신의 머리 위로 의자를 흔들어대는 것을 보았다. 즉시 불이 꺼졌다 그리고 거친 옷감 아래로 따뜻한 몸이 밀어붙여지는가 싶더니, 그녀의 귓속으로 고함 소리와 짓밟는 발소리, 그리고 거친 숨소리가 들려왔다.

형체 하나가 그녀의 옆을 휙 스쳐 어디론가 날아가다 비틀거리며 앞으로 쓰러졌고, 갑자기 열려진 창문 밖으로 속수무책으로 떨어지며 겁에 질린, 단발마의 비명과 함께 사라졌다. 뒤쪽에 있는 건물의 흐릿한 빛줄기를 통해 이디스는 그것이 키가 크고 턱이 좁은 군인이라는 인상을 받았다.

놀랍게도 그녀의 마음속에 분노가 일어났다. 그녀는 거칠게 두 팔을 휘두르며, 격투가 일어나고 있는 중심부를 향해 맹목적으로 파고들었다. 주먹질에 짓눌린 웅얼거리는 목소리, 욕설, 투덜거림이 들려왔다.

"헨리 오빠!"

그녀가 미친 듯이 외쳤다.

"헨리 오빠"

그런 몇 분 후, 그녀는 불현듯 방 안에 다른 형체들이 있음을 느꼈다. 그녀의 귀에 하나의 목소리가, 깊고 으스대는 듯 권위에 가득한 목소리가 들렸고 싸움판 여기저기에 노란색 불빛이 훑고 지나가는 것을 보았다. 비명 소리가 점점 잦아들었다. 난투가 줄어들다가, 이내 멈추었다.

갑자기 방 안에 불이 들어오고, 왼손과 오른손에 곤봉을 든 경찰들이 방을 가득 메웠다. 굵은 목소리가 외쳤다.

"주목! 그만둬! 그만들 하란 말이야!"

이어서 또 다른 경관이 소리쳤다.

"조용히 하고 나가! 이제 그만들 해!"

마치 세면기에서 물이 빠지듯 방 안이 텅 비었다. 구석에서 갑자기 한 경관이 움켜쥐었던 상대방 군인의 손을 놓으며, 문 쪽을 향해 그를 밀어붙였다. 굵은 목소리가 계속 이어졌다.

이디스는 그것이 짧고 굵은 목덜미를 가진 경찰 우두머리가 문가에 서서 외치는 소리임을 알았다.

"그만두란 말이야. 그만 하라고! 너희 동료 중 하나가 뒷문으로 밀려 떨어져 죽었다!"

"헨리 오빠!"

이디스가 소리쳤다.

"헨리 오빠!"

그녀는 주먹으로 자신의 눈앞에 있는 사내의 등을 거칠게 때렸다. 그녀는 두 사내 사이에 끼어 있었다. 비명을 지르고 주먹을 휘둘러대며 그녀는 책상 근처의 바닥 위에 앉아 있는 창백한 형체를 향해 다가갔다.

"헨리 오빠."

그녀가 격렬하게 외쳤다.

"무슨 일이야! 무슨 일이냐고! 다쳤어?"

그의 두 눈이 감겨 있었다. 그는 신음을 하더니, 혐오감이 담긴 표정으로 고개를 들었다.

"놈들이 내 다리를 부러뜨렸어. 오, 맙소사! 멍청이들!"

"그만들 뒤!"

경찰 우두머리가 외쳤다.

"멈춰! 이제 제발 그만 하라니까!"

9

'59번가, 차일즈(뉴욕 시 맨해튼에 있는 레스토랑 체인점.)'

대리석 식탁의 너비나 프라이팬의 청결 여부는 어느 아침 8시의 다른 체인점과 비교해 별로 다를 바 없었다. 그곳에서는 가난한 사람들이 잠으로 가득 찬 눈동자로 눈앞에 놓인 자신의 음식을 똑바로 쳐다보며, 다른 가난한 이들을 외면하려 노력하는 것을 볼 수 있었다. 하지만 4시간 전, 59번가의 차일즈는 오리건 주의 포틀랜드(지명)에서부터 메인 주의 포틀랜드(이 지명은 미국의 여러 주 곳곳에 있다.)에 이르는 여느 다른 차일즈와는 사뭇 달랐다. 어슴푸레하지만 깨끗한 건물 안에는 코러스 걸들, 대학교 학생들, 새로이 사교계에 데뷔한 처녀들, 난봉꾼들, 밤거리의 아가씨들이 뒤섞여 북새통을 이루었다. 이들은 브로드웨이 그리고 심지어는 5번가에서 가장 유쾌한 존재들의 전형적인 혼합체였다.

5월 둘째 날의 이른 아침, 그곳은 이상하게도 더 붐볐다. 대리석으로 상판을 붙인 탁자에는 자신들의 아버지가 마을을 하나씩 통째로 소유하고 있다는 왈가닥 아가씨들이 흥분된 얼굴로 고개를 숙인 모습을 볼 수 있었다. 그들은 조미료와 양념을 잔뜩 친 메밀케이크와 스크램블드에그를 먹고 있었는데, 그것은 그들이 4시간

후라면 절대로 되풀이하지 않을 만한 짓이었다.

레뷰(노래 · 춤 · 시국 풍자 따위를 호화찬란하게 섞은 것.)를 마치고 구석진 자리에 앉아, 쇼를 끝낸 뒤 화장을 조금 더 지웠어야 했다고 후회하고 있는 몇몇 코러스 걸들을 제외하고는 대부분의 패거리가 델모니코 호텔의 감마 프사이 댄스파티에서 온 이들이었다. 여기저기에 생기가 빠져나간, 해쓱한 사내들이, 그 자리와는 너무나도 어울리지 않는, 지치고 당혹한 표정으로 화려한 아가씨들을 바라보고 있었다. 하지만 그 생기 없는 형체는 예외일 뿐이었다. 그날은 노동절 다음 날 아침이었고, 축제의 분위기가 여전히 감돌고 있었다.

거스 로즈, 술은 깨었지만 약간은 몽롱한 상태인 그도 그런 생기 없는 형체들 중 하나로 분류해야만 했다. 폭동이 일어난 후, 어떻게 44번가에서 59번가까지 오게 되었는지는 반쯤밖에 기억나지 않았다. 그는 캐럴 키의 시체가 구급차에 실려지고, 자동차가 달려가는 것을 본 뒤 두세 명의 다른 사람들과 함께 도시를 따라 달렸다. 그들은 44번가와 59번가 사이의 어디에선가 여자들을 만나 사라져 버렸다. 로즈는 콜럼버스 광장을 배회하다 커피와 도넛에 대한 갈망을 충족시키기 위해 반짝이는 차일즈의 불빛을 선택했다. 그는 안으로 들어와 자리에 앉았다.

그의 주변에는 온통 경쾌하고 말도 되지 않는 수다와 높은 웃음소리로 가득했다. 처음 그는 아무것도 이해하지 못했지만, 5분여의 당혹스러운 시간이 흐른 뒤, 이 모든 광경이 다 어떤 즐거운 파티의 여파임을 깨달았다. 여기저기 들떠 있고 생기 넘치는 젊은 청년들이 미친 듯이 그리고 익숙한 듯 탁자들 사이를 돌아다니며 닥치는 대로 악수를 하고, 종종 익살맞은 수다를 떨기 위해 멈추었고, 그러는 동안 흥분한 웨이터들은 케이크니 계란 등을 나르는 손을 높이 들어 올리며, 속으로 욕설을 퍼붓고, 일부러 그들을 밀치고 지나갔다. 가장 눈에 띄지 않고, 덜 붐비는 곳에 앉아 있던 로즈에게는 모든 광경이 아름답고 시끌벅적한 즐거움이 흐르는 화려한 서커스처럼 보였다.

그는 점차적으로, 조금의 시간이 흐르자, 자신의 대각선 맞은편에, 사람들에게 등을 보이고 앉아 있는 연인이 그리 평범하지는 않다는 사실을 깨달았다.

남자는 취해 있었다. 그는 야회복 외투를 입고 있었는데, 넥타이는 느슨해지고 셔츠는 흘린 물과 와인으로 젖어 있었다. 흐릿하고 충혈된 눈동자는 이상하게 이쪽저쪽을 두리번거리고 있었다. 그의 입술 사이로 짧은 숨소리가 새어나왔다.

'고주망태가 되었군.'

로즈는 생각했다.

여자 쪽은 술을 거의 마시지 않은 것 같았다. 검은 눈동자와 홍조를 띤 높은 광대뼈를 가진 꽤나 예쁜 여자로, 생기가 넘치는 두 눈에 매처럼 경계심을 드러내며 상대방을 응시하고 있었다. 종종 그녀는 몸을 숙여 그를 향해 강렬하게 속삭였고, 그는 힘겹게 고개를 숙이거나 또는 특히나 유령 같은 그리고 혐오스러운 윙크로 답을 했다.

로즈는, 여자가 자신에게 날카롭고 표독한 시선을 던질 때까지 몇 분 동안 멍청히 그들을 바라보았다. 그런 뒤 그는 탁자들 사이를 계속해서 헤집고 다니는 남자들 중에서 가장 눈에 띄고 유쾌한 두 사람에게로 시선을 돌렸다. 그리고 그 두 사람 중 한 명이 놀랍게도 델모니코 호텔에서 꽤나 멍청한 짓으로 재미를 주었던 젊은 청년임을 알아차렸다. 이로 인해 그는 희미한 연민과 두려움이 뒤섞인 마음으로 캐럴을 떠올리기 시작했다. 캐럴은 죽었다. 그는 10m 높이에서 떨어져 마치 부서진 코코넛처럼 두개골이 갈라졌다.

"꽤나 괜찮은 녀석이었는데."

로즈가 애석한 듯 생각했다.

"꽤나 괜찮은 녀석이었어. 그래, 정말로 지독하게 운이 나빴어."

여전히 떠들썩한 두 남자가 다가와 로즈의 식탁과 그다음 식탁 사이에 나타나 유쾌하고 스스럼없는 태도로 친구들과 이방인들에게 말을 걸었다. 갑자기 로즈는 금발에 이빨이 튀어나온 남자가 걸음을 멈추고 휘청거리며 반대쪽 탁자의 사내와 여자를 바라보고 있음을 깨달았다. 그런 뒤 그는 못마땅하다는 듯 고개를 양 옆으로 휘휘 저었다.

충혈된 눈동자의 남자가 고개를 들었다.

"고디."

앞니가 튀어나온 사내가 말했다.

"고디."

"안녕."

셔츠에 잔뜩 얼룩이 진 사내가 대답했다.

튀어나온 이가 그 연인을 향해 비관적으로 손가락을 흔들며, 여자 쪽을 향해 애매하게 비난 어린 눈총을 보냈다.

"내가 뭐라고 했나, 고디?"

고든은 자신의 자리에서 몸을 뒤척거렸다.

"지옥으로나 가!"

그가 말했다.

딘은 손가락을 흔들며 계속 그곳에 서 있었다. 여인이 화를 내기 시작했다.

"저리 가요! 술에 취했잖아요, 이 술주정뱅이!"

그녀가 매섭게 소리쳤다.

168

"그건 그도 마찬가지지."

딘이 흔들어대던 손가락으로 고든을 가리키며 말했다.

피터 히멜이 이제는 올빼미처럼, 점잔을 빼는 듯 천천히 걸어왔다.

"여기 좀 봐."

마치 어린아이들 사이의 작은 분쟁을 해결하려는 듯 그가 입을 열었다.

"이게 다 무슨 일인가?"

"당신 친구를 좀 데려가세요."

주얼이 신랄하게 말했다.

"이 사람이 우리를 괴롭히고 있어요."

"뭐라고요?"

"내 말 못 들었어요! 술에 취한 당신 친구를 데리고 가라고요."

그녀가 비명을 질렀다.

그녀의 날카로운 목소리가 시끌벅적한 음식점 안을 가득 메우자, 웨이터가 서둘러 달려왔다.

"좀 조용히 해주세요!"

"이 사람이 술에 취했어요. 그리고 우리를 모욕했다고요."

그녀가 외쳤다

"아-하, 고디."

그 사람이 반박했다.

"내가 뭐라고 말했지."

그는 웨이터를 향해 몸을 돌렸다.

"고디와 나는 친구일세. 이 친구를 도우려는 중이었어, 안 그런가, 고디?"

고디가 머리를 들어 올렸다.

"도와? 빌어먹을, 아냐!"

주얼이 갑자기 자리에서 일어나, 고든의 팔을 움켜쥐고 그가 자리에서 일어나게 도와주었다.

"가요, 고디!"

그녀는 그를 향해 몸을 기울인 뒤, 반쯤 속삭이듯 말했다.

"이곳에서 나가요. 저 남자, 정말로 더럽게 취했어요."

고든은 주얼의 도움을 받아 발을 떼며 문을 향해 걸어갔다. 곧 주얼이 몸을 돌려 싸움을 일으킨 장본인을 바라보았다.

"당신에 대해 다 알고 있어요!"

그녀가 매섭게 말했다.

"정말로 좋은 친구더군요, 당신이란 사람. 이이가 당신에 대해 모두 말했다구요."

그러고 나서 그녀는 고든의 팔을 움켜잡았고, 두 사람은 호기심 어린 군중들을 헤치고 나가, 돈을 지불한 뒤 밖으로 나갔다.

"자리에 앉으셔도 됩니다."

그들이 떠나자 웨이터가 피터에게 말했다.

"뭐? 앉으라니?"

"네, 아니면 나가시든가요."

피터가 딘에게 몸을 돌렸다.

"이보게, 이 웨이터를 흠씬 때려주자."

그가 제안했다.

"좋아."

그들은 점점 얼굴을 굳히며 웨이터를 향해 다가갔다. 웨이터가 뒷걸음질을 쳤다.

피터가 갑자기 자신의 옆에 있는 식탁 위에 있는 접시로 손을 뻗어 한 주먹의 해시를(잘게 썬 고기 요리.) 움켜쥐곤 허공에 흩뿌렸다. 그것은 마치 눈송이처럼 힘없는 포물선을 그리며 내려와 주변 사람들의 머리 위로 떨어졌다.

"이봐! 조심해!"

"놈을 내쫓아!"

"자리에 앉아, 피터."

피터는 웃음을 터트리며 몸을 숙였다.

"신사 숙녀 여러분, 친절한 환호에 감사를 드립니다. 만일 어느 분이든 해시와 실크 모자를 빌려주신다면, 제가 쇼를 계속 보여드 리겠습니다."

경비원이 부산스럽게 다가왔다.

"이곳에서 나가 주십시오!"

그가 피터에게 말했다.

"젠장할, 싫어."

"그는 내 친구요!"

딘이 분개하여 끼어들었다.

한 무리의 웨이터들이 몰려들었다.

"그를 끌어내!"

"가는 것이 좋겠어, 피터."

한 차례의 짧은 실랑이 끝에 두 사람은 힘에 밀려 문밖으로 내동 댕이쳐졌다.

"이곳에 내 모자랑 외투가 있단 말이야!"

피터가 소리쳤다.

"이런, 그렇다면 어서 가서 재빨리 가져와요!"

경비병이 피터를 움켜쥔 손을 풀자, 그는 자신의 교활한 행동을 드러내며 고소하다는 듯한 태도를 풍겼다. 그는 즉시 다른 탁자를 돌아 달려가며, 화가 난 웨이터들을 향해 엄지손가락으로 코를 눌 러 보이며, 의기양양한 웃음을 터트렸다.

"아무래도 난 여기에 좀 더 있어야겠어."

그가 선언했다.

그를 사로잡기 위해 각각 네 명의 웨이터가 양쪽 방향에서 접근했다. 딘이 그들 중 두 사람의 외투를 잡아당겨, 피터를 사로잡기 위한 작전이 시작되기도 전에 또 다른 싸움을 일으켰다. 결국 피터는 한 개의 설탕 그릇과 여러 잔의 커피를 뒤엎은 뒤에야 사로잡혔다. 피터가 경찰들에게 던져주기 위해 해시를 한 그릇 사야겠다고 우기는 바람에 카운터 앞에서 또 다른 실랑이가 벌어졌다.

하지만 식당 안에 있는 모든 사람들에게서 "오-오-오!"라는 자발적인 탄성과 찬탄 어린 시선을 이끌어낸 또 다른 현상으로 인해 피터가 나가면서 일으킨 소동은 식당에 큰 여파를 남기지 않았다.

가게 앞쪽의 커다란 판유리가 짙은 유청색(乳靑色)의, 마치 맥스필드 패리시〈맥스필드 패리시(Maxfield Parrish)(1870~1966)는 관능적이고, 화려하고, 흐릿하게 초현실적인 작품 세계로 쉽게 세간의 눈에 구분이 되는 유명한 미국 화가이다.〉의 그림 속의 달빛을 보는 듯한, 푸른빛이 유리창을 밀고 식당 안으로 밀려 들어오는 듯한 느낌으로 변했다. 콜럼버스 광장에 새벽이, 신비스럽고 숨이 막힐 듯한 새벽이 찾아와 불멸의 크리스토퍼〈신대륙을 발견한 탐험가 크리스토퍼 콜럼버스(1446~1506).〉의 위대한 동상에 그림자를 드리우고, 식당 내부의 흐릿한 노란색 전기불과 기묘하고 신비스러운 느낌으로 뒤섞여 들었다.

10

　'미스터 인'과 '미스터 아웃'은 인구 조사국의 명단에는 올려져
있지 않았다. 사교계 명사록이나 출생, 혼인, 사망기록 또는 식료
품가게의 외상장부에서도 그들의 이름을 찾는 것은 힘든 일이었
다. 망각이 이들을 삼켜버렸고, 이들이 존재했었다는 증거는 너무
나 애매하고 막연해서 법정에서는 채택이 불가능했다. 하지만 나
는 '미스터 인'과 '미스터 아웃'이 짧은 순간이나마 살아서, 숨을
쉬고, 서로를 부르는 이름에 대답하고 그들 나름의 생생한 개성을
발산했다는 사실에 대한 확실한 근거를 가지고 있다.

　그 짧은 생애 동안, 그들은 자신들을 위해 만들어진 민속 의상을
입고 위대한 나라의 위대한 큰 거리를 활보했다. 거기서 뭇사람들
한테 비웃음을 당하고, 욕설을 듣고, 쫓김을 당하며 살다가 달아났
다. 그리고 그들은 그렇게 사라져 완전히 잊혀진 존재가 되었다.

　흐릿한 5월의 새벽빛 속에 지붕이 없는 택시 한 대가 브로드웨이
거리를 따라 달릴 즈음, 그들은 이미 흐릿하게 그 모습을 갖추고
있었다. 이 자동차 안에는 '미스터 인'과 '미스터 아웃'의 영혼이
앉아 크리스토퍼 콜럼버스 동상의 뒤쪽 하늘을 너무나 갑자기 물
들어버린 푸른빛에 대해 놀라워하며 이야기를 나누었고, 회색빛

호수 위에 나부끼는 갈색 종이조각처럼 거리를 따라 힘없이 걸어가는 일찍 일어난 사람들의 늙고, 창백한 얼굴들에 대해 당혹스러움을 털어놓았다.

그들은 차일즈 레스토랑 경비원의 어리석음에서부터 삶의 불합리함까지 모든 것에 대해 의견의 일치를 보았다. 아침이 그들의 눈부신 영혼 속에 불러일으킨 극도의 감상적인 행복으로 정신이 혼미해졌다. 실제로 살아 있다는 즐거움이 너무나 생생하고 강력해서 크게 소리쳐 표현해야만 할 것 같은 기분이었다.

"야-호-오!"

피터가 두 손으로 나팔을 만들어, 고함을 질렀다. 그러자 딘이 똑같이 의미심장하고 상징적인, 하지만 그 불분명하지 않은 발음으로 인해 더 낭랑하게 퍼지는 목소리로 그에 화답했다.

"요-호! 예! 요호! 야-호호!"

53번가에서는 진한 단발머리의 아름다운 아가씨가 탄 버스와 나란히 달렸고, 52번가에서는 거리 청소부가 간신히 자동차를 피해 도망치며 "야, 운전 똑바로 해!"라고 고통과 서글픔이 뒤섞인 목소리로 욕을 퍼부었다. 50번가에서는 아주 하얀 건물 앞의 아주 하얀 보도 위에 서 있던 한 무리의 사람들이 몸을 돌려 그들을 바라보며 소리를 질렀다.

"파티라도 여시나! 친구들!"

49번가에서 피터는 딘을 향해 몸을 돌렸다.

"아름다운 아침이야."

그는 자신의 올빼미 같은 눈동자를 가늘게 뜨며 진지하게 말했다.

"아마도 그럴지도."

"이봐, 아침 식사를 하자고."

딘이 동의하고 나서 덧붙여 말했다.

"아침 식사와 술."

"아침 식사와 술이라."

피터가 말을 따라한 뒤, 그들은 서로를 바라보며 고개를 끄덕였다.

"그거 논리적이군."

그런 뒤 두 사람은 박장대소를 터트렸다.

"아침 식사와 술이라! 오, 맙소사."

"그런 건 안 팔걸."

피터가 단언했다.

"식당에 없다고? 신경 쓰지 마. 팔도록 하면 되지. 협박을 해서라도 내놓게 만들 거야."

"논리적으로 협박하자."

택시는 갑자기 브로드웨이를 떠나 반대쪽 거리를 따라 달려가, 5번가의 무덤처럼 어둑한 건물 앞에 멈추었다.

"무슨 일이야?"

택시기사는 그곳이 델모니코 호텔이라고 알려줬다.

조금은 당황스러웠다. 두 사람은 왜 여기에 오자고 했는지 그 이유를 알아내려 몇 분 동안 정신을 집중하기 위해 안간힘을 썼다.

"무슨 외투 얘기가 나왔었는데."

택시기사가 힌트를 주었다.

그랬다, 피터의 외투와 모자. 그는 그것을 델모니코 호텔에 맡겨두고 나왔었다. 그렇게 결론짓자, 그들은 택시에서 내려 서로 팔짱을 끼고 현관을 향해 걸어갔다.

"여보슈!"

택시기사가 말했다.

"응?"

"돈을 내야지."

그들은 충격과 반발로 고개를 휘저었다.

"나중에, 지금은 말고…… 명령은 우리가 하는 거요, 댁은 기다리라고."

택시기사는 완고했다. 그는 그 자리에서 당장 요금을 받고 싶어했다. 엄청난 자제심을 발휘하는 듯 험악하고 생색내는 듯한 태도로 그들은 돈을 지불했다.

안으로 들어간 피터는 외투와 모자를 찾기 위해 아무도 없는 어두운 소지품 보관실 안을 더듬거렸지만, 헛된 일이었다.

"없어졌어, 내 생각에. 누군가가 훔쳐갔어."

"셰필드 놈(예일 대학교 셰필드 이공 대학생.)들이 한 짓이겠지."

"충분히 가능한 일이야."

"신경 쓰지 마."

딘이 고결하게 말했다.

"내 옷가지들도 여기에 남겨두겠네. 그럼 우리 둘의 옷차림이 똑같아지는 거야."

자신의 외투와 모자를 벗어 벽에 걸려고 주위를 둘러보던 그의 시선이 소지품 보관실 문에 붙은 두 개의 커다란 마분지에 자석처럼 꽂혔다. 왼쪽 문에는 검은색으로 '인(In)'이라고 쓰여 있었고, 오른쪽 문에는 똑같이 뚜렷한 글자로 '아웃(out)'이라고 쓰여 있었다.

"이것 봐!"

그가 행복한 듯 소리쳤다.

피터의 두 눈이 그의 손가락 끝을 향했다.

"뭔데?"

"이 표시판을 좀 봐, 이것들을 가져가자!"

"근사한 생각이야."

"아마도 한 쌍의 아주 희귀하고 중요한 표지판일 거야. 어쩌면 상당히 편리한 물건일지도 몰라."

피터는 왼쪽 문에 붙은 종이를 떼어내어 자신의 옷 속에 숨기려 했다. 하지만 워낙 큰 편이어서, 그 일이 쉽지가 않았다. 문득 한 가지 생각이 떠올랐고, 장난스럽게 점잔을 빼며 그는 자신의 몸을 돌렸다. 잠시 후 그는 극적인 동작으로 돌아서며, 감탄 어린 표정을 짓고 있는 딘을 향해 두 팔을 펼쳐보였다. 그는 자신의 조끼 사이에 표지를 밀어 넣어 셔츠 앞쪽을 완전히 가렸고, 그 결과, '인' 이라는 커다란 글자를 셔츠에 검고 뚜렷하게 새겨놓은 셈이 된 것이었다.

"요호!"

딘이 환호성을 질렀다.

"'미스터 인.'"

그는 똑같은 방법으로 자신의 것도 가슴으로 밀어 넣었다.

"'미스터 아웃!'"

그가 의기양양하게 말했다.

"'미스터 인'이 '미스터 아웃'을 만났군."

그들은 서로에게 다가서서 악수를 나누고, 또다시 박장대소를 터트리며 발작적으로 몸을 흔들어대기 시작했다.

"요호!"

"이것으로 아침 식사를 위한 모든 준비를 마친 셈이군."

"가세나—코모도어(뉴욕 맨해튼 그랜드 센트럴 역 앞에 있는 호텔.)로 가자고."

팔짱을 낀 채 그들은 당당하게 문밖으로 나가 코모도어 호텔로 가기 위해 동쪽으로 몸을 틀어 44번가로 접어들었다.

그들이 나오자, 아주 창백하고 피곤해 보이는, 하염없이 인도를 따라 서성거리고 있던, 키가 작고 거무스름한 사람 하나가 몸을 돌려 그들을 바라보았다.

그는 마치 그들에게 무언가 말을 하려는 듯 다가섰지만, 그 즉시 그들은 그를 알아보지 못하는 듯 경멸 어린 시선을 던졌다. 그는 두 사람이 휘청거리는 발걸음으로 거리를 따라 내려가기를 기다렸다가 40보쯤 떨어진 곳에서 그들을 따라 걸으며, 기쁜 듯 기대가 가득한 어조로 "오, 이런." 하고 되풀이해서 혼잣말을 했다.

그러는 동안 '미스터 인' 과 '미스터 아웃' 은 앞으로의 계획에 대해 유쾌하게 의논했다.

"우리는 술이 필요해. 우리는 아침 식사를 원해. 두 가지 중 하나라도 없어서는 안 돼. 둘은 하나고, 불가분의 것이니까."

"우리는 둘 다를 원해."

"둘 다를 원해!"

이제 상당히 날이 밝아, 지나가는 행인들이 호기심 어린 시선으로 이 한 쌍을 바라보기 시작했다. 확실히 이 두 사람은 강렬한 즐거움을 선사하는 어떤 토론에 열중한 듯, 이따금씩 웃음이 너무나 격하게 두 사람을 사로잡을 때면, 여전히 팔짱을 꼭 긴 채 동시에 몸을 거의 반으로 접곤 했다.

코모도어 호텔에 도착하자, 두 사람은 졸린 눈의 도어맨과 몇 마디의 음담패설을 주고받은 뒤, 어렵사리 회전문을 통과해, 손님들이 띄엄띄엄 앉아 놀란 표정을 짓고 있는 로비를 지나쳐 식당을 향해 걸어갔고, 당황한 웨이터는 어두침침한 구석에 있는 탁자로 그들을 안내했다. 그들은 난감한 표정으로 당혹스럽게 웅얼거리듯 메뉴판에 있는 이름들을 서로에게 읽어주었다.

"술 이름은 하나도 보이지 않아."

피터가 비난하듯 말했다.

웨이터도 그 말을 들었지만, 아는 척을 하지 않았다.

"다시 말해서."

피터가 차분하게 인내심을 보이며 말했다.

"이 메뉴판에는 아무런 설명도 없고, 상당히 혐오스럽게도 술 이름이 전혀 없다는 말이지."

"이봐!"

딘이 당당하게 말했다.

"내가 저 녀석을 처리하겠어."

그는 웨이터를 향해 몸을 돌렸다.

"여기에…… 여기에……."

그는 걱정스럽게 메뉴판을 훑어보았다.

"샴페인 한 병하고…… 음……음…… 햄 샌드위치를 가져오게."

웨이터가 의혹 어린 시선을 던졌다.

"가져오라니까!"

미스터 인' 과 '미스터 아웃' 이 합창을 하듯 외쳤다.

웨이터는 기침을 하고 모습을 감추었다. 기다리는 동안 두 사람은 미처 깨닫지 못했지만 수석 웨이터가 이들을 조심스럽게 살피고 있었다. 그런 뒤 샴페인이 도착하고, 그 광경에 '미스터 인' 과 '미스터 아웃' 은 의기양양해졌다.

"저들이 우리가 아침 식사로 샴페인을 마시겠다는데 반대하는 것을 상상해 봐. 단지 상상해 보라고."

두 사람은 그런 끔찍한 가능성을 떠올리려고 정신을 집중했지만, 그들에게는 너무 벅찬 일이었다. 두 사람이 아무리 상상력을 총동원한다 해도 아침 식사로 샴페인을 마시겠다는데 누군가가 반대한다는 것은 상상이 불가능한 일이었다. 웨이터가 '꽝' 하는 큰 소리와 함께 코르크를 땄고, 즉시 두 사람의 잔에는 노란색의 옅은 거품이 일었다.

"건강을 기원하네, '미스터 인.'"

"자네도 마찬가지야, '미스터 아웃.'"

웨이터가 자리를 비웠다. 몇 분이 지났다. 병 안의 샴페인이 점점 줄어들었다.

"그거…… 그거 굴욕적이군."

갑자기 딘이 말했다.

"뭐가 그렇게 굴욕적인데?"

"우리가 아침부터 샴페인을 마시겠다는데 저들이 반대한다는 생각 말이야."

"굴욕적이다?"

피터가 되새겨보았다.

"그래, 그 말…… 굴욕적이야."

다시 그들은 웃음을 터트렸고, 고함을 지르고, 몸을 기울이고, 의자를 앞뒤로 흔들면서, 상대를 향해 '굴욕적이다' 라는 말을 계속해서 뒤풀이했다. 매번 되풀이할 때마다 그 말이 더 화려하고 우스꽝스러워지는 것 같았다.

몇 분의 근사한 시간이 흐른 뒤 그들은 한 병을 더 마시기로 결심했다. 걱정스러워진 담당 웨이터는 즉시 윗사람에게 의논했고, 이 신중한 지배인은 더 이상 샴페인을 내놓아서는 안 된다는 암묵의 지시를 내렸다. 그들의 계산서가 나왔다.

5분 후, 팔짱을 낀 채, 그들은 코모도어 호텔을 떠나 호기심 어린 눈으로 빤히 쳐다보는 군중들을 뚫고 43번가를 지나 밴더빌트가의 빌트모어 호텔로 향했다. 그곳에 들어서자, 꾀가 난 그들은 수완을 발휘하여 어색할 정도로 몸을 꼿꼿이 세운 채 빠른 걸음걸이로 로비를 가로질렀다.

일단 레스토랑에 들어서자 그들은 이전의 묘기를 똑같이 되풀이 했다. 때때로 발작적인 웃음을 터트리는 한편, 갑자기 정치나 대학 시절 그리고 자신들의 기질의 밝은 면들에 대해 격한 논쟁을 벌였다. 손목에 매달린 시계가 이제 9시가 되었음을 알렸고, 자신들이 어떤 기억할 만한 파티에, 항상 기억하게 될 중요한 일에 참여하고 있다는 생각이 흐릿하게 의식 속으로 파고들었다. 두 번째 샴페인에 대한 미련이 남아 있었다. 두 사람 모두 상대가 '굴욕적이다' 라는 말을 꺼낼 때마다 거칠게 숨을 헐떡이며 웃음을 터트렸다. 레스토랑은 이제 웅웅거리며 빙글빙글 돌고 있었다. 기묘한 가벼움이 무겁게 드리운 공기에 스며들어 공기를 희박하게 만들었다.

그들은 계산을 마치고 로비로 걸어 나갔다.

바로 그 순간, 그날 아침만 해도 수천 번은 더 회전했을 회전문을 통과해 아주 창백한 젊은 미인이 로비 안으로 들어왔다. 눈 밑에는 검은 그림자가 드리워져 있고, 엉망으로 구겨진 이브닝드레스 차림이었다. 평범하고 뚱뚱한 남자와 동행하고 있었는데, 분명 너무나 어울리지 않는 한 쌍으로 보였다.

계단 위에서 이 한 쌍은 '미스터 인'과 '미스터 아웃'과 마주쳤다.

"이디스."

'미스터 인'이 기쁜 듯이 그녀를 향해 걸어가 공손하게 인사를 하며 말했다.

"사랑스런 아가씨, 좋은 아침이죠."

뚱뚱한 남자가 의문 섞인 표정으로, 마치 당장 그 자리에서 그를 집어던져 버려도 되는지 허락을 구하는 듯한 표정으로, 이디스를 바라보았다.

"무례함을 용서하세요."

잠시 생각한 뒤 피터가 덧붙였다.

"이디스, 좋은 아침입니다."

그는 딘의 팔꿈치를 움켜쥐고 앞으로 나오라고 재촉했다.

"이디스, 내 가장 친한 친구인 '미스터 인'을 소개하죠. 우리 둘은 절대 떨어질 수 없는 콤비랍니다. '미스터 인' 그리고 '미스터 아웃' 말입니다."

'미스터 아웃'이 앞으로 나와 꾸벅 절을 했다. 사실, 그가 지나치게 앞으로 나와 너무 낮게 고개를 숙이는 바람에 살짝 앞으로 비틀거렸고, 덕분에 그는 이디스의 어깨에 가볍게 손을 올리며 간신히 균형을 잡을 수 있었다.

"소생은 '미스터 아웃'입니다, 이디스."

그가 쾌활하게 웅얼거렸다.

"우린 '미스터인'과 '미스터아웃'이지요."

"우린 미스터인 앤 아웃."

피터가 자랑스럽게 말했다.

하지만 이디스의 시선은 그들의 옆을 똑바로 지나쳐 그녀의 머리 위쪽에 있는 화랑의 어느 한 점에 고정되어 있었다. 그녀가 뚱뚱한 남자에게 살짝 고개를 끄덕이자, 그는 황소처럼 앞으로 나서 완강하고 강단 있는 몸짓으로 '미스터 인'과 '미스터 아웃'을 옆으로 밀쳐냈다. 그리고 그 사이로 그와 이디스가 지나갔다.

하지만 열 걸음 정도 더 나가다 말고 이디스가 다시 멈추어 섰다. 걸음을 멈춘 그녀는 대부분의 군중을 특히 '미스터 인'과 '미스터 아웃'을 다소 당황스럽고 마법에 홀린 듯한 눈으로 쳐다보고 있는 키가 작고 거무스름한 군인을 가리켰다.

"저기, 저기를 봐요!"

이디스가 소리쳤다.

그녀의 목소리가 높아지고, 다소 째지듯이 날카로워졌다. 손가락질을 하는 그녀의 손이 살짝 떨리고 있었다.

"저 사람이 오빠의 다리를 분지른 군인이에요."

여남은 명이 비명을 질렀고, 모닝코트를 입은 남자가 데스크 근처 자리에서 일어나 민첩하게 앞으로 나갔다. 뚱뚱한 남자가 번개처럼 키가 작고 얼굴이 거무스름한 사람을 향해 달려들었고, 로비에 있던 사람들이 작은 그룹 주변으로 몰려들어 혼잡을 이루는 바람에 그들은 완전히 '미스터 인'과 '미스터 아웃'의 시야에서 사라졌다.

하지만 '미스터 인'과 '미스터 아웃'에게 이런 사건은 단지 웅웅거리며 돌아가는 무지갯빛 세상의 다채롭고 찬란한 일부일 뿐이었다.

그들은 커다란 목소리들을 들었다. 그들은 땅딸막한 남자가 튀어오르는 것을 보았다. 세상이 갑자기 흐릿해졌다.

그런 뒤 그들은 하늘로 향하는 엘리베이터 안에 있었다.

"몇 층으로 가십니까?"

엘리베이터맨이 물었다.

"어느 층이든."

'미스터 인'이 말했다.

"최상층으로."

'미스터 아웃'이 말했다.

"여기가 최상층입니다."

엘리베이터맨이 말했다.

"다른 층으로 가게."

'미스터 아웃'이 말했다.

"더 높이."

'미스터 인'이 말했다.

"천국으로."

미스터 아웃' 이 말했다.

11

6번가에서 살짝 떨어진 어느 작은 호텔의 침실에서 고든 스터렛이 머리 뒤쪽에서 느껴지는 고통과 온몸의 혈관을 두드리는 듯한 통증을 느끼며 잠에서 깨어났다. 그는 방구석의 먼지가 자욱한 회색 그림자를 바라보았다. 누추한 방 안의 한쪽 구석에는 사용한 지 오래되어 보이는 커다란 가죽 의자가 놓여 있었다. 방 안에 너저분하게 늘어져 있는 구겨진 옷가지들이 보였고, 퀴퀴한 담배 연기와 역한 술 냄새가 코끝을 찔러왔다. 창문은 단단히 닫혀 있었다. 밖에서는 한 줄기의 환한 햇살이 먼지 자욱한 빛을 창틀을 통해 비추었다. 그러나 그 빛은 그가 잠이 들었던 넓은 나무 침대의 머리판에 의해 가로막혔다. 그는 아주 조용히 누워 있었다. 혼수상태처럼, 약에 취한 듯, 눈을 크게 뜬 채. 그의 머릿속은 마치 기름을 치지 않은 기계처럼 거칠게 삐걱거리고 있었다.

먼지 낀 햇살과 커다란 가죽 의자의 찢어진 부분을 인식한 뒤 30초 정도 더 지난 후에야 그는 자신의 옆에 붙어 있는 생명의 기척을 감지했고, 또 30초 정도 지난 후에야 그는 자신이 주얼 허드슨과의 결혼이라는 돌이킬 수 없는 일을 저질렀음을 깨달았다.

30분 후 그는 밖으로 나와 스포츠용품점에서 리볼버 권총을 샀다. 그런 뒤 그는 택시를 타고 자신이 살던 동부 27번 거리로 가서, 자신의 화구들이 놓여 있는 탁자에 몸을 기댄 채 바로 관자놀이 위에 총구를 겨누고 방아쇠를 당겼다.

(1920년)

비 오는 날 아침 파리에서 죽다
(다시 찾아간 바빌론, Babylon Revisited)

1

"그럼 캠벨 씨는 어디 계시지?"

찰리가 물었다.

"스위스로 가셨습니다. 캠벨 씨가 상당히 아프시답니다, 웨일스 씨."

"그것 참 유감이군. 그럼 조지 하트는?"

찰리가 다시 물었다.

"미국으로 돌아가셨죠, 직장으로요."

"그럼 스노우 버드라고 불리던 친구는 어디에 있나?"

"지난주에는 여기에 계셨어요. 어쨌든 그분의 친구이신 세퍼 씨는 여기 파리에 계십니다."

1년 반 전의 긴 목록에서 낯익은 이름을 두 개 찾아내자, 찰리는 자신의 수첩 안에 주소를 끼적거린 뒤 그 종이를 찢어냈다.

"만일 세퍼 씨를 보거든, 그에게 이걸 건네주게. 내 처형 집 주소일세. 아직 호텔을 잡지 못했거든."

그가 말했다.

그는 파리가 이렇게 비어 있다는 사실에 별로 실망하지는 않았다. 하지만 리츠 호텔의 바가 이렇게까지 고요하다는 것은 이상하고 불길하게 느꼈다. 이곳은 더 이상 미국적인 바가 아니었다—술집 내부에서는 정중함이 느껴졌고, 더 이상 그곳을 소유한 듯한 기분이 들지 않았다. 그곳은 다시 프랑스에 귀속되어 있었다. 택시에서 나온 순간부터 고요함을 느꼈고, 보통 때라면 미친 듯이 뛰어다녀야 할 도어맨이 하인들 전용 입구에서 호텔 경비와 잡담을 하고 있는 것을 보았다.

복도를 따라 걸어가는데, 한때 떠들썩했던 여자 화장실에서는 그저 한 사람의 지루한 목소리만 들릴 뿐이었다. 바에 들어서자 그는 오랜 습관에 따라 시선을 똑바로 앞쪽에 고정시킨 채 녹색 카펫 위를 스무 발자국 정도 걸어갔다. 그리고 단호하게 난간에 발을 올린 뒤 몸을 돌려 방 안을 둘러보았지만 오직 한쪽 구석에서, 읽고 있던 신문에서 시선을 들어 올린 한 쌍의 눈동자와 마주쳤을 뿐이었다. 찰리는 예전, 한참 주식시장이 상승세로 치솟았던 막판에는 직접 주문제작한 자동차를 타고 출근했던—어쨌든 근처 구석에 차를 주차해놓는 섬세함을 보여주었던—수석바텐더 폴의 소식을 물었다. 하지만 그는 오늘 시골집에 가고 없다고, 앨릭스가 전해 주었다.

"아니, 더 이상은 안 마시겠네. 요즘은 많이 줄였거든."

찰리가 말했다.

앨릭스가 축하를 건넸다.

"2년 전에는 꽤 많이 하셨죠."

"확실히 잘 지키고 있다네. 지금까지 1년 반을 잘 지켜오고 있어."

찰리가 장담했다.

"미국의 상황은 어떤지 아시나요?"

"몇 달째 미국에 가본 적이 없다네. 지금은 프라하에서 사업을 하는 중이고, 그곳에서 두 군데의 사업체를 맡고 있네. 그곳 사람들은 나에 대해 모르고 있지."

앨릭스는 미소를 지었다.

"조지 하트 씨가 이곳에서 독신자 만찬을 열었던 날을 기억하나? 그건 그렇고, 클라우드 피센든은 어찌 됐나?"

찰리가 물었다.

앨릭스가 은밀하게 목소리를 낮추었다.

"아직 파리에 계십니다. 하지만 더 이상 이곳에 오시지는 않죠. 폴이 출입을 거절했답니다. 청구서가 3만 프랑이 넘어섰거든요, 술값과 점심값 그리고 평상시의 저녁 식사까지 전부 외상으로 하셨어요. 거의 1년이 넘게요. 마침내 폴이 외상값을 지불해 달라고 하자, 공수표를 건네주었답니다."

앨릭스는 안타깝다는 듯 고개를 흔들었다.

"그걸 이해할 수가 없어요. 그렇게 멋있던 사람이. 지금은, 완전히 허세로 부풀어 올라서……."

그는 두 손으로 통통한 사과를 만들어보였다.

찰리는 한쪽 구석에 자기들끼리 앉아 있는 한 무리의 야한 여자들을 바라보았다.

'저들에게는 아무것도 문제가 되지 않겠지. 주식이 오르든 떨어지든, 사람들이 일을 하든지 아니면 일자리를 잃고 빈둥거리든지 간에, 저들은 언제까지나 저럴 거야.'

그는 생각했다. 그 장소가 그를 짓눌렀다. 그는 주사위를 부탁해, 앨릭스와 술내기 게임을 했다.

"얼마나 계실 건가요, 웨일스 씨."

"어린 딸을 만나러, 사오 일 계획으로 방문한 거라네."

"아하! 어린 따님이 계셨군요."

밖에는, 불꽃 같은 붉은색, 가스의 푸른색, 유령 같은 녹색의 네온 사인들이 조용하게 내리는 비를 타고 자욱하게 반짝이고 있었다. 늦은 오후라 거리가 북적거렸고, 간이 술집들이 불을 밝혔다. 그는 카퓌신 대로의 한쪽 모퉁이에서 택시를 잡았다. 택시는 분홍색으로 물든 장엄한 콩코르드 광장을 지나, 필연적으로 센 강을 건넜고, 찰리는 문득 왼쪽 좌안(左岸: 센 강 남쪽 언덕 지역으로 주로 예술가와 학생들이 살고 있음.)이 거칠고 촌스럽게 보인다고 느꼈다.

찰리는 오페라 애버뉴로 가자고 택시기사에게 방향을 지시했다. 목적지로 가는 길에서는 조금 벗어나 있었지만, 그는 웅장한 건물 외벽에 퍼져 있는 푸른 불빛을 보고 싶었고, '레 피우 쿠 렌토〈Le Plus Que Lent: '렌토(느리게)보다 더 느리게'라는 프랑스 작곡가 드뷔시(Achille Claude Debussy, 1862~1918)의 피아노곡으로 1910년 발표되었다.〉의 첫 몇 소절을 끊임없이 연주하는 택시의 경적 소리를 제2제정 시대(제2공화정과 제3공화정 사이에 나폴레옹 3세가 집권한 기간. 1852~1870.)의 트럼펫 소리라고 상상해 보았다. 브랜타노의 책방 앞에는 철제 셔터가 내려져 있었고, 레스토랑 '뒤발'의 잘 다듬어진 작은 울타리 뒤에는 이미 사람들이 저녁을 먹으러 모여들어 있었다. 그는 파리에서 단 한 번도 싸구려 식당에서 식사를 한 적이 없었다. 다섯 코스로 나오는 저녁 식사에 4프랑 50상팀, 그러니까 미국 달러로 18센트, 그것도 와인까지 포함해서 말이다. 무슨 묘한 일인지, 그는 자신도 그곳에서 한번 음식을 먹어봤으면 하는 생각이 간절해졌다.

왼쪽 강둑을 따라 달리는데, 갑자기 그는 '지역 우선주의'라는 감정을 느꼈고, '내가 내 스스로 이 도시를 망가뜨렸어. 그것을 깨닫지 못했지. 하지만 하루하루 시간이 흐르고, 그렇게 2년이란 시간이 흘렀지. 모든 것이 사라지고, 나도 사라져 버렸어.'라는 생각이 들었다.

그는 서른다섯 살이었고, 썩 괜찮은 외모였다. 얼굴에 드러나는 아일랜드 혈통은 눈가의 깊은 주름 위에도 온전하게 남아 있었다. 팔라틴 거리에 위치한 처형 집 초인종을 울리는 동안 그의 눈썹 주위에는 완전히 일그러질 정도로 주름이 깊어졌다. 뱃속을 쥐어짜는 듯한 느낌이었다. 문을 열어주는 하녀의 등 뒤로, "아빠" 하고 외치며, 물고기처럼 펄떡이며 날아와 품안에 안기는 사랑스러운 작은 아이의 모습이 눈에 들어왔다. 그녀는 그의 머리를 자신의 귀 쪽으로 잡아당기며, 그의 뺨에 자신의 뺨을 비볐다.

"오, 우리 공주님."

그가 말했다.

"오, 아빠, 아빠, 아빠, 아빠, 아빠, 아빠, 아빠!"

아이는 그를 이끌고 가족들, 남자아이 하나와 딸아이 또래의 여자아이, 그리고 그의 처형과 동서가 기다리고 있는 곳으로 향했다. 그는 너무 반가워하는 척도 그렇다고 너무 싫어하는 듯한 태도도 보이지 않기 위해 말투에 신경을 쓰며 처형인 매리언에게 조심스럽게 인사를 건넸다. 비록 그의 아이를 염려하는 마음에, 결코 누그러들 수 없는 혐오감을 얼굴에 드러내는 일은 자제했지만 처형의 반응은 훨씬 솔직하고 시들했다. 두 남자는 친근하게 악수를 나누었고, 링컨 피터스는 찰리의 어깨에 잠시 자신의 손을 올려놓았다.

방 안은 따뜻하고 편안한 미국적인 분위기였다. 세 아이들은 다른 방들로 통하는 노란 타원형의 공간을 들락날락하며 사이좋게 놀고 있었고, 난롯불에서 타오르는 불길과 부엌에서 들려오는 프랑스 요리를 만드는 소리가 6시경의 즐거운 분위기를 말해주었다. 하지만 찰리는 긴장을 풀 수가 없었다. 심장이 그의 몸속에서 거칠게 뛰고 있었고, 그는 자신이 사준 인형을 두 팔로 끌어안은 채 가끔씩 그의 곁으로 다가오는 딸로부터 간신히 자신감을 긁어모으는 중이었다.

"정말로 아주 좋아요. 그곳에도 전혀 돌아가지 못하는 사업체들이 많이 있어요. 하지만 저희는 그 어느 때보다도 호황을 이루고 있지요. 다음 달에는 미국에 사는 여동생을 불러 집안일을 돌봐 달라고 부탁하려 해요. 작년 한해 제 수입은 그 어느 때보다 더 많았어요. 아시겠지만 체코……."

그는 링컨의 질문에 명쾌하게 대답했다.

그가 자랑을 쏟아내는 데는 특별한 이유가 있었다. 하지만 바로 그 순간 링컨의 눈 속에 담긴 흐릿한 불안감을 감지하고 그는 주제를 바꾸었다.

"아이들이 정말로 착하더군요, 잘 키우셨어요, 예의도 바르고요."

"오노리어도 정말로 착한 아이라네."

매리언 피터스가 부엌에서 돌아왔다. 그녀는 키가 컸고, 한때 상큼한 미국적인 사랑스러움이 담겨 있었을 두 눈에는 걱정스러움이 가득했다. 찰리는 한 번도 그녀의 매력에 관심을 쏟은 적이 없어서, 사람들이 그녀가 얼마나 예뻤는지에 대해 이야기할 때면 깜짝 놀라곤 했다. 처음 만난 순간부터 두 사람 사이에는 본능적인 혐오감이 존재했었다.

"저기, 오노리어를 보니까 어떠세요?"

그녀가 물었다.

"놀라워요. 열 달 사이에 아이가 얼마나 많이 컸는지 참으로 놀랍습니다. 아이들 모두 건강해 보이더군요."

"올 한 해 동안 의사를 한 번도 찾아가지 않았어요. 파리로 다시 돌아오니까 기분이 어떤가요?"

"미국인들을 별로 찾아볼 수가 없어서 기묘한 느낌이 들더군요."

"저는 아주 기쁜걸요. 적어도 이제는 슈퍼마켓에 가면서도 우리를 백만장자라고 착각하는 사람들과 마주칠까 걱정을 하지 않아도 되니까요. 우리도 다른 모든 사람들과 마찬가지로 힘들긴 하지만 전반적으로는 아주 쾌적해졌어요."

매리언이 격렬하게 말했다.

"하지만 호황기가 지속되는 동안에는 좋았죠."

찰리가 말했다.

"우리는 일종의 왕족들이었고, 거기엔 의심할 여지가 없었죠. 우리 주위에는 어떤 마법이 존재했었죠. 오늘 오후 바에 갔더니……."

그는 자신의 실수를 깨닫고 더듬거렸다.

"…… 내가 아는 사람이 한 명도 없더군요."

그녀가 날카롭게 그를 바라보았다.

"이미 술집은 진저리나게 다녔을 거라고 생각했는데요."

"단지 1분 정도 머물렀습니다. 저는 매일 오후 딱 한 잔의 술을 마십니다. 그 이상은 안 해요."

"저녁 식사 전에 칵테일 한잔 어떤가?"

링컨이 물었다.

"저는 오후에 딱 한 잔만 마십니다. 그리고 이미 오늘분을 마셨어요."

"그걸 제대로 지키길 바랄게요."

매리언이 말했다.

그에 대한 혐오감은 그녀의 말 속에 담긴 냉기 속에 명확히 드러났지만, 찰리는 단지 미소를 지을 뿐이었다. 그에게는 더 큰 계획이 있었다. 그녀의 엄청난 적개심은 그에게는 이득이 될 것이고, 그는 얼마든지 기다릴 수 있었다. 그가 왜 이곳 파리까지 왔는지 그들도 알고 있을 테니, 그들이 먼저 이야기를 꺼내기를 바랐다.

저녁을 먹는 동안 그는 과연 오노리어가 자신을 닮았는지 아니면 제 엄마를 닮았는지 딱 잘라 말할 수가 없었다. 그들 두 사람을 비극으로 몰고 갔던 특징들을 물려받지만 않으면 다행이었다. 엄청난 보호본능이 그를 휩쓸고 지나갔다. 그는 자신이 딸아이를 위해 어떻게 해야 하는지 알고 있다고 생각했다. 그는 인품을 믿었다. 그는 한 세대를 위로 거슬러 올라가 다시 한번 인품이 영원불멸의 가치를 지닌 요소임을 믿고 싶었다. 그 밖의 것들은 모두 소멸되어 버렸다.

그는 식사 후 곧바로 자리를 떴지만, 곧장 숙소로 돌아가지 않았다. 옛날보다 더 분명해지고 더 사리분별이 있는 시선으로 파리의 야경을 보고 싶다는 호기심이 생겼다. 그는 카지노(누드 쇼를 하는 유흥업소.)의 보조 좌석을 구입해 조세핀 베이커(1920년대 파리의 환락가에서 명성을 떨치던 미국계 흑인 무용수.)가 선보이는 그 유명한 초콜릿빛 아라베스크를 구경했다.

한 시간 후 그는 그곳을 떠나 피갈 거리를 거슬러 올라가 블랑슈 광장을 거쳐 몽마르트로 향했다. 비는 그쳤고, 여러 카바레 앞에 멈추어선 택시들에서 야회복을 입은 몇몇 사람이 내렸다. 창녀들이 하나 둘씩 모여 호객행위를 하고 있었고 흑인들이 많이 눈에 띄었다. 그는 음악이 흘러나오는, 불을 밝힌 어떤 문을 지나치다 친근한 느낌에 걸음을 멈추었다. 한때 엄청난 시간과 엄청난 돈을 쏟아 부었던 술집 '브릭톱'이었다. 몇 집을 더 지나쳐 그는 그 옛날의 또 다른 단골집을 발견하고, 부주의하게 그만 고개를 들이밀고 말았다. 그 즉시 오케스트라가 열정적으로 음악을 연주하기 시작했고, 한 쌍의 전문적인 무용수들이 자리에서 벌떡 일어났으며, 수석지배인이 단숨에 달려나오며 외쳤다.

"손님들이 막 도착하고 있습니다, 사장님!"

하지만 그는 재빨리 몸을 돌려 나왔다.

'술에 떡이 되어야 이런 데 오지.'

그가 생각했다.

카바레 '젤리'는 문이 닫혀 있었고, 그 주위에 자리 잡은 황량하고 불길한 싸구려 호텔들은 어두컴컴했다. 블랑슈 광장으로 다시 나가자 불빛이 훨씬 환하고 프랑스어를 쓰는 토박이들이 몰려 있었다. '시인의 동굴'은 사라졌지만 '카페 천국'과 '카페 지옥'은 여전히 그 큰 입을 벌리고 하품을 하며—심지어는 그가 지켜보고 있는 동안에도—관광버스 안의 빈약한 내용물들을 집어 삼키고 있었다. 한 명의 독일인, 일본인 그리고 한 쌍의 미국인이 겁에 질린 듯한 눈으로 그를 흘끗 바라보았다.

이것이 손님을 끌기 위한 몽마르트의 노력이자 재간이었다. 사악함과 낭비를 조장하는 모습이 완전히 어린아이 수준이었고, 그는 문득 방탕(放蕩)이란 단어의 의미를 알 것 같았다—옅은 공기 중으로 흩어져 버리는 것, 유에서 무를 창조하는 것임을. 밤이라는 짧은 시간 안에 이곳저곳 많은 장소를 옮겨 다니는 것이 위대한 인간의 도약이었고, 동작이 점점 더 느려지면 그 특권에 대한 대가는 점점 커져갔다.

그는 곡 하나를 연주해 달라고 오케스트라에게 천 프랑짜리 지폐를 지불했던 일을, 택시를 불러 달라고 도어맨에게 백 프랑짜리 지폐를 몇 장 주었던 일을 기억했다.

하지만 무의미하게 지불된 것은 아니었다.

심지어는 가장 심하게 낭비한 금액이라고 해도, 가장 기억할 만한 가치가 있는 것들을 기억하지 못하게 했던, 지금은 늘 떨치지 못하고 기억하는, 그 숙명에 대한 제물로 바쳐진 것이었다. 언제나 기억하게 될, 그의 자식이 그의 보살핌에서 벗어나 있다는 사실을, 그의 아내가 그에게서 벗어나 버몬트에 묻혀 있다는 사실을.

　주점의 번쩍이는 불빛 속에서 한 여인이 그에게 말을 걸었다. 그는 그녀에게 계란 몇 개와 커피를 사준 뒤, 그녀의 유혹적인 시선을 회피한 채, 20프랑짜리 지폐를 한 장 쥐여주고 택시에 올라탔다.

2

　잠에서 깨어나자 미식축구를 하기에 적당한, 화창한 가을 하늘이 펼쳐져 있었다. 어제의 우울함은 사라졌고 거리를 지나가는 행인들이 친밀하게 느껴졌다. 정오에 그는 '르 그랑 바텔' 식당에서 오노리어와 마주 보고 앉았다. 샴페인이 넘쳐나는 저녁과 오후 2시에 시작해서 뿌옇고 흐릿한 새벽녘에야 끝이 났던 기나긴 오찬의 추억이 존재하지 않는 유일한 식당은 그곳뿐이었다.

　"자, 야채들을 좀 줄까? 야채들을 먹어야겠지."

　"네, 그럼요."

　"여기 시금치와 꽃양배추 그리고 당근이랑 강낭콩이 있는데."

　"저는 꽃양배추가 좋아요."

　"야채를 한 가지 더 먹지 그러니?"

　"점심에는 항상 한 가지만 먹어요."

　웨이터가 지나치게 아이를 좋아하는 척 행동했다.

　"Quelle est mignonne la petite! Elle parle esactement comme une Francaise(너무나 작고 귀여운 아가씨군요! 진짜 프랑스 소녀처럼 말을 잘하는군요.)"

　"후식은 어떻게 할까? 기다렸다가 보고 정할까?"

웨이터가 자리를 뜨자, 오노리어가 기대감이 찬 얼굴로 아빠를 바라보았다.

"오늘 우리는 뭘 하죠?"

"우선, 생토노레 거리에 있는 장난감 가게로 가서 뭐든 네가 좋아하는 걸 사자꾸나. 그런 뒤 앙피르에 가서 보드빌〈노래·춤·만담·곡예 등을 섞은 공연, 노래와 품을 섞은 경희가극(經喜歌劇).〉을 보는 거야."

아이가 주저했다.

"보드빌에 가는 것은 좋아요. 하지만 장난감 가게는 안 돼요."

"왜 안 된다는 거지?"

"이미 아빠는 이 인형을 사주셨잖아요."

아이는 그 인형을 안고 있었다.

"저는 장난감들이 굉장히 많아요. 그리고 우리는 더 이상 부자가 아니잖아요, 안 그런가요?"

"부자였던 적은 한 번도 없었지. 하지만 오늘은 네가 원하는 건 뭐든지 가질 수 있는 날이란다."

"좋아요."

아이가 체념한 듯 동의했다.

애 엄마와 프랑스인 유모가 있었을 당시, 그는 아이에게 상당히 엄격한 편이었다. 하지만 지금은 더 관대해지기 위해 노력했다. 이제 그는 아이에게 엄마와 아버지 두 역할을 해주어야 했고, 딸과의 의사소통이 단절되는 일은 절대로 없어야 했다.

"아가씨에 대해서 알고 싶은데요."

그가 짐짓 근엄한 표정을 지으며 말했다

"우선, 제 자신을 소개하도록 하죠. 제 이름은 찰스 J. 웨일스이고, 프라하에서 왔습니다."

"오, 아빠!"

아이의 목소리가 웃음으로 부서졌다.

"그런데 아가씨는 누구신가요?"

그가 계속 그런 식으로 고집하자, 그녀는 즉시 자신의 역할을 받아들였다.

"오노리어 웨일스입니다. 파리의 팔라틴 거리에 살고 있어요."

"결혼은 하셨나요, 아니면 혼자인가요?"

"아뇨, 결혼하지 않았어요. 혼자예요."

그는 인형을 가리켰다.

"하지만 아이가 있는 것을 보았는데요, 부인."

차마 자신의 아이가 아니라고 부인하기는 싫었는지, 아이는 인형을 가슴에 꼭 끌어안으며 재빨리 생각했다.

"네, 결혼한 적이 있어요. 하지만 지금은 결혼한 상태가 아니에요. 남편과는 사별했답니다."

그는 재빨리 말을 이었다.

"그럼 아이의 이름은요?"

"시몬이에요. 학교에서 가장 친한 친구의 이름을 땄어요."

"학교 생활을 잘하고 있다니 정말로 기쁘답니다."

"이번 달에는 3등을 했어요."

그녀가 자랑했다.

"엘시―아이의 사촌이었다―는 18등을 했고, 리처드는 거의 바닥이에요."

"리처드와 엘시를 좋아하나요? 그래요?"

"네, 그럼요. 리처드를 굉장히 좋아하고, 엘시도 괜찮은 것 같아요."

조심스럽게 그리고 자연스럽게 그가 물었다.

"매리언 이모와 링컨 이모부는요. 어느 분을 더 좋아하나요?"

"오, 링컨 이모부요, 아마도요."

그에게 아이의 존재가 점점 더 각인되었다. 식당에 들어섰을 때에도, "…… 귀여운" 등의 웅얼거림이 그들의 뒤를 따라왔고, 이제 옆자리의 사람들은 이야기를 멈춘 채, 마치 꽃보다 더 소중한 존재인 것처럼 아이를 빤히 쳐다보고 있었다.

"왜 저는 아빠랑 함께 살지 못해요?"

그녀가 갑자기 물었다.

"엄마가 돌아가셨기 때문인가요?"

"너는 여기에 머물면서 프랑스어를 더 배워야 해. 아빠가 너를 이렇게 잘 보살피는 건 너무 힘든 일이었으니까."

"전 더 이상 많은 보살핌이 필요하지 않아요. 이제 저 혼자서도 모든 것을 다 할 수 있는걸요."

식당을 나서는데, 한 쌍의 남녀가 예상치 않게 그를 반기며 소리쳤다.

"이런, 이거 웨일스 아닌가!"

"잘 있었나, 로레인…… 던크……."

갑작스럽게 과거의 망령들이 나타났다. 대학 동창인 던컨 세퍼와 30대의 사랑스러운 금발미인인 로레인 쿼럴스는 3년 전 몇 달을 하루하루 방탕하게 살도록 일조한 무리들 중 하나였다.

"올해는 남편과 함께 오지 못했어요."

그의 질문에 그녀가 대답했다.

"우리는 지독하게 가난하거든요. 그래서 그이는 내게 한 달에 이백을 주면서 그걸로 멋대로 해보라고 하더군요……. 이 어린 아가씨가 당신의 딸인가요?"

"다시 들어가서 자리를 함께 하는 것이 어떤가?"

던컨이 물었다.

"그럴 수는 없네."

변명거리가 있어서 너무나 기뻤다. 늘 그렇듯이, 로레인의 열정적이고 도발적인 매력에 끌리긴 했지만, 이제 그의 인생은 그들과 완전히 달라져 있었다.

"그럼 저녁 식사는 어때요?"

그녀가 물었다.

"약속이 있네. 자네들 주소를 주면, 내가 연락하도록 하지."

"찰리, 아무래도 당신 정신이 멀쩡하군요."

그녀가 판결을 내리듯 말했다.

"정말로 이 사람이 멀쩡해 보여요, 던크. 어디 이이를 꼬집어봐요, 정말 멀쩡한지 확인하게."

찰리는 오노리어를 향해 고갯짓을 했다. 두 사람은 웃음을 터트렸다.

"어디에 머물고 있나?"

던컨이 의구심을 갖고 물었다.

그는 왠지 자신이 머물고 있는 호텔의 이름을 말해주기가 꺼려져 잠시 머뭇거렸다.

"아직 정하지를 못했네, 내가 연락하는 편이 더 나을 거야. 지금은 앙피르로 보드빌을 구경하러 가는 길이네."

"그거예요. 바로 내가 하고 싶은 거예요."

로레인이 말했다.

"나는 광대들과 곡예사들을 보고 싶어요. 우리도 그걸 보러 가요, 던크."

"우리는 우선 들러야 할 곳이 있네. 아마도 그곳에서 만날 수 있겠군."

찰리가 말했다.

"좋아요, 멀쩡하신 양반……. 잘 가요, 아름다운 꼬마 아가씨."

"안녕히 가세요."

오노리어가 정중하게 고개를 숙여 인사했다.

어쨌든 반갑지 않은 만남이었다. 그들은 그가 지금 제 구실을 하기 때문에, 그가 정말로 진지하기 때문에 그를 좋아하는 것이었다. 그가 지금의 자신들보다 더 강하기 때문에, 그의 강함으로부터 어떤 확실한 지원을 끌어내길 원하기 때문에 그를 만나기를 원했다.

앙피르에서 오노리어는 아빠가 접어준 외투 위에 앉기를 당당히 거부했다. 이미 아이는 자신만의 규범이 존재할 정도로 독립적이 되어 있었고, 찰리는 딸아이가 완전히 커버리기 전에 조금이라도 더 아이에게 자신의 존재를 알리고 싶은 욕망에 점점 젖어들었다. 이렇게 짧은 시간에 아이를 알고자 애를 쓰는 것은 가망 없는 일이었다.

막간에 부녀는 음악이 연주되는 휴게실에서 던컨과 로레인을 만났다.

"술 한잔 하지?"

"알았네. 하지만 바에서는 안 돼. 탁자를 하나 잡도록 하지."

"완벽한 아버지로군요."

멍하니 로레인의 말에 귀를 기울이며, 찰리는 오노리어의 시선이 탁자를 떠나는 것을 보았고, 동경이 담긴 아이의 두 눈이 방 안을 둘러보는 것을 바라보며 과연 아이가 무엇을 보고 있는지 궁금해했다. 그와 시선이 마주치자 아이가 미소를 지었다.

"전 레모네이드가 좋아요."

그녀가 말했다.

뭐라고 말했지? 무엇을 기대했지? 잠시 후 택시를 타고 집으로 가며 그는 아이의 머리가 자신의 가슴에 닿을 때까지 아이를 꼭 끌어당겼다.

"오노리어, 엄마에 대해 생각해 본 적이 있니?"

"네, 가끔요."

그녀가 나지막하게 대답했다.

"난 네가 엄마를 잊지 않았으면 좋겠구나. 엄마의 사진 가지고 있니?"

"네, 그럴걸요. 어쨌든 매리언 이모께서는 가지고 계세요. 왜 내가 엄마를 잊지 않기를 바라세요?"

"엄마는 널 아주 많이 사랑하셨거든."

"저도 엄마를 많이 사랑했어요."

그들은 잠시 침묵에 잦아들었다.

"아빠, 전 아빠랑 함께 가서 살고 싶어요."

그녀가 갑자기 말했다.

그의 심장이 세차게 뛰었다. 그는 이 문제가 이런 식으로 진행되기를 희망했다.

"지금 넌 행복하지 않니?"

"행복해요. 하지만 그 누구보다 아빠를 더 사랑해요. 그리고 아빠는 그 누구보다 저를 사랑하시고요, 안 그런가요? 이제 엄마는 돌아가셨잖아요."

"물론 그래. 하지만 네게 있어서 내가 항상 우선은 아닐 거야. 너도 이제 자라서, 네 또래의 누군가를 만나 결혼을 하면 아빠에 대해서는 완전히 잊어버리게 될 거야."

"네, 그건 사실이에요."

아이가 차분하게 동의했다.

그는 집 안으로 들어가지 않았다. 9시에 다시 돌아올 예정이었고,

그때 꼭 하고 싶은 말들을 식상해지게 미리 되풀이하고 싶지는 않
았다.

"집 안으로 안전하게 들어가면, 창문으로 네 모습을 보여주렴."

"좋아요. 안녕, 아빠, 아빠, 아빠, 아빠."

그는 아이가 모습을 드러낼 때까지 어두운 거리에서 기다렸다.
따스하고 밝은 존재가 창문 너머로 몸을 내밀고 밤을 향해 키스를
던졌다.

3

그들은 기다리고 있었다. 매리언은 마치 애도(哀悼)를 표하는 듯 검은색의 우아한 만찬용 드레스를 입은 채 커피용 탁자 뒤에 서 있었다. 링컨은 이미 이야기를 시작한 것처럼 조명 앞을 왔다 갔다 서성이고 있었다. 그들도 그 문제를 언급하는 일에 있어 그만큼이나 초조해하고 있었다.

"제가 왜 두 분을 만나 뵙고 싶어 하는지 아실 거라고 생각합니다—제가 파리를 방문한 진짜 이유를요."

매리언이 목걸이에 달려 있는 검은 별들을 만지작거리며 얼굴을 찌푸렸다.

"저는 집을 사서 정착하기를 간절히 바라고 있습니다."

그가 계속 말을 이었다.

"그리고 그 집에서 오노리어를 키울 수 있기를 몹시 바라고 있죠. 아이 엄마를 대신해서 오노리어를 맡아 길러주신 점은 고맙게 생각하고 있습니다. 하지만 이제 상황이 바뀌었습니다……."

그는 잠시 주저하다가 더욱 강하게 밀고 나갔다.

"…… 제 자신이 근본적으로 바뀌었습니다. 그러니 두 분께서 그 문제를 다시 고려해 주시길 바랍니다. 3년 전 제 행동이 엉망이었다는 사실을 부인하는 건 어리석은 일이겠지만……."

매리언이 냉혹한 시선으로 그를 올려다보았다.

"…… 하지만 이제 그런 일은 모두 끝났습니다. 전에 말씀드렸듯
이, 전 지난 1년 동안 하루에 한 잔 이상의 술은 절대로 마시지 않
았습니다. 그리고 그 한 잔도 일부러 마시는 거죠, 제 머릿속에서
술에 대한 욕심이 더 커지지 않도록요. 제 의미를 아시겠습니까?"

"모르겠어요."

매리언이 짧게 대답했다.

"제 자신을 위한 일종의 술책이죠. 그렇게 해서 술 문제에 관해
균형을 유지하는 거죠."

"알겠네. 어떻게든 자네가 술에 끌리고 있다는 사실을 인정하지
않으려는 것이군."

링컨이 말했다.

"뭐 그런 것이겠죠. 하지만 가끔은 그것조차도 잊어버리는 날도
있죠. 그러나 일부러 마시려고 노력하죠. 어쨌든 지금의 제 위치로
는 술을 마시기도 힘이 들죠. 제가 맡아서 운영하고 있는 회사의
주인들은 제가 하는 업무에 대해 만족을 표하고 있고, 벌링턴(미국
버몬트 주 북서부의 도시.)에 사는 여동생에게 이쪽으로 와서 집안일을
돌봐달라고 부탁할 겁니다. 오노리어가 제 집으로 오길 간절히 바
라고 있어요. 알고 계시겠지만, 아이 엄마와 저의 사이가 아주 안
좋았을 때에도 우리 두 사람 모두 오노리어에게 해가 되는 일이 없
도록 노력했어요. 아이가 저를 좋아한다는 것도 알고 있고, 제겐
아이를 돌볼 능력이 있어요. 자, 이렇습니다. 두 분은 어떻게 생각
하십니까?"

이제 자신이 짓뭉개질 시간이라는 것을 알고 있었다. 한두 시간
정도 계속될 것이고, 아주 힘겨운 시간이 될 것이 분명했다. 하지

만 만일 그가 피할 수 없는 분노를 억누르고 회개한 죄인과 같은 태도를 꾸준히 보여준다면, 결국에는 자신의 주장을 납득시킬 수도 있었다.

화를 억누르라고 스스로에게 다짐했다. '시시비비를 가리려고 온 것이 아니야. 오노리어를 데리러 온 거야.'

링컨이 우선 입을 열었다.

"우리도 지난달 자네의 편지를 받은 이후로 계속 그 문제에 대해 이야기를 나누었네. 우리는 오노리어를 보살피는 일에 큰 행복을 느낀다네. 정말로 사랑스러운 아이이고, 그 아이를 도울 수 있어서 아주 기쁘다네. 하지만 물론 문제는 그것이 아니지……."

매리언이 갑자기 끼어들었다.

"얼마나 술을 끊고 살 수 있어요, 제부?"

"영원히요. 그렇게 되길 바라고 있습니다."

"그걸 어떻게 믿을 수 있죠?"

"제가 사업을 접고 이곳으로 오기 전까지만 해도 그리 심하게 술을 마시지 않았다는 건 아실 겁니다. 그때 저와 헬렌은 사람들과 몰려다니……."

"제발 여기서 헬렌의 이름을 꺼내지는 말아요. 제부가 헬렌의 이름을 언급하는 것조차 듣기 거북하니까."

그는 쓸쓸하게 그녀를 바라보았다. 이제껏 처형과 아내가 서로에게 호감을 가지고 있다고는 한 번도 느낀 적이 없었는데.

"제 과음은 단지 1년 반 동안만의 문제였습니다. 제가—이곳에 건너와서—망하기 전까지요."

"그걸로도 충분하잖아요."

"네, 그걸로도 충분합니다."

그가 동의했다.

"제가 느끼는 책임감은 전적으로 헬렌을 위한 것이에요."

그녀가 말했다.

"난 그 애가 내게 어떤 것을 원하는지 생각하려 노력하죠. 솔직히 제부가 그 끔찍한 짓을 자행한 날부터 제부는 내게는 더 이상 존재하지 않는 사람이에요. 그건 어쩔 수가 없어요. 그 애는 내 여동생이에요."

"압니다."

"그 애가 죽어가면서 내게 오노리어를 보살펴 달라고 부탁했어요. 만일 당시 제부가 요양소에 들어가 있지 않았더라면, 일이 더 수월해졌을지도 모르죠."

그는 아무런 대답도 하지 않았다.

"나는 죽을 때까지 헬렌이 우리 집 문을 두드리던 그날 아침을 잊지 못할 거예요. 뼛속까지 젖어서 덜덜 떨면서 제부가 문을 잠가 버렸다고 하더군요."

찰리는 의자 모서리를 꽉 움켜쥐었다. 이건 그가 예상했던 것보다 더 힘겨웠다. 기나긴 설득과 해명을 늘어놓고 싶었지만 그냥 짧게 말을 맺기로 했다.

"제가 문을 잠가버린 그날 밤……."

그녀가 끼어들었다.

"그 일에 대해 다시 되풀이해서 말하고 싶지 않아요."

잠시 침묵이 흐른 뒤 링컨이 입을 열었다.

"요점에서 벗어난 것 같군. 자네는 매리언이 법적인 후견인 자격을 포기하고 오노리어를 자네에게 보내주길 바라는 거겠지. 아내가 말하고 싶은 요점은 아직 자넬 믿어야 할지 말아야 할지 모르겠다는 거라 생각하네."

"처형을 비난하는 건 아닙니다."

찰리가 천천히 말했다.

"하지만 처형께서 절 전적으로 믿으셔도 좋다고 생각합니다. 3년 전까지만 해도 전 상당히 좋은 명성을 쌓았습니다. 물론 인간이니까 무엇이든 가능하겠죠. 언제든 제가 또 잘못을 저지를 수도 있겠죠. 하지만 만약 제가 여기서 더 기다려야 한다면, 저는 오노리어의 어린 시절을 함께 하지 못할 테고 정착할 기회를 놓치게 됩니다."

그는 고개를 저었다.

"단순히 그 아이를 잃고 싶고 싶지 않습니다. 아시겠습니까?"

"그래, 알겠네."

링컨이 말했다.

"왜 미리 이 모든 것을 생각하지 못한 거죠?"

매리언이 물었다.

"가끔 그런 생각을 하긴 했습니다. 하지만 헬렌과 저의 사이가 점점 더 나빠졌죠. 처형의 후견인 자격을 수락했을 당시, 저는 요양원에 누워 있었고 주가의 폭락으로 빈털터리가 되어 있었어요. 제가 끔찍한 짓을 했다는 걸 알고 있었고, 만약 헬렌에게 어떤 식으로든 평온함을 선사할 수 있다면 무엇이든 할 각오였습니다. 하지만 이제는 상황이 다릅니다. 저도 제 직분을 다하고 있고 젠장, 아주 제대로 살고 있습니다. 지금까지……."

"이 집 안에서는 욕을 하지 말아요."

매리언이 말했다.

그는 깜짝 놀라서 그녀를 바라보았다. 매번 그녀의 어조에는 그를 향한 혐오감이 점점 더 명확하게 드러나고 있었다. 그녀는 삶에 대한 자신의 모든 두려움을 하나의 벽으로 쌓아올려 그를 향해 세워두고 있었다. 이 사소한 질책이 어쩌면 몇 시간 전에 있었던 요리사와의 말다툼 때문일 수도 있었다. 찰리로서는 자신을 향한 적대감이 가득한 이런 곳에 오노리어를 떼어놓아야 한다는 사실에 경각심이 점점 더 강해졌다. 빠르든 늦든 그 적대감이 드러날 테고, 여기서 한마디, 저기서 머리 한번 휘저으면 오노리어에게 얼마간의 되돌릴 수 없는 불신을 심어주기에는 충분할 것이다. 하지만 그는 자신의 얼굴에 드러나는 분노를 가라앉히고 그것을 속 안으로 삼켰다. 결국은 그의 뜻을 관철시킬 수 있을 것이다. 왜냐하면 링컨이 매리언의 발언의 불합리함을 깨달았고 그녀가 '젠장'이라는 말에 반감을 보여준 이후 가볍게 그녀를 다독이고 있었다.

"또 다른 하나는."

찰스가 말했다.

"이제 딸아이에게 확실한 혜택을 줄 수 있다는 겁니다. 프라하로 돌아가면 프랑스인 가정교사를 둘 예정입니다. 이미 새 아파트도 임대했고……."

그는 자신이 실수를 저지르고 있음을 깨닫고 입을 다물었다. 저들이 그의 수입이 다시 자신들의 것보다 2배는 더 많아졌다는 사실을 침착하게 받아들일 거라고 생각되지 않았다.

"아무래도 당신이 우리보다 오노리어에게 너 많은 것을 줄 수 있겠죠."

매리언이 말했다.

"당신이 돈을 물 쓰듯이 썼을 때에도, 우리는 동전 하나하나에 벌벌 떨면서 살았어요. 아무래도 그걸 다시 시작하려는 것 같군요."

"오, 아닙니다."

그가 말했다.

"저는 교훈을 얻었어요. 저는 10년 동안 열심히 일했습니다. 아시켰지만, 다른 사람들처럼 주식으로 돈을 벌기 전까지는 말이죠. 지독하게도 운이 좋았죠. 더 이상 일을 할 이유가 없다고 생각했기 때문에, 일을 그만두었습니다."

잠시 긴 침묵이 흘렀다. 모두들 신경이 날카로워지는 것을 느꼈고, 1년 만에 처음으로 찰리는 술 생각이 간절해졌다. 이제 그는 링컨 피터스가 자신에게 오노리어를 넘겨주기로 결정했음을 확신했다.

매리언이 갑자기 몸을 떨었다. 그녀의 일부는 찰리가 이제 단단하게 기반을 굳혔음을 인정했고 그녀의 모성은 그의 희망이 당연한 것임을 받아들이고 있었다. 하지만 그녀는 너무 오랫동안 편견을 갖고 살아왔다─여동생이 행복했을 리 없다는 이상한 불신에서 기초한 편견과, 설상가상으로, 그 끔찍했던 날의 충격이 그를 향한 증오심으로 변해버렸다. 그 모든 것들이 일어난 바로 그 당시의, 좋지 못한 건강과 불운한 환경으로 인한 좌절감이 명명백백한 악행과 명명백백한 악당의 존재를 믿게 만들었다.

"내 생각까지 어쩔 수는 없어요!"

그녀가 갑자기 소리를 질렀다.

"헬렌의 죽음에 제부가 얼마만큼의 책임이 있는지, 나는 몰라요. 그거야 제부가, 제부의 양심과 알아서 해결해야 할 문제죠."

자극적인 고통이 그의 온몸을 타고 흘러갔다. 순간 그는 거의 자리를 박차고 일어날 뻔했고, 소리로 나오지 못한 말들이 목구멍 속에 메아리를 쳤다. 그는 잠깐 또 잠깐 스스로를 다잡았다.

"잠깐 기다려보게."

링컨이 불편한 듯 말했다.

"난 자네가 그 일에 책임이 있다고 생각한 적은 한 번도 없었네."

"헬렌은 심장에 이상이 생겨 사망했습니다."

212

찰리가 무덤덤하게 말했다.

"네, 심장에 이상이 생겼죠."

마치 그 말에 다른 의미가 숨어 있다는 듯 매리언이 되풀이했다.

그런 뒤, 격하게 분노를 쏟아낸 후의 맥이 풀린 상태에서 그녀는 그를 똑바로 바라보았으며 어찌 되었든 그가 이 상황을 제어하는 단계에 도달했음을 깨달았다. 남편을 향해 시선을 던졌지만 그에게서 어떤 도움의 기색도 찾을 수 없자, 마치 그 문제가 전혀 중요하지 않다는 듯 갑자기 그녀는 패배를 인정했다.

"좋을 대로 하세요."

그렇게 외치며 그녀는 자리에서 벌떡 일어났다.

"그 애는 제부 딸이니까요. 난 제부의 인생에 끼어들려는 것이 아니에요. 단지 만약 오노리어가 내 딸이었다면, 나는 차라리 그 애가……."

그녀는 간신히 스스로를 제어했다.

"당신들 두 사람이 결정지어요. 난 더 이상 견딜 수가 없네요. 몸이 안 좋아요. 침대로 가서 누워야겠어요."

그녀가 서둘러 방을 나섰고. 잠시 후 링컨이 말했다.

"아내에게는 상당히 힘겨운 하루였네. 알다시피 아내가 얼마나 강하게 자네를……."

그의 목소리는 거의 사죄하는 말투였다.

"도대체 어디서 그런 생각들을 만들어낸 것인지."

"괜찮습니다."

"모든 것이 다 제대로 될 거야. 이제 아내도 자네가 아이를 키울 능력이 된다는 것을 알 거라 생각하네. 그리고 우리가 자네나 오노리어의 인생에 끼어들 수는 없는 일이지."

"감사합니다, 형님."

"나도 위로 올라가 아내가 어떤지 살펴봐야겠네."

"저도 가보겠습니다."

거리로 나왔을 때에도 그는 여전히 떨고 있었지만, 강변을 향해 보나파르트 거리를 따라 걷는 동안 마음이 진정되었고, 상쾌하고 신선한 센 강을 건널 즈음에는 승리감을 느꼈다. 하지만 방으로 돌아온 그는 잠을 이룰 수가 없었다. 헬렌의 모습이 그를 괴롭혔다. 몰지각하게 서로에 대한 사랑에 상처를 주기 전까지 그토록 사랑했던 헬렌, 그 사랑은 갈가리 찢겨져 버렸다. 매리언이 그렇게 생생하게 기억하고 있는 그 끔찍했던 2월의 어느 날 밤, 따분한 말다툼이 몇 시간 동안 계속되었다. '플로리다' 카페에서 한바탕 소동을 일으킨 뒤, 그는 그녀를 데리고 집으로 돌아가려 했고, 그러자 그녀는 탁자에 동석하고 있던 웹이라는 젊은 녀석에게 키스를 했다. 그런 뒤 그녀는 병적으로 흥분한 듯이 뭐라고 떠들기 시작했다. 혼자 집으로 돌아온 그는 미칠 듯이 화가 난 상태에서 문을 잠가버렸다. 바로 한 시간 후 그녀가 혼자서 집으로 돌아올 거라고는, 그녀가 너무나 당황한 나머지 택시를 잡지도 못한 채, 얇은 구두만 신은 채 눈보라 속을 헤맬 거라고는 정말 상상조차 하지 못했다. 그 여파로 폐렴에 걸리고, 기적적으로 회복되었지만, 모두들 경악 속에 빠졌었다. 두 사람도 '화해'를 했지만 그것은 종말의 시작이었다. 그 장면을 직접 눈으로 보고 그것이 동생이 겪어야 했을 수많은 시련들 중 하나였다고 상상한 매리언은 그 사건을 결코 잊지 않았다.

그 일을 되새기자 헬렌이 더 가깝게 느껴졌고, 아침이 가까워져 하얗고 부드러운 햇살이 반쯤 잠에 취해 있는 그에게로 조용히 내려올 무렵 그는 다시 헬렌과 이야기를 나누고 있는 자신을 발견했다. 그녀는 오노리어에 대한 그의 결정이 옳다고, 그녀도 오노리어가 그와 함께 살기를 바란다고 말해주었다. 그리고 그가 잘되어서, 잘하고 있어서 기쁘다고 말해 주었다. 그녀는 다른 여러 가지 말을 해주었다. 진한 친밀감이 느껴지는 말들을……. 하지만 그녀는 하얀 드레스를 입고 그네를 타고 있었는데, 그네가 계속 더 빠르게 움직이는 바람에, 마지막에는 그녀가 하는 말을 모두 똑똑히 알아들을 수가 없었다.

4

그는 행복을 느끼며 잠에서 깨어났다. 세상의 문이 다시 활짝 열렸다. 오노리어와 자신의 미래에 대한 전망과 계획들을 세우던 그는 문득 헬렌과 자신이 세웠던 모든 계획들이 떠오르자 다시 슬픔을 느꼈다. 그녀는 죽는다는 계획은 세우지 않았는데. 중요한 것은 현재였다―해야 할 일들과 사랑을 할 누군가가 필요했다. 하지만 너무 많은 사랑을 주어서는 안 되는 법이다. 그는 너무 지나친 애정으로 인해 아버지가 딸에게, 어머니가 아들에게 상처를 줄 수 있음을 알고 있었다. 나중에, 세상에 나갔을 때, 아이는 결혼 상대에게서 똑같이 맹목적인 애정을 찾으려 할 테고, 아마도 사랑을 찾는 일에 실패하게 되면, 사랑과 삶에게 등을 돌리게 되리라.

또 다른 화창하고 상쾌한 날이었다. 그는 링컨 피터스가 일하는 은행으로 전화를 걸어 자신이 프라하로 떠날 때 오노리어를 데리고 갈 수 있을 거라 기대해도 되는지 물었다. 링컨은 굳이 일정을 늦출 이유는 없다는데 동의했다. 한 가지, 법적 후견인 자격이 문제였다. 매리언은 그것을 조금 더 오래 유지하고 싶어 했다. 그녀는 모든 문제로 흥분해 있었고, 만약 1년 정도 더 그녀가 상황을 통제할 수 있다고 느끼게 된다면 사태를 더 쉽게 받아들일 것 같았다. 찰리는 오직 손으로 만질 수 있고, 눈으로 볼 수 있는 그의 아이를 원한 것이기 때문에 그의 말에 동의했다.

그러고 나자 가정교사가 문제였다. 찰리는 음침한 소개소에 앉아 베아른(프랑스 남서부 지역.) 출신의 성마른 여자와 포동포동한 브래튼(프랑스 북서부의 브리타니 지역의 토착민.) 아가씨와 이야기를 나누었지만 두 사람 모두 마음에 들지 않았다. 내일이면 몇몇 지원자들을 더 만나볼 수 있다고 했다.

그리퐁에서 링컨 피터스와 점심을 함께 먹으며 그는 자신의 기쁨을 억누르려 안간힘을 썼다.

"세상에 자기 자식만한 것은 없지. 하지만 매리언의 기분도 이해해주길 바라네."

링컨이 말했다.

"처형께서는 제가 지난 7년 동안 얼마나 열심히 일했는지는 전부 잊고 있어요. 오직 그 하룻밤만을 기억할 뿐이죠."

"또 한 가지 이유가 있어."

링컨이 주저하다가 말했다.

"자네와 헬렌이 유럽을 돌아다니며 돈을 뿌리는 동안, 우리는 그럭저럭 살아가고 있었지. 나는 보험을 붓는 것 외에는 그 어떤 투자도 하지 않았기 때문에, 우리는 그런 부유함을 결코 누릴 수가 없었네. 아마도 매리언이 그것을 일종의 불공평함으로 느끼고 있다고 생각해. 결국 자네는 일까지 그만두었지만 점점 더 부유해졌으니까."

"그리고 그만큼 빠르게 모든 것이 사라져버렸죠."

찰리가 말했다.

"그래, 상당수의 돈이 호텔 짐꾼과 색소폰 연주자들 그리고 호텔 지배인의 수중에 들어갔지. 결국 이제 성대한 파티는 끝났네. 난 단지 그 광란의 시절에 대한 매리언의 기분을 설명하고 싶었을 뿐이야. 만약 오늘 6시쯤, 매리언이 너무 지쳐버리기 전에 우리 집을 방문해 준다면, 그 자리에서 상세한 부분들을 처리할 수 있을 거야."

호텔로 돌아간 찰리는 특정인물을 찾기 위해 리츠 호텔의 바에 남겨놓았던 주소를 통해 다시 전달된 속달 전보를 발견했다.

친애하는 찰리

우리가 지난번에 만났을 때 당신은 너무나 이상해 보여서 내가 뭔가 당신의 기분을 상하게 했는지 궁금하네요. 만약 그랬다면, 무의식중에 그런 거예요. 사실, 지난 1년간 당신에 대한 생각을 많이 했어요, 그리고 내가 이쪽으로 건너오면 당신을 만날 수 있지 않을까 하는 생각이 항상 내 마음 깊은 곳에 들어 있었죠. 그 광란의 봄 우리는 많은 시간을 함께 보냈잖아요, 한밤중에 정육점 주인의 세발자전거를 훔쳐 타고, 대통령을 방문하려 시도했을 때 당신이 낡은 중산모의 테두리만을 머리에 쓰고 천사 지팡이를 짚기도 했었죠. 최근 들어 모두들 많이 늙어 보이지만, 난 전혀 늙은 것처럼 느껴지지 않아요. 옛정을 생각해서 오늘 아무 때나 만날 수 없을까요? 지금은 끔찍한 숙취로 고생하고 있지만, 오늘 오후에는 다시 괜찮아질 거예요. 5시 리츠 호텔의 바에서 당신을 기다리고 있을게요.

언제나 당신의 헌신적인, 로레인.

218

그가 느낀 첫 번째 감정은 자신이 실제로, 다 자란 성인이, 세발자전거를 훔쳐 로레인을 뒤에 태우고 깊은 밤부터 새벽까지 에투왈 (개선문) 주위의 작은 집들 사이를 돌아다녔다는 사실에 대한 일종의 경악이었다. 헬렌이 못 들어오게 문을 잠근 것은 평상시 그의 행동들과는 전혀 들어맞지 않았지만, 세발자전거 사건은 달랐다. 그것은 그가 할 법한 많은 실수들 중 하나였다. 그렇게 완전히 무책임한 상태에 도달하기까지 도대체 몇 주를 혹은 몇 달을 방탕하게 보냈던 걸까?

그는 로레인이 처음 자신의 앞에 나타났던 무렵을 떠올려 보았다―아주 매력적인 여자였다. 헬렌은 그 사실 때문에 불행했었다. 비록 아무 말도 하지 않았지만. 어제의, 식당에서 만난 로레인은 지치고, 평범하고, 초췌해 보였다. 그는 진짜로 그녀를 만나고 싶지 않았다. 앨릭스가 그녀에게 자신의 호텔 주소를 알려주지 않았다는 사실이 너무나 기뻤다. 그 사실에 안도감을 느끼며, 그 대신 그는 오노리어에 대한, 딸아이와 함께 보낼 일요일에 대한, 잘 잤냐고 아침 인사를 건네고, 밤이면 딸이 자신의 집에 있다는 사실을 알고, 어둠 속에서 딸아이의 숨소리를 듣는 그런 생각들을 했다.

5시, 그는 처형 가족을 위한 선물들을―섬세한 의상을 입은 인형, 로마 병사들이 담긴 상자, 매리언을 위한 꽃다발, 링컨을 위한 커다란 면 손수건들을―들고 택시에 올랐다.

매리언의 집에 도착한 순간, 그는 그녀가 그 부득이한 사실을 받아들였음을 알았다. 비록 여전히 못마땅하게 여겼지만 그를 사악한 이방인이 아닌 가족의 일원으로 반겼다. 오노리어는 이미 자신이 떠난다는 사실을 들은 뒤였다. 찰리는 아이가 자신의 엄청난 행복을 숨길 만큼 영리한 것을 보고 흡족해했다. 딱 한 번, 다른 아이들과 함께 방을 나서기 전에, 그의 무릎에 앉았을 때 아이는 자신의 기쁜 마음을 속삭이며 "우리는 언제 떠나요?"라고 물었다.

그와 매리언은 잠시 방 안에 단둘이 되었고, 충동적으로 그는 대담하게 말을 건넸다.

"집안 싸움은 상당히 씁쓸한 것이군요. 거기에는 어떤 따라야 하는 규칙 같은 것이 없으니까요. 통증이나 상처와도 다른, 어찌 말하면 충분한 살점이 없어, 치료가 불가능한, 찢어진 피부와 같다고 할까요. 처형과 제가 더 좋은 관계를 가졌더라면 하는 생각이 드네요."

"어떤 일들은 잊어버리기가 힘이 들죠."

그녀가 말했다.

"그건 믿음에 대한 문제예요."

그건 질문이 아니었고, 그녀가 계속 말을 이었다.

"언제 아이를 데려갈 예정인가요?"

"가정교사를 구하는 대로 가능한 빨리요. 모레 정도가 될 것 같아요."

"그건 불가능해요. 오노리어의 물건들을 싸야 하니까요. 토요일 전에는 안 돼요."

이번에는 그가 양보했다. 방 안으로 돌아온 링컨이 그에게 술을 권했다.

"그럼 오늘치의 위스키를 마시도록 하죠."

그가 말했다.

집 안은 아늑했다. 이곳은 사람들이 불가로 모여들게 만드는 진정한 가정이었다. 아이들은 자신이 아주 안전하고 중요한 존재라는 사실을 느끼고, 그들의 부모는 진지하고 사려심이 깊었다. 그들에게는 아이들을 위해 해야 할, 그의 방문보다도 더 중요한, 일이 있었다. 그 무엇보다도 한 수저의 약이, 매리언과 그 사이의 긴장된 관계보다 더 중요했다. 그들은 둔감한 사람들이 아니었지만, 그들은 삶과 생활에 완전히 사로잡혀 있었다. 그는 링컨이 은행이라는 수레바퀴에서 벗어날 수 있도록 자신이 뭔가 할 수 있는 일은 없는지 궁금했다.

초인종이 길게 울렸다. 어린 프랑스 하녀가 그들을 지나쳐 복도로 내려갔다. 또다시 초인종이 길게 울리고 문이 열렸다. 목소리가 들려오자, 응접실에 있던 세 사람은 궁금한 마음으로 머리를 돌렸다. 리처드는 복도를 내다보기 위해 몸을 움직였고 매리언은 자리에서 일어났다. 그러더니 하녀가 복도를 따라 걸어왔고, 바로 뒤로 그 목소리가 따라오더니 불빛 아래 던컨 세퍼와 로레인 쿼릴스의 모습이 드러났다.

그들은 기분이 좋았고, 들떠 있었으며, 웃음기 섞인 탄성을 지르고 있었다. 잠시 찰리는 너무나 기가 막혔고 어떻게 그들이 처형의 집 주소를 알아냈는지 이해가 되지 않았다.

"야-아-아!"

던컨이 찰리를 향해 거칠게 손가락질을 했다.

"야-아-아!"

두 사람은 다시 박장대소를 터트렸다. 불안함과 낭패감에 사로잡힌 찰리는 재빨리 그들과 악수를 나눈 뒤, 링컨과 매리언에게 그들을 소개했다. 매리언은 고개만 끄덕일 뿐, 아무 말도 하지 않았다. 그녀는 불가를 향해 한 발 물러섰다가 어린 딸이 자신의 옆에 서자, 아이의 어깨 위에 손을 얹었다.

침입자들에 대한 불쾌함의 수위가 높아지는 것을 느끼며, 찰리는 그들이 자기들의 목적을 설명하길 기다렸다. 잠시 정신을 집중한 뒤 던컨이 말했다.

"자네에게 저녁을 같이 먹자고 초대하러 왔네. 로레인과 나는 자네가 자네의 숙소를 숨기기 위한 그 온갖 현란한 수고를 그만두기를 단호히 주장하네."

찰리는 마치 그들을 강압적으로 복도 밖으로 내치려는 듯이 그들을 향해 다가갔다.

"미안하네, 하지만 그럴 수는 없어. 자네가 어디에 있을 예정인지 알려주면 내가 30분 후에 전화를 하지."

그 말도 별다른 효과를 거두지 못했다. 로레인이 갑자기 의자 팔걸이에 앉으며, 리처드에게 시선을 고정시키며 소리쳤다.

"오, 꽤나 잘생긴 도련님이네. 이쪽으로 오렴, 꼬마야."

리처드는 자신의 엄마를 바라볼 뿐 움직이지 않았다. 크게 어깨를 들썩거린 뒤, 로레인은 찰리를 향해 몸을 돌렸다.

"함께 나가서 저녁을 먹어요. 분명 당신의 친척들도 신경 쓰지 않을 거예요. 당신은 너무 몸을 사리는 것 같아요. 아니, 진지해요."

"그럴 수 없다니까."

찰리가 날카롭게 말했다.

"둘이서 식사를 하도록 해, 내가 나중에 전화를 하지."

그녀의 목소리가 갑자기 불쾌하게 변했다.

"좋아요. 우리는 가볼게요. 하지만 난 당신이 언젠가 새벽 4시에 우리 집 문을 두들기던 일을 기억하고 있어요. 그때 나는 당신에게 술 한잔을 대접할 만큼 너그러웠다고요. 가요, 던크."

흐릿하고 화난 얼굴과 불안정한 걸음걸이, 그리고 여전히 느릿느릿하게 움직이며 그들은 복도를 따라 걸음을 옮겼다.

"잘 가게."

찰리가 말했다.

"잘 있어요!"

로레인이 강한 어조로 대답했다.

그가 다시 응접실로 돌아왔을 때에도 매리언은 여전히 자리를 옮기지 않은 상태였고, 단지 그녀의 아들만이 그녀의 다른 쪽 품안으로 자리를 옮겨 서 있었다. 링컨은 마치 양옆으로 움직이는 진자처럼 조용히 오노리어를 안고 앞뒤로 흔들고 있었다.

"도대체 예의라고는 모르는 작자들이야. 어떻게 그렇게 무례할 수가 있지."

찰리가 불쑥 말했다.

두 사람 모두 대답하지 않았다. 찰리는 팔걸이의자에 몸을 묻은 채, 자신의 술잔을 들었다가 다시 놓으며 말했다.

"지난 2년간 만난 적이 없던 자들인데, 정말로 무례하기 짝이 없는……."

매리언의 한 마디에 그는 더 이상 말을 이을 수 없었다.

"오!"

순간적으로 터져 나온 분노에 가득 찬 그 외마디 소리와 함께 그녀는 재빨리 그에게서 몸을 돌린 뒤 방을 나섰다.

링컨은 조심스럽게 오노리어를 내려놓았다.

"자, 너희들은 식당으로 가서 스프를 먹기 시작하렴."

그의 말에 따라 아이들이 떠나자, 그는 찰리에게 말했다.

"매리언은 건강이 좋지 않아서 이런 충격을 견디질 못하네. 저런 부류의 사람을 보면 아마 멀쩡한 사람도 아프고 말걸세."

"저들에게 이곳으로 오라고 말한 적이 없습니다. 누군가에게서 형님의 이름을 알아냈겠죠. 저들은 일부러……."

"글쎄, 안타까운 일이군. 하지만 이 사태에는 전혀 도움이 되지 않아. 잠깐 실례하겠네."

홀로 남겨진 찰리는 긴장한 채 의자에 앉아 있었다. 옆방에서는 이미 어른들 사이의 사건은 잊어버린 듯 아이들이 식사를 하며 짧게 떠들고 있었다. 멀찍이 떨어진 방에서 말소리가 들려왔고, 전화기가 따르릉거리며 울리고 수화기를 드는 소리가 들리자 깜짝 놀란 그는 말소리가 미치지 않는 곳으로 자리를 옮겼다.

몇 분 후, 링컨이 돌아왔다.

"이보게, 찰리. 아무래도 오늘 저녁 식사는 취소하는 편이 낫겠네. 매리언이 상당히 안 좋다네."

"제게 화가 나셨습니까?"

"얼마간은. 아내는 강하지가 않아. 그리고⋯⋯."

그가 약간은 퉁명스럽게 대답했다.

"그 말씀은 처형께서 오노리어에 대한 마음을 바꾸셨다는 겁니까?"

"지금 당장은 상당히 냉소적이네. 잘 모르겠어. 내일 은행으로 전화를 주게나."

"그 사람들이 이곳으로 올 거라고는 꿈에도 생각하지 못했다고 처형께 잘 말씀드려 주세요. 저도 두 분 못지않게 화가 나 있어요."

"지금으로는 그녀에게 아무런 말도 못 하겠네."

찰리는 자리에서 일어났다. 그는 자신의 외투와 모자를 챙긴 뒤 복도를 따라 걸어가기 시작했다. 그런 뒤 그는 식당의 문을 열고 낯선 목소리로 말했다.

"잘 있어라, 얘들아."

자리에서 벌떡 일어난 오노리어가 식탁을 돌아 달려나와 그를 끌어안았다.

"잘 있어, 오노리어."

그는 넋이 나간 듯 말하더니 목소리를 더 부드럽게 가다듬은 다음에 뭔가를 위로하려는 듯 다시 말했다.

"잘 있어라, 얘들아."

5

찰스는 로레인과 던컨을 찾아내겠다는 성마른 생각에 곧장 리츠 호텔의 바로 갔다. 하지만 그들은 그곳에 없었고 그 어떤 경우에도 자신이 할 수 있는 일이 없음을 깨달았다. 피터스의 집에서 술잔에 입조차 대지 않았기 때문에, 그는 위스키소다를 주문했다. 폴이 다가와 인사를 건넸다.

"엄청나게 변했어요."

그가 슬픈 듯이 말했다.

"이제는 예전의 반 정도밖에 장사가 되지 않아요. 너무 많은 손님들이 모든 것을 다 잃고 미국으로 돌아가셨다는 말을 들었어요. 1차 폭락 때는 살아남았다고 해도 2차 폭락 때는 완전히요. 친구이신 조지 하트 씨는 무일푼이 되셨다고 들었습니다. 사장님도 미국으로 되돌아가셨나요?"

"아니, 난 프라하에서 사업을 하고 있네."

"주식 폭락 때 많이 잃으셨다고 들었습니다."

"그랬지."

그가 우울하게 덧붙였다.

"하지만 내가 원하던 모든 것들을 잃어버린 건 사실 호황기 때였

225

네."

"공매(公賣)를 하셨군요."

"그런 것의 일종이지."

다시 그때의 추억들이 악몽처럼 그를 휩쓸고 지나갔다―여행을 하는 동안 만났던 사람들, 손가락을 더해서도 셈을 할 수 없었던 또는 조리 있게 말조차 못 하던 사람들. 선상의 파티에서 헬렌이 함께 춤을 추기로 동의했던, 그런데도 식탁에서 10발자국 떨어진 곳에서 그녀를 모욕했던 그 땅딸막한 사내. 술과 마약에 찌들어 공공장소에서 비명을 질러대던 중년의 여자들과 아가씨들……. 1929년의 눈은 진짜 눈이 아니라며 아내를 눈 속에 내버려둔 채 문을 잠갔던 남자들. 만일 그게 진짜 눈이 아니기를 바란다면, 그저 몇 푼의 돈을 집어주면 되는 거였다.

그는 전화기로 걸어가 피터스의 아파트로 전화를 걸었다. 링컨이 받았다.

"아까 일이 계속 마음에 걸려서 전화를 했습니다. 처형께서는 아직도 요지부동입니까?"

"매리언은 아프네."

링컨이 짧게 대답했다.

"이 모든 것이 자네의 잘못이 아니라는 건 아네. 하지만 이번 일로 아내가 무너져 내리는 것은 원하지 않아. 아무래도 한 6개월 정도 이 문제를 두고 보는 편이 좋겠네. 이 상태에서 아내의 감정을 더 흥분시킬 만한 일을 하고 싶지는 않다네."

"알겠습니다."

"유감이야, 찰리."

그는 자신의 탁자로 되돌아갔다. 그의 위스키 잔은 이미 비어 있었지만, 앨릭스가 질문이 담긴 시선을 던지자 그는 고개를 흔들었다. 오노리어에게 뭔가를 보내는 것 외에 지금의 그로서는 할 수 있는 일이 없었다. 내일 또 엄청나게 많은 물건들을 아이에게 보내 겠지. 이런 것들이 모두 돈 때문이라고 생각하자 약간은 화가 치밀어 올랐다.

'지금까지 너무나 많은 사람들에게 돈을 지불했어……'

'아니, 더 이상은 안 돼.'

그는 또 다른 웨이터에게 물었다.

"얼마지?"

언젠가 다시 돌아오리라. 그들이 그가 영원히 돈으로 해결하게 만들 수는 없었다. 하지만 그는 자신의 아이를 원했고, 지금으로는 그 사실을 제외하고, 아무것도 중요하지 않았다. 그는 더 이상 혼 자만의 꿈들과 근사한 생각들을 가진 젊은이가 아니었다. 이렇게 혼자가 되는 건 헬렌도 원하지 않는다고 그는 전적으로 확신했다.

(1931년)

F. 스콧 피츠제럴드 생애와 연보

1896
미네소타 주 세인트폴에서 에드워드 피츠제럴드와 몰리 퀼 리언의 사이에 스콧 피츠제럴드(F. Scott Fitzgerald) 탄생.

1898
아버지인 에드워드 피츠제럴드는 가구 사업이 실패하자 가족을 이끌고 버펄로로 이사하고, 그곳에서 프록터 앤 갬블의 영업사원으로 일함.

1901
1월, 가족 모두가 다시 시러큐스로 이사함. 여동생 애너벨리 태어남.

1903
9월, 일가족이 다시 버펄로로 돌아옴.

1908
에드워드 피츠제럴드가 프록터 앤 갬블에서의 직업을 잃고, 가족은 또다시 세인트폴로 돌아감. 피츠제럴드는 세인트폴 아카데미에 입학함.

1909
첫 단편 작품인 〈레이먼드 저당의 신비〉가 세인트폴 아카데미에서 발행하는 잡지《지금과 그때》에 발표됨.

1911
뉴저지 주의 뉴먼 스쿨에 입학. 그곳에서 키릴 시고니 웹스터 페이 신부를 만나는데, 이 신부는 그의 초기 지적 단계에 중대한 영향력을 끼침. 이

때부터 1913년까지 《뉴먼 스쿨 뉴스》에 단편 세 작품을 발표함.

1913
9월, 프린스턴 대학에 입학. 그곳에서 미국 문단에서 크게 활약한 에드먼드 윌슨과 시인 존 필 비숍과 친구가 됨. 학업보다는 문학과 연극 활동에 적극 참여함. 《나소 문학잡지》와 《프린스턴 타이거》에 단편, 희곡, 시 등을 발표함.

1914
12월, 세인트폴에서 일리노이 주 레이크포리스트 출신의 16세 소녀 지니브러 킹을 만남. 하지만 후에 그는 가난하다는 이유로 거절당하는데, 이 때의 경험이 그의 모든 작품에 중요한 모티브가 됨.

1915
질병을 핑계로 프린스턴 대학을 휴학하고, 이 해 내내 지니브러 킹과 데이트를 즐김.

1916
졸업을 목표로 프린스턴 대학에 복학한 뒤, 3학년 과정을 재수강함. 그해 3월 지니브러는 웨스트오버 교양 학교에서 퇴학당함. 피츠제럴드는 8월 일리노이 주 포레스트 호수로 지니브러를 만나러 감.

1917
1월, 피츠제럴드와 헤어진 지니브러는 6월에 다른 남자와 약혼함.
10월, 그는 프린스턴을 떠나 미 보병대의 소위로 임관됨.
11월, 캔자스 주 레번워스 요새로 배치받고, 그곳에서 〈낭만적인 에고이스트(Romantic Egoist)〉의 집필을 시작함.

1918
2월, 켄터키 주 루이빌의 테일러 요새로(그 무렵, 〈낭만적 에고이스트〉를 탈고하여 뉴욕의 찰스 스크리브너스 선스 출판사에 보냄.), 4월, 조지아주 고든 요새, 6월, 앨라배마 주 몽고메리 시 외곽의 셰리던 요새로 전임됨. 7월, 앨라배마 주 대법원 판사의 딸인 젤더 세이어를 만남. 8월, 스크리브너스 출판사는 그의 소설 출간을 거절함. 10월에 다시 개작하여 출판사에 보내지만 그마저 거절당함. 그해 11월 뉴욕 주 롱아일랜드에 있는 밀스 요새로 전임되어 해외 파견을 기다리던 중 제 1차 세계대전이 끝남.

1919
2월, 군에서 제대한 뒤, 뉴욕으로 가 배런콜리어 광고 회사에 입사함. 6월 피츠제럴드의 미래가 불투명하다는 이유로 젤더가 약혼을 파기함. 7월 직장을 그만두고 세인트폴로 돌아와 그 해 여름 내내 〈낭만적 에고이스트〉의 개작에 몰두함. 9월, 스크리브너스 출판사에서 〈낙원의 이쪽〉이라는 제목으로 출판 허락을 받음.

1920
1월, 남부로 돌아와 젤더와 약혼함. 다른 단편 소설들과 함께 〈얼음 궁전〉을 출판함. 3월, 첫 장편 소설인 〈낙원의 이쪽〉이 출간되고, 4월 3일 뉴욕, 세인트 패트릭 대성당의 목사관에서 젤더와 결혼. 신혼여행 후, 그들은 코네티컷 주 웨스트포트에 거주함. 같은 해 가을 잡지 《스마트 셋》에 희곡인 〈오월제〉를, 《새터데이 이브닝 포스트》에 〈말괄량이 아가씨들과 철학자들(Flappers and Philosophers)〉을 발표함. 10월, 뉴욕 시로 이주.

1921
5월, 영국, 프랑스, 이탈리아를 여행하고 돌아와 나머지 여름은 미네소타 주 화이트 베어 호수에서 보냄. 9월, 딸 프랜시스 스콧(애칭 스코티)이 태어남. 11월부터 1922년 6월까지 세인트폴에 거주함.

1922
3월, 두 번째 소설 〈저주받은 아름다운 사람들(The Beautiful and Philosophers)〉 출간. 9월, 두 번째 단편집 〈재즈 시대의 이야기들(Tales of the Jazz Age)〉이 출간〈벤자민 버튼의 흥미로운 사건(벤자민 버튼의 시간은 거꾸로 간다)〉 수록. 〈리츠보다 큰 다이아몬드(The Diamond as

Big as the Ritz)〉가 《스마트 셋》 6월호에 실림. 여름, 화이트 베어 요트 클럽으로 이사를 하고 그곳에서 피츠제럴드는 〈위대한 개츠비〉의 초기 줄거리를 세움. 피츠제럴드는 뉴욕으로 돌아와 그레이트 넥, 게이트웨이 드라이브 6번지에서 삶. 이곳에서 그들은 링 라드너를 만나고 〈위대한 개츠비〉의 배경이 되는 세상에 대해 알게 됨. 〈겨울 꿈(Winter Dream)〉이 《메트로폴리탄》 12월호에 개재됨.(10월 롱아일랜드의 그레이트넥으로 이주. 이곳에서 소설가 링 라드너를 만나고, 〈위대한 개츠비〉의 배경을 알게 되면서 작품의 줄거리를 잡음.)

1923
11월, 장편 희극 〈야채(The vegetable)〉가 애틀랜틱 시에서 시험 공연되지만 실패함. 이후 피츠제럴드는 빚을 갚기 위해 5달 동안 단편 소설의 집필에 매진함.

1924
장기 체류를 위해 5월 유럽으로 떠남.(4월, 프랑스에 거주함. 젤더가 프랑스 조종사인 에두아르 조장과 애정행각을 벌임.) 결국 리비에라의 세인트 라파엘 시에 정착하고 남프랑스의 앙티브 만에서 사라 머피를 만남. 이때의 경험이 〈밤은 부드러워〉의 줄거리에 중심적인 역할을 함. 〈면제(Absolution)〉가 《아메리칸 머큐리》 6월호에 개제됨. 여름부터 가을까지 〈위대한 개츠비〉의 초고 집필. 이탈리아를 여행하며 〈위대한 개츠비〉의 개작에 들어감.

1925
4월, 세 번째 장편 소설인 〈위대한 개츠비〉가 출판됨. 5월, 프랑스 몽파르나스에서 어니스트 헤밍웨이를 만나고, 파리 근교에서 이디스 워튼을 만남.

1926
1월, 《레드북》에 〈부잣집 아이(The Rich Boy)〉가 출간되고, 2월, 〈모든 슬픈 젊은이들(All the sad Young Men)〉이 출간됨. 12월, 집으로 돌아가기 전 일가족은 리비에라에서 다시 봄과 여름을 보냄.(미국으로 돌아옴.)

1927
할리우드 영화사에서 일하기 시작하면서 그곳에서 〈밤은 부드러워〉에서 로즈마리 호이트의 모델이 된 로이스 모런과 사귐. 3월, 피츠제럴드 가족은 델라웨어 주 윌밍턴 외곽의 장원인 엘러슬리로 이주함.

1928
4월, 파리로, 9월, 엘러슬리로 다시 돌아옴.

1929
3월, 프랑스와 이탈리아를 여행함.
〈벨라의 최후(The Last of the Belles)〉가 《새터데이 이브닝 포스트》에서 출판됨.

1930
2월. 북아프리카 여행.
4월, 젤더가 신경 쇠약 증세를 보이기 시작함. 병 치료를 위해 스위스로 이주하고, 젤더는 프랭잰스 진료소에 입원함.

1931
1월, 부친 사망으로 귀국함.
〈비 오는 날 아침 파리에서 죽다(다시 찾은 바빌론)〉이 《새터 데이 이브닝 포스트》 2월호에 기재됨. 9월, 미국으로 돌아온 그는 할리우드로 가 메트로-골드윈-메이어(Metro-Goldwyn-Mayer) 사에서 일함.

1932
2월, 젤더가 재발된 신경쇠약으로 메릴랜드 주의 존스홉킨스 대학병원에 입원함. 젤더의 소설 〈나를 위해 왈츠를 남겨주오(Save Me the Waltz)〉가 출간됨.

1933
볼티모어의 파크 애버뉴로 집을 옮김.

1934
1월, 젤더가 신경쇠약으로 쓰러짐. 4월, 네 번째 소설 〈밤은 부드러워〉가 출간됨.

1935
피츠제럴드가 병에 걸려, 휴양을 위해 트라이턴과 애슈빌에 머묾. 3,월 네 번째 단편집 〈기상나팔 소리(Taps at Reveille)〉가 출간됨. 겨울 동안 지내기 위해 다시 핸더슨빌로 감. 나중에 '붕괴'라는 에세이집에 실리게 되는 글을 집필하기 시작함.

1936
4월, 젤더, 애슈빌의 하일랜드 정신 병원에 입원함. 피츠제럴드의 모친 9월에 사망함.

1937
7월, 그는 세 번째로 할리우드로 가 MGM과의 6개월간 계약을 맺음. 그 무렵에 칼럼니스트인 셰일러 그레이엄과 만나고, 이들의 교제는 그가 사망할 때까지 계속됨.

1938
4월, 알라의 가든에서 식민지령 말리부로 이사하고, 10월 말리부에서 엔시노로 이사하는데, 이곳에서 그는 에드워드 에버렛 호손의 영지 위에 있는 오두막에 머무름. 12월 MGM은 그와의 계약을 갱신하지 않음.

1939
1940년 봄까지 할리우드에서 프리랜서로 일함. 할리우드를 소재로 한 소설 〈겨울 카니발(Winter Carnival)〉은 뉴욕 병원에서 완성.

1940

〈마지막 거물(The Last Tycoon)〉을 집필. 《에스콰이어》지에 〈적절한 취미(Pat Hobby)〉실림. 12월 21일, 그레이엄의 집에서 심장마비로 사망함. 27일, 메릴랜드 주의 록빌 세인트 묘지에 묻힘.

1941

10월, 미완성 유작인 〈마지막 거물〉이 에드먼드 윌슨의 편집으로 출간됨.

1945

6월, 유작 에세이집 〈붕괴(The Crack·Up)〉가 출간됨.

1948

하일랜드 병원에서 치료 중이던 젤더가 화재로 사망함.

역자의 말

  F. 스콧 피츠제럴드는 178편의 단편소설을 집필했는데 이 중 146편이 그의 생전에 출판되었고, 18편은 그의 사후에 출판되었으며, 14편은 여전히 미출판 상태로 남아 있다. 피츠제럴드의 단편들은 세계 각국에서 여러 차례 단편집으로 묶여 소개되었는데, 본 단편집은 펭귄 출판사에서 출판된 「재즈 시대 이야기들(Jazz Age stories)」을 참고로 삼았다.

  피츠제럴드는 대부분의 단편소설들을 대중적인 독자들을 위해 집필했는데, 이는 단편소설이 빠르게 목돈을 손에 넣을 수 있는 수단이었기 때문이었다고 한다. 그런 이유에도 불구하고, 1920~30년대에 집필된 그의 작품들 중에 걸작들이 많았고, 이들 중 몇몇 작품은 그가 장편들을 집필하는데 있어 이야기 형식의 주제를 구성하는데 도움이 되었다. 피츠제럴드의 초기 단편집의 경험은 상당히 제한적이었다. 그의 주제는 젊음과 첫사랑을 포함하고 있으며, 작은 도시나 마을을 배경으로 할 때는 이러한 이야기들이 달빛 비치는 교외 사교클럽을 배경으로, 상대방에 대한 자극적인 구애와 젊은 사랑이 펼쳐진다. 하지만 교외 사교클럽은 낭만적인 상상력을 전부 포함할 수 없었고 피츠제럴드는 점차적으로 자신의 작품들의 배경을 완전한 낭만적인 기회가 존재하는 뉴욕으로 옮기게 된다.

피츠제럴드는 자신의 초기 작품들에 대해 '내 머릿속에 들어온 모든 이야기들은 일말의 재앙을 포함하고 있다. 내 작품 속의 사랑스런 젊은 인물들은 파멸로 빠져들고, 내 이야기 속의 다이아몬드 산은 폭발하며, 내 작품 속의 백만장자들은 토마스 하디의 농부들처럼 아름다우면서도 저주를 받은 인물들이다.(브라이어, p.41 재인용)' 라고 하였다. 「The Crack up」(1937년)

본서에 처음 소개된 '벤자민 버튼의 시간은 거꾸로 간다' 는 마크 트웨인의 '인생에서 최고의 순간은 시작과 함께 오고, 최악의 순간은 마지막에 온다는 것이 매우 유감스러운 일이다.' 라는 말에서 영감을 얻어 쓴 것으로 주인공 벤자민 버튼은 70세의 노인인 아기로 태어나 자라면서 점점 젊어지더니 급기야 태아 상태가 되어 삶을 마감한다는 이야기로 판타지 소설에 적합하다고 할 것이다. 그러나 이 소설이 판타지였다면, 그의 인생을 통틀어 최고의 정점에 이르는 삼십 대쯤에서 나이의 흐름을 멈췄어야 했을 것이다. 그러나 이 소설은 자칫 판타지로 흐를 수도 있는 길을 재치 있게 차단하고 예술적인 완성도를 높였다. 하여 이 작품은 작가가 정체성의 사회적 구축을 강조하여 다시 한번 자신을 돌아보게 하는 피츠제럴드의 대표적 단편소설로써 '위대한 개츠비' 를 특징짓는 주제적 요소라 할 것이다. 2009년 2월 개봉 예정인 영화 '벤자민 버튼의 시간은 거꾸로 간다(브래드 피트 주연, 데이빗 핀처 감독)' 의 원작소설이다.

'컷글라스 그릇' 에서는 사랑 없는 결혼 역시 마음의 감옥임을 역설한다. 애정의 샘은 고갈되고, 남편과 침묵의 나날을 보내는 주인공 이블린에게 운명은 곧 시간이요, 시간은 곧 운명인 것이다. 젊음과 욕망, 아름다움도 이 시간의 화살 앞에서 무력할 수밖에 없음을 날카롭게 간파한 작가는 결혼 선물로 받은 '컷글라스 그릇'을 두고 딸에게는 장애를, 주인공인 이블린 자신에게는 죽음을 초래하게 되는 과정을 상징과 시적 이미지 그리고 은유적인 자유자재한 필치로 섬세하게 풀어낸다.

사회적 변화 속에서의 부자들의 삶을 그린 '오월제'는 전형적으로 피츠제럴드적인 소설이다. 배경은 전후(戰後) 즉 1차 대전 이후 '정복자들의 위대한 도시'인 뉴욕에서 시작된다. 뉴욕은 사회적 잔상을 구체화한 곳이며 볼티모어 호텔에서 예일 클럽, 델모니코 호텔 그리고 사회주의적 신문사와 차일드 식당에서 코모도어 호텔로 장소가 다양하게 바뀌면서 사건들이 일어나고, 빠르게 변화해 가는 등장인물들은 점점 도덕적인 중심에서부터 멀어지게 된다. 작품 속의 부자들은 풋내기에 공허하고, 가난한 이들은 무지하고 편견에 가득 찬 인물로 그려진다. 이렇게 두 가지 관점에서 보이는 세상은 소위 '미국의 화려한 사교계라 불리는 현상'에 대한 매력과 혐오라는 이중성으로 드러나면서, 그에 대한 내면적인 갈등을 어떤 식으로 풀어내고 있는지를 여실히 보여준다.

'비 오는 날 아침 파리에서 죽다(원제 〈다시 찾아온 바빌론〉)'는 이미 영화화 된 작품이다. 여기서 말하는 바빌론은 구약성서에 나오는 허영과 타락의 도시 바빌론을 일컫는 말로, 이 작품의 주인공 찰리에게는 방탕하고 사치스런 허영의 도시였지만 이제는 추억이 된 파리를 가리키는 것이다. 그는 자유분방한 성격의 헬렌과 결혼하고, 둘 사이에 딸 오노리어가 태어난다. 어느 날 만취된 채 집으로 돌아온 찰스는 헬렌이 돌아온 줄도 모르고 깊은 잠에 빠져 문을 열어주지 않는다. 헬렌은 방탕한 생활을 하는 자신을 남편이 내쫓은 것이라고 오해하고 비를 맞으며 언니 집으로 찾아가지만, 결국은 폐렴으로 죽고 만다. 언니는 찰스가 동생을 죽인 거나 다름없다며 격분하여 오노리어의 양육권을 빼앗는다. 찰스는 회한의 눈물을 흘리며 미국으로 떠난다. 몇 년 뒤, 방탕한 생활을 청산하고 재기에 성공한 찰스가 어린 딸을 찾기 위해 파리로 돌아온다. 딸 오노리어는 몰라보게 성장해 죽은 아내를 꼭 닮아 있었다. 찰스는 자신이 얼마나 오노리어를 사랑하는지 눈물로 호소하며 딸을 데려가게 해달라고 간청하다시피 해 거의 승낙을 얻으려는 찰나, 방탕한 생활을 할 무렵 사귀었던 친구들이 처형 집으로 들이닥치고 충격을 받은 처형은 싸늘해진 태도로 찰스에게 당장 나가줄 것을 명령한다. 모든 것을 잃은 찰스는 그토록 사랑하는 딸 오노리어를 남겨둔 채, 혼자서 쓸쓸히 파리를 떠난다.

피츠제럴드 자신이 젊은 날 술과 쾌락으로 방탕한 생활을 했기 때문에 자신의 초상이기도 한 이 작품을, 작가는 자신의 단편 중에서 가장 뛰어난 작품이라고 스스로 자평한다. 또한 무라카미 하루키는 '내가 소설을 쓰기 시작할 무렵 이 작품을 본보기로 삼았다.'고 고백한 적이 있다. 사실 이 소설은 1930년 그가 유럽에 머무는 동안 '쉬옹'의 지하 감옥을 방문한 뒤, 어린 시절 아버지가 읽어주었던 바이런의 '쉬옹의 죄수'라는 시를 떠올리며 구상하기 시작했다고 한다. 그 뒤 6개월 후 쓰인 단편은 자유와 감금이라는 이중적인 주제를 포함한 '다시 찾아온 쉬옹'이란 가제가 붙었다고 한다.

피츠제럴드의 작품들은 비록 20세기 초에 집필되었지만, 우리들 삶의 복사판처럼 꼭 닮아 있다. 물질에 목을 매는 사람들, 부를 쫓는 사람들, 목적 없이 방황하는 사람들 그리고 파멸의 길인 줄 알면서도 그저 걸어가는 사람들…… 그의 작품들은 우리 현대인들의 삶에 마치 경종을 울리는 것 같다.

2009년 1월

참고문헌

● F. SCOTT FITZGERALD. Babylon Revisited and Other Stories. Scribber Library Company New York:1996.

● F. SCOTT FITZGERALD. Jazz Age Stories. Penguin Books, London:1999

● Jackson R. Bryer, ed., The Short Stories of F. Scott Fitzgerald New Approaches in Criticism. The University of Wisconsin Press, 1982.

● John Kuehl. F. SCOTT FITZGERALD A study of the short fiction. Twayne Publishers, Boston:1991.

● Matthew J. Bruccoli, ed., New Essays on The Great Gatsby. Cambridge University Press, New York:1987.

벤자민 버튼의 시간은 거꾸로 간다
외 F. 피츠제럴드 단편선

초판 1쇄 인쇄일 ‖ 2009년 1월 15일
초판 1쇄 발행일 ‖ 2009년 1월 20일

지은이 ‖ F. 스콧 피츠제럴드
옮긴이 ‖ 강주헌 · 조지현
발행처 ‖ 현대문화센타
발행인 ‖ 양장목
출판등록 ‖ 1992년 11월 19일
등록번호 ‖ 제3-448호
주소 ‖ 경기도 고양시 일산동구 백석동 1330
대표전화 ‖ (031)907-9690~1   팩시밀리 ‖ (031)907-9714
이메일 ‖ hdpub@hanmail.net

ISBN 978-89-7428-351-3(03840)

값 9,000원